KB089236

주요 등장인물

유비 劉備 • 자는 현덕玄德. 관우 · 장비와 함께 도원결의를 하고 황건적의 난 때 처음으로 공을 세운다. 인의仁義의 표상으로 널리 평가를 받았지만 세력이 약해서 여러번 패하고 각지를 전전하다가 삼고초려 끝에 제갈량을 얻고 나서 세력을 떨치게 된다. 조비曹丕가 위魏의 황제가 되자, 그도 한나라의 정통을 계승해 제위에 올라 국호를 촉한蜀漢이라 했다. 형주 탈환과 관우의 복수를 위해 오吳를 공격했으나 이릉대전에서 대패한 후 후사를 제갈량에게 맡기고 죽었다.

제갈량 諸葛亮 • 유비의 군사軍師로 자는 공명孔明. 와룡이라 불리며 초야에 묻혀 있다가 유비의 삼고초려에 감동해 세상에 나선다. 손권과 유비의 동맹을 성사시키고 적벽대전에서 조조를 대파해 천하삼분三分의 기초를 닦았으며, 유비가 촉한의 황제에 오른 뒤 승상이 되었다. 유비 사후에도 그의 뜻을 받들어 남만南蠻을 정벌하고 위를 공략하다가 결국 성공하지 못하고 사마의司馬懿와 맞선 오장원전투에서 병들어 죽는다. 위를 치기 위해 올린 그의 출사표出師表는 많은 이의 심금을 울려왔다.

조운 趙雲 • 자는 자룡子龍. 상산常山 사람으로 공손찬公孫瓚의 휘하에 있다가 유비에게 귀순했다. 당양 장판長阪에서 유비의 아들 아두阿斗를 품에 안고 조조의 백만대군 사이를 필마단창匹馬單槍으로 누벼서 이름을 떨쳤고, 이후 여러 싸움에서 많은 공을 세워 그 위용만으로도 상대 군사를 두려움에 떨게 했다. 유비 사후에 제갈량이 출사표를 올리고 위를 치기 위해 출정하자 70세를 넘긴 나이에 선봉에 서서 적장을 다섯이나 베어 노익장을 과시하기도 했다.

강유 姜維 • 촉의 장수로 자는 백약伯約. 원래 위의 장수였으나 그의 재주를 높이 평가한 제갈량이 계교를 써서 귀순하게 하고 자신의 후계자로 삼았다. 제갈량이 죽은 뒤 촉 황실의 버팀목 노릇을 하며 여러 차례 중원을 공격했으나 번번이 실패했다. 촉이 위에 망한 뒤 종회鐘會를 꼬드겨 모반하게 하여 나라를 되찾으려고 노력했으나 이 또한 실패로 돌아가자 스스로 목숨을 끊는다.

관흥 關興 • 촉의 장수로 관우關羽의 아들. 관우가 오의 공격을 받아 죽자 장비의 아들 장포와 함께 유비를 도와 오를 공격했다. 아버지 관우의 청룡언월도를 되찾아 사용했고 무예도 관우 못지않았으며, 유비 사후에도 제갈량을 수행하여 북벌을 비롯한 많은 전쟁에서 공을 세웠다.

장포 張苞 • 촉의 장수. 장비의 아들로 장비가 죽은 뒤 관우의 아들 관흥과 함께 유비를 도와 오를 공격했다. 제갈량의 북벌전쟁 때 많은 공을 세웠지만 위의 장수 곽회郭淮 등을 쫓다가 골짜기로 굴러떨어져 크게 다쳐서 얼마 뒤 사망했다.

위연 魏延·촉의 장수. 원래 유표의 장수였지만 나중에 유비의 휘하로 들어왔다. 매우 용맹하고 장수로서의 역량도 뛰어나서 제갈량과 함께 많은 공을 세웠지만, 배반을 잘하는 그의 성정을 파악한 제갈량이 임종하면서 남긴 계책에 따라 거짓으로 협력하던 마대馬岱에 의해 죽임을 당한다.

조비 曹丕·조조의 큰아들. 18세 때 아버지 조조와 함께 원소를 공격해 기주를 함락시킨 후 원소의 둘째며느리 견甄씨의 미모에 반해 자신의 아내로 삼았다. 조조가 죽은 뒤 위왕의 자리를 물려받고 이후 한조漢朝의 제위를 찬탈해 황제의 자리에 올라서 도읍을 낙양으로 옮기고 국호를 대위大魏라 했다.

사마의 司馬懿·위의 대신으로 자는 중달仲達. 조조 때부터 두각을 나타내기 시작했고, 뒤에 황제가 된 조비에게는 더욱 깊은 신임을 받았다. 조예曹睿 때에는 대장군이 되어 군사를 이끌고 제갈량에 맞서 수차례 전쟁을 치렀고, 조예 사후에 조방曹芳이 황위에 올라 조상曹爽이 병권을 쥐게 되자, 병을 핑계로 조상을 속이고 갑자기 거사해 권력을 잡았다.

맹획 孟獲·남만南蠻의 왕. 촉에 반기를 들었다가 남정南征을 떠난 제갈량에게 항복한다. 이 전쟁에서 제갈량은 그를 '일곱번 사로잡았다가 일곱번 놓아주는七縱七擒' 계책을 써서 맹획의 마음을 사로잡았고, 제갈량의 은혜에 진심으로 감복한 그는 다시는 반역하지 않을 것을 맹세했다.

등지 鄧芝·촉의 대신. 식견이 있고 담대하며 언변도 뛰어나서 후주 시절 적대관계에 있던 오에 사신으로 가서 갖은 협박에도 불구하고 손권을 설득해 오와 촉의 동맹을 맺는 데 성공한다. 제갈량의 1차 북벌 때 조운과 더불어 선봉으로 활약했다.

진복 秦宓·촉의 대신. 박학다식하고 언변이 뛰어나 간옹簡雍을 굴복시키고 유장에게 항복을 권하여 유비가 익주목이 되는 데 공을 세웠다. 후주 때 촉과 오가 동맹관계를 회복하여 오에서 보낸 사신인 장온張溫이 제갈량이 베푼 잔치에서 오만하게 굴자 학문적 논쟁을 벌여 그를 굴복시킨다.

마속 馬謖·촉의 장수. 적벽대전 이후 유비의 휘하에 들어왔으나, 유비는 그의 말이 실제보다 앞서는 점을 염려해 임종시에 제갈량에게 특별히 당부할 정도로 신임하지 않았다. 그러나 제갈량은 그를 많이 아껴서 1차 북벌 때 요충지인 가정街亭을 수비하는 중요한 임무를 맡겼는데, 그는 제갈량의 당부와 왕평王平의 간언을 무시하고 용병하다 사마의에게 참패했고, 제갈량은 군율에 따라 그의 목을 벤다. 읍참마속泣斬馬謖의 주인공.

三國志 8

남은 뜻을 위하여

나관중 지음
황석영 옮김

창비

| 일러두기 |

1. 이 책은 중국 인민문학출판사에서 발간한 간체자(簡體字) 『삼국연의
   (三國演義)』(1953년 초판: 2002년 3판 9쇄)와 강소고적(江蘇古籍)출
   판사의 번체자(繁體字) 『수상삼국연의(綉像三國演義)』(전10권, 1999
   년 초판)를 저본으로 했다.
2. 원문에 충실하게 번역하는 것을 원칙으로 하되, 원서의 불필요한 상투
   어들(각 회 끝의 "다음 회의 이야기를 들으시길且看下回分解", 본문 중
   의 "이야기는 두 머리로 나뉜다話分兩頭" 등)은 오늘의 독자들에게 맞
   게 현대화했다. 또한 생동감을 살리고 독자들의 이해를 돕기 위해 건조
   한 원문을 대화체로 한 부분이 있고, 주요 전투장면의 박진감을 살리기
   위해 덧붙여 묘사하기도 했다.
3. 본문 중의 옮긴이주는 해당어를 우리말로 풀어옮기고 괄호 안에 그에
   해당하는 한자를 병기한 뒤 이어붙이는 것을 원칙으로 했다.
4. 본문 중의 옮긴이주에서 다 밝히지 못한 전고(典故)는 별권의 고사성어
   에서 자세히 풀었다.
5. 한시의 옮긴이주는 해당 시의 아래에 붙였다.
6. 본문 중의 삽화와 인물도는 원서의 것을 쓰지 않고 현대적 감각에 맞추
   어 왕훙시(王宏喜) 화백에게 의뢰해 새로 그려넣었으며, 삽입 지도는
   원서에 없는 것이지만 주요사건의 이해를 돕기 위해 그려넣었다.

85

유비의 죽음

유비는 태자를 부탁하는 유서를 남기고
공명은 앉아서 다섯 방면의 적군을 평정하다

장무 2년(222) 6월 동오의 육손(陸遜)은 촉군을 효정 이릉땅에서 크게 무찔렀다. 선주는 백제성으로 몸을 피하고, 조자룡은 군사들과 함께 성을 지키고 있었다. 이때 공명에게 갔던 마량이 돌아와서 대군이 이미 참패한 것을 보고 무척 괴로워하며 공명의 말을 선주에게 아뢰었다. 선주가 탄식해 마지않는다.

"짐이 일찍이 승상의 말을 들었더라면 오늘날 이 지경이 되지는 않았을 것이다. 이제 무슨 면목으로 성도로 돌아가 여러 신하들을 대하겠느냐?"

선주는 마침내 백제성에 머물기로 하고 거처하는 역관(驛館)의 이름을 영안궁(永安宮)이라 고쳤다. 그뒤로도 촉군의 패전 소식은 속속 날아들었다. 풍습(馮習)을 비롯해 장남·부동·정기·사마가 등이 나라를 위해 전사했다는 비보였다. 선주는 슬픔에 잠겨 헤어나지 못했다. 이때 또 근신(近臣, 측근 신하)이 들어와 아뢴다.

"황권이 강북의 군사들을 이끌고 위나라에 투항했다 합니다. 폐하께서는 그의 가족들을 잡아다 처벌하소서."

"동오군이 강북 연안을 막고 길을 끊었으니 황권은 돌아오고자 해도 길이 없어 부득이 위에 투항했을 것이다. 이는 짐이 황권을 저버린 것이지 황권이 짐을 저버린 게 아니니 어찌 그 가족들에게 죄를 묻겠느냐?"

선주는 이렇게 말하고 오히려 황권의 가족들에게 녹미(祿米)를 지급하도록 명했다.

한편 위에 항복한 황권은 여러 장수들에게 이끌려 조비에게로 갔다. 황권에게 조비가 묻는다.

"그대가 이번에 짐에게 투항한 것은 그 옛날 진평(陳平)과 한신(韓信, 둘 다 항우의 부하로 있다가 유방에게 항복해 항우를 치고 한나라의 개국공신이 됨)을 추모하기 위해서인가?"

황권이 울면서 아뢴다.

"신은 촉나라 황제의 두터운 은혜를 입어 강북에서 군사를 통솔하다가 동오의 장수 육손에게 그만 퇴로를 끊겼습니다. 촉으로 돌아갈 수가 없는데, 그렇다고 동오에 투항할 수는 없어 폐하께 투항하게 된 것으로, 싸움에 진 장수가 죽음이나 면하면 다행이지 어찌 감히 옛사람을 추모한다 하겠습니까?"

조비는 크게 기뻐하며 황권에게 진남장군(鎭南將軍)의 직위를 내렸다. 황권은 사양하고 받지 않았다. 이때 근신이 들어와 조비에게 아뢴다.

"촉에서 온 정탐꾼이 말하기를, 촉주가 황권 장군의 식솔들을 모조리 죽였다고 합니다."

황권이 말한다.

"신과 촉주는 서로 믿음이 깊은 터입니다. 신의 본심을 누구보다 잘 알고 계실 촉주께서 신의 식솔을 죽이지는 않았을 것입니다."

조비는 말없이 머리를 끄덕였다.

후세 사람이 황권을 책망하는 내용의 시가 있다.

오에 항복할 수 없어 위에 항복했다 하네	降吳不可却降曹
충의로 어찌 두 조정을 섬긴단 말인가	忠義安能事兩朝
한번 죽지 못한 황권이 안타깝구나	堪嘆黃權惜一死
자양서법*은 이를 용서하지 않으리	紫陽書法不輕饒

* 자양서법(紫陽書法): 자양은 송대 주희(朱熹)를 가리키고, 서법은 역사서술에서 사건이나 인물에 대한 역사가의 평가를 뜻함. '자양서법'은 의미를 중시해 '춘추필법'이라고도 함.

조비가 가후에게 묻는다.

"짐이 장차 천하를 통일하려면 촉을 먼저 쳐야겠소, 아니면 오를 먼저 쳐야겠소?"

가후가 신중하게 대답한다.

"유비는 영웅인데다 제갈량 같은 신하가 있어 나라를 잘 다스리고 있습니다. 또한 동오의 손권은 능히 허실을 꿰뚫는데다, 육손이 요충지마다 진을 치고 강과 호수를 사이에 두고 지키고 있으니, 둘 다 졸지에 도모하기는 어렵습니다. 신이 보기에 우리 장수들 중에는 손권과 유비의 적수가 없습니다. 폐하께서 하늘 같은 위엄으로 임하신다 하더라도 반드시 이길 것을 기약할 수 없으니 오로지 굳게 방비하며 동오와 촉의 변동을 기다려야 합니다."

조비가 말한다.

"이미 대군을 세 길로 나누어 동오로 쳐들어가게 했는데 어찌 이기지 못한다 하오?"

곁에 있던 상서 유엽(劉曄)이 말한다.

"근래에 동오는 육손이 촉의 70만 대군을 격파한 뒤로 상하가 한마음으로 뭉쳐 있고, 또한 강과 호수가 가로놓여 있어 단번에 제압할 수 없습니다. 더구나 육손은 계략이 출중한 인물이라 필시 방비하고 있을 것입니다."

조비가 묻는다.

"지난번에는 경이 짐에게 오를 치라고 권하더니, 지금은 치지 말라고 간하니 어찌 된 까닭이오?"

유엽이 말한다.

"지금은 그때와 사정이 다릅니다. 지난번에는 동오가 촉에게 수차례나 패하여 사기가 형편없이 떨어져 있었으므로 능히 격파할 수 있었습니다. 그러나 최근에는 크게 승리하여 사기가 백배나 높아져 있으니 지금은 동오를 공격할 때가 아닙니다."

조비는 두 신하의 말을 귀담아들으려 하지 않았다.

"짐의 뜻은 이미 결정되었으니 경들은 더이상 말하지 마오!"

조비는 친히 어림군을 거느리고 떠날 준비를 했다. 동오 공격을 위해 이미 출발한 세 방면의 군사를 후원하려는 것이다. 이때 정탐꾼이 급히 달려와 고한다.

"동오는 이미 만반의 준비를 갖추고 있습니다. 여범이 군사를 거느리고 와서 조휴를 대비하고 있으며, 제갈근은 남군에서 조진을 맞을 태세를 갖추었고, 주환(朱桓)은 유수에서 조인을 기다리고 있습니다."

유엽이 다시 간한다.

"적들이 이미 방비하고 있으니 지금 간다 해도 별 이득이 없을까 두렵습니다."

그러나 조비는 듣지 않고 마침내 군사를 거느리고 떠났다.

한편 동오의 장수 주환은 그때 나이 27세로 담대하고 지략이 있어 손권이 늘 아끼는 인물이었다. 유수에서 군사를 조련하다가 조인이 대군을 거느리고 선계(羨溪)를 취하러 온다는 소식을 들은 주환은 모든 군사를 선계로 보낸 후 불과 5천 기병을 거느리고 유수성을 지키고 있었다. 이때 파발꾼이 주환에게 보고한다.

"조인의 장수 상조(常雕)·제갈건(諸葛虔)·왕쌍(王雙) 등이 정예병 5만명을 거느리고 이곳으로 쳐들어오고 있습니다."

이 말을 들은 군사들은 하나같이 겁에 질렸다. 주환이 칼을 바로잡고 군사들에게 말한다.

"승부는 장수에게 달린 것이지 군사의 많고 적음에 있는 게 아니다. 병법에 이르기를 '쳐들어오는 군사가 지키는 군사의 배일 때는 지키는 군사가 능히 이길 수 있다'고 했다. 이제 조인의 군사는 멀고 먼 천릿길을 달려와 인마가 몹시 지쳐 있다. 우리는 높은 성에서 남쪽으로 큰 강을 끼고 북으로는 험한 산을 등지고 편히 앉아 피로한 적을 기다리는 격이니, 이는 주인이 객을 제압하는 터라, 반드시 백전백승할 형세이다. 설사 조비가 몸소 쳐들어온다 해도 전혀 두려울 것이 없는데, 하물며 조인 따위를 두려워할 게 뭐가 있겠느냐!"

주환은 이렇게 군사들의 사기를 북돋고 즉시 영을 내려 깃발을 감추고 북소리도 못 내게 했다. 성에 지키는 사람이 전혀 없는 것처럼 위장하려는 것이었다.

한편 위의 선봉장 상조는 정예병을 거느리고 유수성을 향해 달리고 있었다. 어느덧 멀리 성이 바라보이는 곳에 이르렀는데, 어찌 된 일인지 성위에 군사가 전혀 보이지 않았다. 상조는 군사를 재촉해 성 가까이 달려갔다. 군사들이 성에 거의 다다랐을 때였다. 갑자기 하늘을 울리는 포성과 함께 일제히 성위에 깃발이 올라 나부끼기 시작했다. 이와 동시에 주환이 칼을 비껴잡고 나는 듯이 말을 달려나와 곧장 상조를 공격했다. 싸운 지 불과 3합 만에 상조의 목은 주환의 칼에 추풍낙엽처럼 떨어져버렸다. 용기백배한 동오군은 승세를 몰아 돌격해 들어갔다. 장수를 잃은 위군은 크게 패해서 이때 쓰러져 죽은 자가 이루 헤아릴 수 없이 많았다. 주환은 대승을 거두고 무수한 깃발과 병기, 군마를 노획했다. 뒤이어 군사를 이끌고 선계에 이른 조인은 동오군이 쏟아져나와 들이치는 바람에 숨돌릴 겨를도 없이 패하여 달아났다. 겨우 도망쳐간 조인이 위왕에게 대패한 사실을 아뢰자 조비는 크게 놀라 장수들을 불러놓고 대책을 의논했다. 이때 갑자기 정탐꾼이 보고한다.

"조진과 하후상이 남군을 포위했으나, 안에서 육손의 복병이 몰려나오고 밖에서는 제갈근의 복병이 공격하여 협공을 당해내지 못하고 패하고 말았습니다."

12

말을 마치기도 전에 또다른 정탐꾼이 와서 보고한다.

"조휴도 동오의 여범에게 크게 패하였습니다."

조비는 세 방면의 대군이 모두 크게 패했다는 보고를 듣고는 땅이 꺼지게 한숨을 내쉬며 말한다.

"짐이 가후와 유엽의 말을 듣지 않아 결국 패하고 말았구나!"

이 무렵이 무더운 한여름이라 전염병이 크게 돌아 기병과 보병 중에 열에 일곱이 병들어 죽었다. 조비는 할수없이 남은 군사를 이끌고 낙양으로 회군했다. 이 일로 오와 위 사이는 더욱 나빠졌다.

한편, 선주는 백제성 영안궁에서 병이 들어 앓고 있었는데, 병세가 점점 심해질 뿐 낫지 않았다. 장무 3년(223) 4월에 이르자 선주는 스스로 이미 병이 온몸에 퍼진 것을 깨닫게 되었다. 더욱이 관우와 장비 두 아우를 잊지 못해 통곡하다가 병세는 더욱 위중해졌다. 마침내 두 눈조차 잘 보이지 않게 되었고 갈수록 신경이 날카로워져 나중에는 시종까지도 보기 싫다고 꾸짖어 물리치고는 했다. 그날밤에도 선주는 좌우를 물리치고 우울하게 혼자 침상에 누워 있었다. 문득 음습한 바람이 일더니 등불이 펄럭이며 꺼질 듯 잦아들다가 다시 밝아졌다. 그런데 보니 희미한 불빛 아래 두 사람이 서 있었다. 선주가 화를 내며 말한다.

"짐의 마음이 편치 않아 너희에게 물러들 가라 했는데 어째서 다시 왔느냐?"

그래도 그들은 물러가지 않았다. 선주가 몸을 일으켜 자세히 보니 두 사람은 바로 관운장과 장비가 아닌가. 선주가 깜짝 놀라 소리친다.

"아우들이 아직 살아 있었구나!"

운장이 말한다.

"신들은 사람이 아니라 귀신입니다. 상제(上帝, 하느님)께서 우리 두 사람이 평생 신의를 잃지 않고 살았다 하여 칙명을 내려 신령이 되게 하셨지요. 이제 형님과 함께 우리 형제들이 한자리에 모일 날도 머지 않았습니다."

선주가 두 아우를 붙들고 목놓아 통곡하다가 문득 깨어보니, 두 아우는 어느새 사라지고 없었다. 선주는 즉시 시종을 불러들여 묻는다.

"지금 밤이 얼마나 깊었느냐?"

"3경(밤 12시)이옵니다."

선주가 눈물을 흘리며 탄식한다.

"짐이 세상에 머물 날도 얼마 남지 않았구나!"

날이 밝자마자 선주는 사람을 불러 급히 명하였다.

"승상 제갈량과 상서령 이엄 등에게 밤낮을 가리지 말고 영안궁으로 와서 내 유명(遺命)을 들으라 전하여라."

선주의 사자를 맞은 공명은 태자 유선(劉禪)을 성도에 남겨 지키도록 하고, 선주의 둘째아들 노왕(魯王) 유영(劉永), 셋째아들 양왕(梁王) 유리(劉理)와 함께 영안궁으로 향했다.

영안궁에 도착한 공명 일행은 선주의 병세가 매우 위독한 것을 보고 황망히 침상 아래 엎드렸다. 선주는 공명을 가까이 오게 해 등을 어루만지며 말한다.

"짐이 승상을 얻어 다행히 황제가 되었는데, 짐의 지혜와 식견이 짧아 승상의 말을 듣지 않았다가 이렇게 패하고 말았소. 후회와 한이 병이 되어 이제는 죽음이 조석에 달린지라, 태자는 아직 약하기 이를 데 없어 부득이 승상에게 대사를 부탁하지 않을 수 없구려."

말을 마친 선주의 얼굴에는 눈물이 비오듯 흘러내렸다. 공명 또한 흐느껴 울며 아뢴다.

"원컨대 폐하께서는 용체를 보존하시어 천하 사람들의 바람을 이루어주소서."

선주는 힘없이 고개를 젓다가 마량의 동생 마속이 옆에 있는 것을 보고 잠시 물러가 있으라 명한 뒤 공명에게 묻는다.

"승상은 마속을 어찌 보시오?"

공명이 대답한다.

"마속은 당대의 영재입니다."

선주가 고개를 저으며 말한다.

"짐이 보기에 마속은 말이 실제보다 지나치게 앞서니 크게 쓸 인재는 아닌 듯하오. 승상은 깊이 살피시오."

공명에게 분부하고 나서 선주는 모든 신하들을 내전으로 불러들였다. 그러고는 붓을 들어 유조(遺詔)를 써서 공명에게 건네며 탄식하며 말한다.

"비록 짐이 글을 많이 읽지는 못했으나 대략의 뜻은 아오. 성인께서 말씀하시기를 '새는 죽을 때가 이르면 울음소리가 구슬퍼지고, 사람은 죽을 때가 이르면 그 말이 착하다〔鳥之將死 其鳴也哀 人之將死 其言也善〕'하였소. 짐이 본래 경들과 더불어 조적(曹賊)을 멸하고 한실을 함께 일으키고자 했으나 이제 불행히 중도에 이별하게 되었소. 수고롭지만 승상은 이 유조를 태자 선(禪)에게 전하여 깊이 명심하도록 해주시오. 부디 모든 일을 승상이 잘 가르쳐주시기를 거듭 부탁하오."

공명 등이 엎드려 절하며 운다.

"폐하께서는 용체를 보존하소서. 신들이 견마지로를 다하여 폐하의 지우지은(知遇之恩, 자기의 인격이나 학식을 알아주고 후히 대해준 은혜)에 보답하겠습니다."

선주는 시종에게 명해 공명을 부축해 일으키도록 하고, 한 손으로는 흐르는 눈물을 닦고 다른 손으로는 공명의 손을 잡으며 말한다.

"짐은 이제 곧 죽을 것이오. 내 마음속에 하고 싶은 말이 있소."

"무슨 말씀이십니까?"

선주는 흐르는 눈물을 주체하지 못하며 말한다.

"그대의 재주가 조비보다 열 배는 나으니, 반드시 천하를 안정시키고 대사를 이룰 수 있을 것이오. 앞으로 태자를 도울 만하거든 돕되, 태자가 그만한 그릇이 못 되거든 그대 스스로 성도의 주인이 되길 바라오."

공명은 선주의 간곡한 말을 듣는 순간 온몸에 땀이 흐르고 손발이 떨려왔다. 그대로 땅바닥에 엎드려 울며 고한다.

"신이 어찌 고굉지신(股肱之臣)의 힘을 다해 충절을 바치고 죽기로써 대를 이어 애쓰지 않으리까?"

말을 마치고 머리를 땅에 짓찧으니 공명의 이마에서 피가 흘렀다. 선주는 공명에게 자리에 앉도록 청하고 노왕 유영과 양왕 유리를 가까이 불러 분부한다.

"너희는 부디 짐의 말을 명심하라. 내가 세상을 떠나면 너희 세 형제는 모두 승상 대하기를 아버지 섬기듯이 하되, 조금도 태만해서는 안된다."

엄하게 당부한 뒤 두 왕으로 하여금 공명에게 절을 올리게 했다. 공명이 두 왕의 절을 받고 나서 말한다.

유비는 유조를 써서 공명에게 부탁하다

"신이 비록 간뇌도지(肝腦塗地)한다 해도 어찌 폐하께서 베푸신 지우지은에 보답할 수 있겠습니까?"

선주가 모든 신하들을 돌아보며 말한다.

"짐이 이미 태자를 승상에게 부탁하고 자식들로 하여금 승상을 아버지로 섬기게 하였소. 경들 모두 승상 받들기를 태만히해서는 안될 것이니, 부디 짐의 부탁을 저버리지 마오!"

선주는 다시 조자룡에게 당부한다.

"짐과 경은 환란중에 만나 오늘에 이르렀는데, 이렇게 이별할 줄이야 뉘 알았겠소? 경은 짐과의 오랜 교분을 잊지 말고 태자를 잘 돌보아 짐의 뜻을 저버리지 마오."

조자룡이 통곡하며 엎드려 절한다.

"신이 어찌 감히 견마지로를 다하지 않으리까!"

선주는 다시 모든 관원들에게 말한다.

"짐이 경들 모두에게 일일이 부탁하지 못하오만 바라건대 모두 스스로 아끼시오."

말을 마치고 숨을 거두니, 유현덕의 나이 63세였다. 장무 3년(223) 4월 24일의 일이다.

후에 당나라 시인 두공부(杜工部, 두보杜甫)가 시를 지어 유현덕을 찬탄했다.

촉주, 오를 엿보아 삼협으로 향했으니	蜀主窺吳向三峽
돌아가신 그때에도 영안궁에 계셨도다	崩年亦在永安宮
황제의 비취빛 깃발 빈산 밖에서 상상하노니	翠華想像空山外
아름다운 대궐은 간 데 없고 절터가 되었구나	玉殿虛無野寺中

옛 사당 잣나무에는 학이 깃들고	古廟杉松巢水鶴
철따라 명절에는 촌옹들이 찾아오네	歲時伏臘走村翁
무후사 사당이 이웃에 자리하니	武侯祠屋長鄰近
임금과 신하 한몸으로 제사 함께 받는구나	一體君臣祭祀同

선주가 세상을 떠나니 촉의 문무관원들 중에 슬피 통곡하지 않는 이가 없었다. 공명은 여러 관원들을 거느리고 황제의 관을 받들어모시고 성도로 돌아갔다. 태자 유선이 성밖으로 나와 영구를 맞아들이고 정전(正殿)에 모셨다. 곡을 하며 예를 마치고는 유조를 펴 읽으니 다음과 같다.

짐이 처음에 병이 들어 설사인 줄로만 알았는데, 점점 잡병이 겹쳐 스스로를 다스릴 수 없게 되었도다. 짐이 듣기로 사람의 나이 쉰이 넘으면 요절이라 할 수 없다 했거늘, 짐은 예순을 넘겼으니 죽은들 무슨 여한이 있겠느냐. 다만 너희 형제를 염려할 뿐이니, 힘쓰고 또 힘써서 악한 일은 작더라도 하지 말며, 선한 일은 작더라도 부지런히 행하여라. 오로지 현명하고 덕이 있어야 사람을 복종시킬 수 있느니라. 너희들 아비는 덕이 부족하여 본받을 바 없으니 내가 죽은 후에는 승상과 더불어 일하되, 승상을 부모와 다름없이 섬기고 이에 조금도 태만하지 말아라. 부탁하고 또 부탁하노니, 너희 형제들은 천하에 이름을 떨치도록 노력하고 애쓰라. 간절히 부탁하노라.

여러 신하들이 유조를 다 듣고 나자 공명이 말한다.

"나라에 하루라도 임금이 없어서는 안되오. 이제 태자를 세워 한나라의 대통을 이으시게 하겠소."

곧 태자 유선을 황제의 자리에 오르게 했다. 황제가 된 유선은 연호를 고쳐 건흥(建興)이라 하고, 제갈량을 무향후(武鄕侯)에 봉해 익주목(益州牧)으로 삼았다. 또한 선주를 혜릉(惠陵)에 장사지낸 다음 시호를 소열황제(昭烈皇帝)라 하고, 황후 오씨를 황태후(皇太后)로 높였으며, 감부인의 시호를 소열황후(昭烈皇后)로 하고, 미부인 역시 황후로 추시(追諡, 죽은 뒤 시호를 추증함)했다. 더불어 모든 신하들의 벼슬을 높이고 상을 내렸으며, 천하에 대사령을 내려 죄수를 풀어주었다.

위의 정탐꾼이 이러한 사실을 탐지해 중원에 보고했다. 근신이 이 일을 즉시 위주 조비에게 아뢰자 조비가 매우 기뻐하며 말한다.

"유비가 죽었으니 짐은 이제 근심할 게 없구나. 그 나라에 주인이 없으니 어찌 이 틈을 타서 군사를 일으키지 않으랴!"

가후가 간한다.

"유비는 죽었지만 반드시 제갈량에게 태자를 부탁했을 것입니다. 제갈량은 유비가 자신을 알아준 은혜에 감복해 온힘을 기울여 새 주인을 섬길 것이니, 폐하께서는 조급하게 저들을 치려 하지 마십시오."

가후의 말이 끝나기가 바쁘게 반열에서 한 사람이 분연히 나서며 말한다.

"이 기회에 무찌르지 않고 어느 때를 기다린단 말이오?"

사람들이 모두 바라보니 그는 바로 사마의다. 조비가 크게 기뻐하며 묻는다.

"그렇다면 경에게는 어떤 계책이 있는가?"

"중원의 군사들만으로 친다면 이기기 어려우니, 반드시 5로(五路) 대군을 일으켜야 합니다. 이들 대군으로 사방에서 협공하여 제갈량이 수미상응(首尾相應, 머리와 꼬리가 서로 도움)할 수 없도록 해야 도모할 수 있습니다."

"5로 대군이 무엇인가?"

"우선 서신을 한 통 써서 요동의 선비국(鮮卑國)으로 사자를 보내 강왕(羌王) 가비능(軻比能)을 만나게 하십시오. 황금과 비단으로 그 마음을 사서 요서의 강병(羌兵) 10만을 일으켜 육로를 따라 서평관(西平關)을 치도록 하는 것이 1로(一路)요, 또 한 통의 서신을 써서 사자를 남만으로 보내 만왕 맹획(孟獲)에게 벼슬과 상을 내려 환심을 산 다음 10만 군사를 일으키게 하여 익주(益州)·영창(永昌)·장가(牂牁)·월준(越嶲) 네 곳을 무찔러 서천 남쪽으로 쳐들어가게 하는 것이 2로(二路)입니다. 그리고 다시 사자를 동오로 보내 화친하고 땅을 떼어준다고 약속한 뒤에 손권으로 하여금 10만 군사를 일으켜 양천의 삼협(三峽) 어귀를 공격케 하여 부성(涪城)을 취하는 것이 3로(三路)이며, 항복한 장수 맹달에게 사람을 보내 상용에서 10만 대군을 일으켜 서쪽으로 한중을 엄습하게 하는 것이 4로(四路)입니다. 이렇게 한 후에 대장군 조진을 대도독으로 삼아 10만 군사를 거느리고 경조(京兆)를 거쳐 양평관으로 쳐들어가 서천을 취하는 것이 5로(五路)입니다. 이렇듯 50만 대군이 다섯 길로 나뉘어 일제히 쳐들어간다면, 제아무리 제갈량이 여망(呂望, 강태공)과 같은 재주를 가졌다 한들 어찌 막을 수 있겠습니까?"

조비는 사마의의 말을 듣고 크게 기뻐했다. 곧 말 잘하고 수단 좋은 네 사람을 뽑아 즉시 서신 한 통씩을 주어 은밀히 사자로 보내는 한편, 조진을 대도독으로 삼아 10만 대군을 거느리고 양평관으로 쳐들어가게 했다. 장요와 같은 옛 장수들은 모두 열후(列侯)로 봉하여 이미 기주·서주·청주·합비 등의 요충지를 지키고 있었기 때문에 이번에는 불러들이지 않았다.

한편 촉한의 후주(後主) 유선이 즉위한 이래 옛 신하들 중에서 병으로 세상을 떠난 사람이 많았는데, 그 일을 다 자세히 말할 수는 없다. 이때 조정의 인사(人事)와 법무·재정(財政)·소송 등은 모두 승상 제갈량의 의견을 물어서 처리하였다. 후주에게 아직 황후가 없어서 공명은 신하들과 의논하고 후주께 간했다.

"돌아가신 거기장군 장비의 딸이 매우 어질고 이제 나이 열일곱살이니 정궁황후(正宮皇后)로 맞으시는 게 어떠십니까?"

후주는 즉시 그 말을 받아들여 장비의 딸을 황후로 맞이했다.

건흥 원년(223) 8월이었다. 변방에서 급보가 날아들었는데, 위가 50만 대군을 다섯 길로 나누어 쳐들어온다는 것이었다.

"제1로는 조진이 대도독이 되어 10만군을 일으켜 양평관으로 쳐들어오고 있습니다. 제2로는 반역해 달아난 장수 맹달이 상용의 군사 10만을 거느리고 한중땅으로 쳐들어오고 있고, 제3로는 동오의 손권이 정병 10만을 이끌고 삼협 어귀를 취하여 서천으로 들어오려 하고 있습니다. 제4로는 만왕 맹획이 만병(蠻兵) 10만을 거느리고 익주 등 4군(郡)을 침범하려 하고, 제5로는 번왕(番王) 가비능이 강병 10만으로 서평관을 치기 위해 쳐들어오고 있습니다. 형세가 몹시 위태로워 먼저 승상께 보고드렸는데, 어찌 된 일인지 승상께서는 그뒤로 며칠 동안 조정에 나오시지 않고 있습니다."

후주 유선은 크게 놀라 즉시 공명에게 입궐하라는 명을 전하게 했다. 그러나 반나절 만에 돌아온 근신이 아뢴다.

"승상부 사람이 말하기를 승상께서는 병이 들어 입궐하실 수 없다고 합니다."

후주는 더욱 당황했다. 이튿날 후주는 다시 황문시랑(黃門侍郞) 동윤(董允)과 간의대부(諫議大夫). 두경(杜瓊)에게 명했다.

"승상의 병상을 찾아가 대사를 직접 고하라!"

동윤과 두경이 급히 승상부로 갔으나 문지기가 들여보내주질 않는다. 두경이 투덜거린다.

"선제께서 승상에게 후사를 부탁하셨고, 더구나 주상께서 보위에 오르신 지 얼마 안되는 이때에 조비가 오로군을 일으켜 쳐들어와 사세가 위급하건만, 승상께서는 어찌하여 병만 내세우고 나오시지 않는단 말인가!"

한참만에 문지기가 다시 나와서 승상의 영을 전한다.

"승상께서는 이제 병이 좀 나은 듯하니 내일 아침 일찍 도당(都堂, 의정부 즉 조정)에 나가 일을 의논하시겠답니다."

동윤과 두경은 탄식하며 그대로 발길을 돌렸다. 다음날, 관원들은 아침부터 승상부 앞으로 몰려가 기다렸다. 그러나 해가 저물도록 승상은 끝내 모습을 나타내지 않았다. 대신들이 흩어져 돌아가고 난 뒤 두경은 입궐하여 후주에게 아뢰었다.

"청컨대 폐하께서 친히 어가를 움직이시어 승상에게 직접 계책을 물으소서."

후주는 곧 관원들을 거느리고 내궁으로 들어가 황태후께 모든 사실을 아뢰었다. 황태후가 크게 놀라며 말한다.

"승상이 어찌하여 선제께서 당부하신 일을 저버린단 말인가? 내 직접 가보겠다."

동윤이 곁에서 아뢴다.

"태후께서는 가벼이 움직이지 마소서. 신이 생각건대 승상께 반드시 깊은 뜻이 있을 것입니다. 주상께서 먼저 가보시고 과연 승상이 태만한 태도를 보이거든 그때 태후께서 태묘(太廟, 선주를 모신 사당)로 승상을 불러 그 까닭을 물으셔도 늦지 않을 것입니다."

태후는 동윤의 말에 따르기로 했다.

이튿날, 마침내 후주는 어가를 타고 친히 승상부에 이르렀다. 문지기는 황제의 어가를 보고 황망히 땅에 엎드려 절하며 영접했다. 후주가 묻는다.

"승상께서는 어디 계신가?"

문지기가 엎드려 아뢴다.

"어디 계신지는 모르옵니다. 다만 문무백관이 오더라도 들여보내지 말라는 분부만 받았사옵니다."

후주는 어가에서 내려 홀로 걷기 시작했다. 첫번째, 두번째 문을 지나 세번째 문을 들어서자 공명의 모습이 보였다. 공명은 홀로 죽장(竹杖)에 의지하고 조그만 연못가에 서서 물속에 노니는 물고기떼를 바라보고 있었다. 후주는 한동안 공명의 뒤에 서 있다가 천천히 말을 건넨다.

"승상께서는 평안하시오?"

공명이 고개를 돌려 후주를 보더니 황망히 죽장을 버리고 땅에 엎드려 아뢴다.

"신이 만번 죽어 마땅한 죄를 지었습니다."

후주가 공명을 부축해 일으켜 세운 뒤 묻는다.

"지금 조비가 다섯 길로 군사를 나누어 접경지역을 침범해와 사세가 급박하거늘, 상보(相父, 왕이 부모와 같이 여기는 재상에 대한 존칭)께서는 어찌하여 정사를 돌보지 않으시오?"

공명은 크게 웃더니, 후주를 모시고 내실로 들어가 자리를 정해 앉은 뒤 조용히 아뢴다.

"다섯 길로 나뉘어 대군이 쳐들어오고 있음을 신이 어찌 모르겠습니까? 신은 물고기가 노니는 것을 보고 있었던 게 아니라 생각을 하고 있었습니다."

후주가 걱정스럽게 묻는다.

"장차 이 일을 어찌하면 좋겠소?"

"강왕 가비능, 만왕 맹획, 반역한 장수 맹달, 위장 조진 등 네 길로 쳐들어오는 군사들은 이미 물리칠 방도를 세워놓고 조치를 취했습니다. 다만 손권의 군사를 물리칠 일이 남았는데, 신이 이미 계책을 세웠으니 이제 말 잘하는 사자를 동오로 보내야겠는데, 마땅한 사람이 없어 고심중입니다. 폐하께서는 조금도 근심하지 마십시오."

공명의 말을 듣고 후주의 얼굴에 희색이 감돈다.

"상보께서는 과연 귀신도 헤아릴 길 없는 능력을 가지셨소그려. 바라건대 적병을 물리칠 계책을 들려주시오."

공명이 대답한다.

"선제께서 폐하를 신에게 부탁하셨거늘, 신이 어찌 감히 잠시인들 태만히하겠습니까? 다만 성도의 관원들이 모두 병법의 묘리를 깨우치지 못한 터에 병가의 중대사는 다른 사람들이 눈치챌 수 없게 해야 하는 것인즉, 혹시라도 비밀이 누설될까 하여 조심한 것뿐입니다.

노신(老臣)은 서번국(西番國) 가비능이 군사를 이끌고 서평관으로 쳐들어오는 것을 알고 마초를 기용하였습니다. 마초는 그 조상이 누대에 걸쳐 서천에 살면서 인심을 얻어 강인들이 그를 신위천장군(神威天將軍)이라고 우러러보는 장수입니다. 급히 마초에게 서신을 보내 서평관을 굳게 지키고 네 곳에 기병을 매복해두어 매일 교대로 적을 막게 했으니, 이 방면은 근심할 게 없습니다.

또한 남만의 맹획이 4군을 침범해온다 하여 신은 즉시 위연에게 격문(檄文)을 보내 의병지계(疑兵之計)를 쓰게 했습니다. 이는 군사를 왼쪽에서 나와 오른쪽으로 들어가게 하고, 다시 오른쪽에서 나와 왼쪽으로 들어가게 하여 군사의 수가 매우 많은 것처럼 보이게 하는 병법입니다. 만병들은 비록 용맹스러우나 의심이 많은 까닭에 의병을 보면 감히 쳐들어오지 못할 것이므로, 이 방면도 걱정할 것이 없습니다.

또 맹달이 군사를 거느리고 한중으로 쳐들어오고 있다지만, 이 역시 걱정할 바 못됩니다. 맹달은 본래 이엄과 생사를 함께하기로 한 사이입니다. 신이 성도로 돌아올 때 이엄을 남겨 영안궁을 지키게 한 것은 나중에라도 이런 일이 있을 것에 대한 대비책이었습니다. 신은 이미 이엄의 필체로 서신을 한 통 꾸며 사람을 시켜 맹달에게 보냈습니다. 맹달이 그 서신을 받아보면 틀림없이 병이 났다는 핑계로 군사를 움직이지 않을 것이고, 군심(軍心)도 해이해질 터이니 이곳 또한 걱정할 게 없습니다.

조진이 대도독으로 양평관을 향해 진격해온다 하나 그곳은 워낙 지세가 험준하여 가히 지킬 만합니다. 더구나 신이 이미 조자룡에게 명하여 한무리의 군사를 거느리고 굳게 요충지를 지키기만 할 뿐 함부로 나가 싸우지 말라 했습니다. 그러면 조진은 틀림없이 무슨 계략이 있으리라 여겨 오래지 않아 스스로 물러갈 것입니다.

이처럼 네 방면의 적군은 근심할 것이 없습니다. 그러나 신은 혹시라도 실수가 있을까 두려워, 은밀히 관흥과 장포 두 장수에게 각각 3만 명의 군사를 주고 요충지에 주둔하고 있다가 각 방면의 우리 군이 위험에 처할 경우 후원하도록 지시해두었습니다. 모든 장수들에게 출진할 때 성도를 경유하지 말도록 엄명을 내린 터라, 이 일을 아는 사람은 아무도 없습니다."

"그렇다면 동오의 손권은 어찌합니까?"

"동오의 일로군은 아직은 움직이지 않고 사세를 주시하고 있을 것입니다. 네 길의 군사가 우리를 이겨 서천이 위급해지면 그때는 반드시 침공해오겠지만 만일 네 길의 군사가 우리를 이기지 못하면 저들이 어찌 감히 움직이겠습니까? 손권은 지난날 조비가 동오를 침범했던 까닭에 아직도 원한이 남아 있어 위의 뜻대로 움직이지는 않을 것입니다. 사세가 이러하니 우리가 지금 언변이 능한 사자를 동오에 보내 이해득실을 따져 손권을 설득시킨다면, 그까짓 네 길의 군사들쯤이야 걱정할 게 뭐가 있겠습니까? 신은 다만 적당한 사람을 찾지 못해 주저하고 있었던 것인데, 어찌 폐하께서 어가를 움직여 수고롭게 예까지 오실 줄 알았겠습니까?"

공명의 말을 듣고 후주의 근심은 눈녹듯이 사라졌다.

"실은 태후께서 친히 상보를 만나고자 하셨는데, 이제 상보의 말을 들으니 마치 꿈에서 깨어난 듯하오. 그러니 더 무엇을 근심하겠소?"

공명은 후주와 더불어 술을 몇잔 나누고 나서 후주를 배웅하러 나섰다. 승상부 앞에 모여 있던 관원들은 후주의 얼굴에 희색이 가득한데다 공명이 후주를 배웅해 나오자 안도의 숨을 내쉬었다. 후주는 어가에 올라 궁궐로 돌아갔다. 뒤따르는 관원들은 의논이 어떻게 되었는지 전혀 알 수 없어 어리둥절할 뿐이었다. 이때 공명이 보니 여러 관원들 중에서 오직 한 사람이 하늘을 올려다보며 소리없이 웃는데, 그 표정이 밝았다. 그는 바로 의양(義陽) 신야(新野) 사람으로 성은 등(鄧), 이름은 지(芝)이고, 자는 백묘(伯苗)로 그때 호부상서(戶部尙書)로 있었다. 그는 한나라 사마(司馬) 등우(鄧禹)의 후손이었다. 공명은 시종을 불러 은밀히 분부했다.

"호부상서 등지에게 가지 말고 남으라고 전하여라."

관원들이 모두 후주를 모시고 떠난 뒤 공명은 등지를 불러들여 서재에 자리를 잡고 앉았다. 공명이 묻는다.

"지금 위·촉·오가 솥발처럼 삼국으로 나뉘어 있소. 두 나라를 쳐서 천하를 통일하려면 먼저 어느 나라를 쳐야겠소?"

등지가 대답한다.

"제 어리석은 소견으로는, 위가 한나라의 역적이긴 하나 그 세력이 무척 크니 급히 뒤흔들기는 어렵고 천천히 도모해야 할 것입니다. 더구나 주상께서 보위에 오르신 지 얼마 안되어 민심이 안정되지 않았으니 마땅히 동오와 동맹을 맺어 순치지세(脣齒之勢)를 이루고, 지난날 선제의 묵은 원한을 깨끗이 씻어버리는 것이 장래를 위한 계책이라 생각합니다. 승상의 뜻은 어떠십니까?"

공명이 크게 웃으며 말한다.

"나도 그렇게 생각한 지 오래이나 아직 적당한 인물을 찾지 못해 근심했는데, 오늘에야 비로소 사람을 찾았구려!"

등지가 묻는다.

"승상께서는 누구를 얻었다는 말씀이십니까?"

"사람을 동오로 보내 동맹을 맺고자 했는데, 그대가 이미 이 뜻을 알고 있으니 군명(君命)을 욕되게 하지는 않을 게 아니겠소? 동오에 가는 중임은 그대가 아니면 맡을 사람이 없소이다."

"제가 어리석고 지혜가 깊지 못하여 감히 그 일을 감당치 못할까 두렵습니다."

"내가 내일 입궐해 황제께 아뢰고 그대에게 이 일을 맡길 터이니 바라건대 절대 사양하지 마시오."

등지는 고개 숙여 승낙하고 물러갔다. 다음날 공명은 후주에게 주청해 등지를 동오의 사신으로 보내도록 했다. 등지는 후주께 절하여 사례하고 즉시 동오를 향해 길을 떠났다.

오나라에서 바야흐로 전쟁이 그치니 　　　　　　吳人方見干戈息
촉의 사신이 옥백 갖춰 우호 맺으러 오네 　　　　蜀使還將玉帛通

등지는 과연 어떤 성과를 거둘 것인가?

촉과 오의 연합작전

진복은 웅변을 토해 장온을 비난하고
서성은 화공을 써서 조비를 격파하다

　한편 동오의 육손이 위군을 물리친 후 오왕 손권은 육손을 보국장
군(輔國將軍) 강릉후(江陵侯)로 봉하고 형주목(荊州牧)을 제수했다.
이때부터 동오의 병권은 육손이 장악하게 되었다. 장소와 고옹이 손
권에게 연호 바꿀 것을 청하니 손권은 이를 수락하고 연호를 고쳐 황
무(黃武) 원년(222)이라 했다. 이때 위에서 사신이 왔다는 보고가 들어
왔다. 손권이 맞아들이니, 위의 사자가 아뢴다.
　"지난번에 촉이 사람을 보내 구원을 청했을 때는 위가 사세를 잘못
판단하고 군사를 일으켜 동오를 공격했으니 이제 크게 후회하고 있습

니다. 이번에 우리가 네 길로 대군을 일으켜 서천을 취하고자 하니, 동오에서 부디 도와주십시오. 만일 촉나라땅을 얻게 되면 절반을 나누어드리겠습니다."

손권은 선뜻 결정을 내리지 못하고 장소와 고옹 등을 불러 상의했다. 먼저 장소가 말한다.

"육백언(陸伯言, 육손의 자)의 식견이 탁월하니 불러 물어보십시오."

손권은 당장 사람을 보내 육손을 불러들였다. 육손이 아뢴다.

"조비가 중원을 차지하고 있어 급히 도모할 수 없는 터에 이번 요구를 들어주지 않으면 반드시 위와는 원수지간이 될 것입니다. 신의 생각으로 위와 오에는 아직 제갈량과 겨룰 만한 적수가 없으니, 우선 겉으로는 위의 청을 응낙하고 군사를 준비한 후 위의 4로군이 어찌 싸우는지 지켜보는 게 좋을 듯합니다. 만일 4로군이 승리하여 서천이 위급하고 제갈량이 적을 앞뒤로 감당하지 못하게 되면 그때 주상께서 군사를 일으키시되 위보다 먼저 성도로 쳐들어가는 것이 상책입니다. 그러나 만일 4로군이 패하면 그때는 다시 의논하소서."

손권은 육손의 말에 따르기로 하고 위의 사자를 불러들였다.

"아직 여러모로 준비가 여의치 않으니 좋은 날을 골라 군사를 일으켜 호응하겠소."

사자는 손권에게 절하여 사례하고 돌아갔다. 손권은 사람을 보내 전세를 탐지해오도록 했다. 그랬더니 먼저 서번(西番) 군사들은 서평관까지 진격했다가 마초를 보고는 더 싸우지 않고 스스로 물러갔다고 했다. 남만의 맹획은 군사를 일으켜 4군을 공격했으나 위연의 의병지계에 걸려 대패하여 돌아갔고, 상용의 맹달은 군사를 거느리고 가다가 도중에 병이 나서 더 진군하지 못했다고 하였다. 그리고 조진은 양평관까지 왔으나 조자룡이 험준한 요충지를 막고 있으니, 과연 '한 장수가 관을 지켜도 만명의 군사를 막아낼 수 있다〔一將守關 萬夫莫開〕'는 말 그대로여서 야곡에 주둔해 있다가 결국 이기지 못하고 물러갔다고 했다. 손권이 이 소식을 듣고는 문무백관들이 모인 자리에서 감탄해 마지않았다.

"육백언은 참으로 귀신 같은 사람이로다. 과인이 만약 경솔하게 움직였다면 또다시 서촉과 원수지간이 될 뻔했구나."

동오의 관원들도 육손의 식견에 탄복했다. 이때 근신이 들어와 서촉에서 등지가 사신으로 왔다고 보고했다. 장소가 손권에게 아뢴다.

"제갈량이 위군을 물리치려고 등지를 세객(說客, 뛰어난 말솜씨로 상대의 마음을 움직여 목적을 이루던 고대의 정객)으로 보낸 것입니다."

손권이 묻는다.

"그렇다면 뭐라고 대답해야 좋겠소?"

"대전 앞뜰에 큰 가마솥을 걸고 기름 수백근(斤)을 부은 다음 불을 피워 펄펄 끓이십시오. 그런 다음에 키 크고 억센 무사 1천명을 골라 궁문에서부터 대전에 이르기까지 양쪽에 칼을 들고 늘여세우고서 등지를 불러들이십시오. 등지가 들어오거든 불문곡직하고 옛날 역이기(酈食其)가 제나라를 달래던 일(역이기는 한나라 유방의 사자로 제齊나라 왕을 설득해 전쟁준비를 그만두게 했다. 이 틈을 타서 한나라 대장이 제를 습격하자 제나라 왕이 자기를 속인 역이기를 가마솥에 삶아죽인 고사를 가리킴)을 들어 '너를 당장 저 기름솥에다 처넣어 삶으리라' 하고 호통을 치신 뒤에 그가 어떻게 대답하는지 들어보소서."

손권은 장소의 말대로 기름솥을 걸어놓고 무사들로 하여금 칼을 차고 좌우에 늘어서게 한 다음 등지를 불러들였다. 등지는 의관을 정제

등지는 끓는 기름가마를 앞에 두고 손권을 설득하다

하고 궁문을 들어서다가 무사들이 칼·도끼·긴창·단검 등을 들고 좌우로 죽 늘어서 있는 것을 보았다. 이내 그 속내를 알아차린 등지는 조금도 두려워하는 기색 없이 침착하게 걸음을 옮겼다. 대전 앞에 다다르니 거기에는 또 펄펄 끓는 기름가마가 있고, 무사들이 좌우에서 위협하듯 등지를 노려보다가 슬쩍 끓는 기름가마 쪽으로 눈길을 보낸다. 등지는 무사들을 보며 소리없이 웃었을 뿐이다. 이윽고 등지는 근신이 안내하는 대로 주렴 앞에 이르렀으나 허리를 구부려 읍할 뿐 손권에게 절을 올리지 않았다. 손권은 주렴을 걷어올리게 하고 큰소리로 꾸짖는다.

"어째서 절을 하지 않느냐?"

등지는 등을 꼿꼿이 세운 채 의연히 대답한다.

"황제의 사신이 어찌 조그만 나라의 주인에게 절을 할 수 있겠소이까?"

손권이 크게 노하여 호통친다.

"네놈이 세치 혓바닥을 놀려 감히 역생(酈生, 역이기)이 제나라를 설득하던 일을 흉내내려는 것이냐? 당장 이놈을 기름솥에 처넣어라!"

등지는 손권의 말이 채 끝나기도 전에 큰소리로 웃음을 터뜨렸다.

"사람들이 말하기를 동오에 유능한 인물이 많다 했는데, 나 같은 일개 선비를 이렇게 두려워할 줄 뉘 알았으랴!"

손권은 화가 머리끝까지 치밀었다.

"과인이 어찌 너 따위 필부를 두려워하겠느냐?"

"이 등지가 두렵지 않다면 세객 하나 때문에 이렇게까지 야단법석할 까닭이 있겠습니까?"

"너는 제갈량의 명에 따라 내게 위나라와 절연하고 촉과 화친하자고 온 것이 아니더냐?"

"나는 서촉의 한낱 유생으로 다만 오나라의 이해(利害)를 말씀드리기 위해 왔거늘, 무사를 늘여세우고 기름솥까지 걸어놓으며 사신을 막으려 하시니, 어찌 이렇듯 도량이 좁단 말씀입니까?"

이 말을 들은 손권은 문득 부끄러운 생각이 들었다. 즉시 무사들에게 물러가라 명하고 등지를 전에 오르게 하여 자리를 권했다. 손권이 묻는다.

"오와 위의 이해가 어떤지 내게 자세히 설명해보시오."

이번에는 등지가 손권에게 묻는다.

"대왕께서는 우리 촉과 강화를 맺을 생각이십니까, 아니면 위와 강화를 맺을 생각이십니까?"

"촉과 강화를 맺고 싶으나, 촉주가 아직 어리고 아는 것이 부족하니 끝까지 약속을 지킬지 염려스러울 뿐이오."

"대왕께서는 당대의 뛰어난 호걸이시며, 제갈량 또한 당대의 준걸이십니다. 게다가 촉의 산천은 험준하고 오는 세 강으로 견고하니, 만일 두 나라가 화합해 순치지세를 이룬다면 나아가 천하를 삼킬 수 있고, 물러나 솥발처럼 각각 자립할 수도 있습니다. 대왕께서 스스로 몸을 굽혀 위의 신하가 되신다면 위는 반드시 대왕의 입조(入朝)를 바랄 것이며, 태자를 데려가 볼모를 삼으려 할 것입니다. 대왕께서 이에 불응하면 즉시 군사를 일으켜 쳐들어올 것이고, 그리 되면 우리 촉도 대세에 따라 오를 칠 수밖에 없으니, 대왕께서는 다시는 강남 땅을 차지하실 수 없습니다. 만일 대왕께서 이 어리석은 사람의 말을 믿지 않으신다면, 이 몸은 당장 대왕 앞에서 목숨을 끊어 다시는 세객이란 말을 듣지 않겠소이다."

등지는 자리에서 일어나 옷을 걷어올리더니 대전 아래 가마솥으로 뛰어들려 했다. 손권은 황급히 좌우에게 명해 등지를 말린 다음 후전(後殿)으로 청해 들이고 상빈으로 대접했다. 술이 몇 순배 돌고 나서 손권이 은근히 말한다.

"내 뜻과 선생의 뜻이 같구려. 촉주와 힘을 합할 생각이니 선생께서 주선해주시겠소?"

등지가 대답한다.

"조금 전까지 소신을 기름솥에 처넣으려던 분도 대왕이시며, 이제 소신을 부리려는 분도 대왕이십니다. 대왕께서 아직도 의심하여 결정을 못하시는데, 소신이 어떻게 대왕을 믿겠습니까?"

손권이 결연히 말한다.

"내 뜻은 이미 결정됐으니, 선생은 더이상 의심하지 마시오."

오왕은 등지를 붙잡아 머물게 하고 관원들을 불러모았다.

"과인이 강남 81주를 장악하고 형초(荊楚)의 땅까지 얻었으나 오히려 저 궁벽한 곳에 있는 서촉만도 못하오. 촉에는 등지 같은 인물이 있어서 그 주인을 욕되게 하지 않건만, 우리 오에는 촉에 들어가 과인의 뜻을 전할 만한 인물이 한 사람도 없단 말이오?"

이때 한 사람이 반열에서 나와 아뢴다.

"원컨대 신이 촉에 다녀오겠습니다."

사람들이 보니, 그는 오군(吳郡) 사람으로 성은 장(張), 이름은 온(溫)이고, 자는 혜서(惠恕)인데, 그때 중랑장(中郎將)으로 있었다. 손권이 장온에게 말한다.

"경이 촉에 가서 제갈량에게 내 뜻을 제대로 전할 수 있을지 그것이 걱정이로다."

장온이 말한다.

"공명도 사람인데 신이 어찌 그를 두려워하겠습니까?"

손권은 크게 기뻐하며 장온에게 많은 상을 내리고 등지와 함께 서촉으로 떠나도록 했다.

한편 등지를 동오에 보내고 공명은 입궁하여 후주에게 아뢴다.

"이번에 등지는 반드시 동오와의 강화를 성사시킬 것입니다. 동오에는 인재들이 많으니 답례로 사람을 보내올 터인데, 폐하께서는 마땅히 예로써 대접하여 동오로 돌려보내 두 나라가 우호관계를 맺도록 하소서. 이번에 오와 우호를 맺고 나면 위는 우리 촉을 공격하지 못할 것입니다. 이렇게 오와 위를 진정시켜놓고, 신은 남만을 정복하여 평정한 다음에 위를 도모하겠습니다. 위를 꺾고 나면 동오도 오래 버티지 못할 터이니, 다시 천하통일의 기업을 이룰 수 있을 것입니다."

공명의 말을 듣고 후주는 고개를 끄덕였다. 이때 근신이 들어와 동오의 장온이 등지와 함께 답례차 왔다고 고했다. 후주는 문무백관을 대궐에 불러모으고 등지와 장온을 들어오게 했다. 장온은 스스로 뜻을 이룬 듯 사뭇 의기양양한 태도로 정전에 올라 후주를 뵙고 절했다. 후주는 장온에게 비단으로 꾸민 둥근 의자를 내주어 대전 왼쪽에 앉게 하고 잔치를 베풀어 정중히 대접했다. 잔치가 끝난 뒤 문무백관들은 장온을 역관까지 전송하였다. 이튿날에는 공명이 장온을 청하여 잔치를 베풀어 대접했다. 공명이 장온에게 말한다.

"선제(先帝)께서는 생전에 오와 화목하지 못했으나 이미 세상을 떠나셨고, 지금 주상께서는 오왕을 깊이 사모하시어 옛 원한을 버리고 영원히 결맹을 맺어 함께 위를 무찌르고자 하시오. 바라건대 대부는 돌아가거든 이 뜻을 오왕께 잘 아뢰어주시오."

장온은 쾌히 응낙했다. 술이 어지간히 취해오르자 장온은 거침없이 웃으며 떠들어대는데 그 얼굴에 오만스런 기색이 역력했다.

다음날 후주는 장온에게 황금과 비단을 하사하고 성 남쪽의 우정(郵亭, 옛날 역참의 객사)에서 잔치를 베풀어 모든 관원들로 하여금 극진히 대접하고 전송하도록 명했다. 공명이 은근히 장온에게 술을 권하자 장온은 사양하지 않고 받아마셨다. 술이 몇 순배 돌았다. 그때 한 사람이 술에 취해 불쑥 들어오더니 좌중을 향해 길게 절하고는 자리에 앉았다. 장온이 괴이한 듯 공명에게 묻는다.

"저 사람은 누굽니까?"

공명이 대답한다.

"성은 진(秦)씨고 이름은 복(宓), 자는 자칙(子勅)이라 하오. 지금 익주(益州) 학사(學士)로 있소이다."

장온이 큰소리로 웃으며 말을 건넨다.

"명색이 학사라고 하시니 배운 것이 많겠소이다."

진복이 정색을 하고 대답한다.

"우리 촉에서는 삼척동자도 다 학문을 하는데 나야 말해 무엇하겠소?"

"그러면 귀공께서는 무슨 공부를 하셨소?"

"위로는 천문(天文)에서 아래로는 지리(地理)에 이르기까지 삼교구류(三敎九流, 여러 사상과 학문의 갈래. 삼교는 유교·불교·도교, 구류는 유가류·도가류·음양가류·법가류·명가류·묵가류·종횡가류·잡가류·농가류)와 제자백가(諸子百家, 춘추전국시대 수많은 학자들의 저서)를 두루 공부했고, 고금의 역사와 성현의 경전에 이르기까지 접하지 않은 것이 없소이다."

장온이 웃으며 묻는다.

"귀공이 큰소리를 쳤으니 청컨대 하늘에 대해 묻겠소. 하늘에도 머리가 있소이까?"

"머리가 있지요."

"어느쪽에 있소?"

묻는 말이 떨어지기가 바쁘게 진복이 대답한다.

"서쪽에 있지요. 『시경』에 이르기를 '내권서고(乃眷西顧)'라, '생각하여 서쪽을 돌아본다' 했으니, 이로써 미루어본다면 하늘의 머리는 서쪽에 있는 것이지요."

장온이 계속 묻는다.

"그럼 하늘에 귀는 있소이까?"

"물론 있소이다. 하늘은 높이 있으면서 낮은 데 소리를 듣습니다. 『시경』에 이르기를 '학명구고(鶴鳴九皐)에 성문어천(聲聞於天)'이라, 즉 '학이 높은 언덕에서 우니 그 소리가 하늘에 들린다' 했으니, 귀가 없으면 어찌 듣겠소이까?"

"그럼 하늘에 발도 있소이까?"

"물론 발도 있소이다. 『시경』에 이르기를 '천보간난(天步艱難)'이라, '하늘의 걸음이 매우 고생스럽다' 했으니, 발이 없다면 어찌 걸을 수 있겠소?"

"하늘에 성(姓)은 있소이까?"

"어찌 성이 없겠소?"

"그럼 하늘의 성은 무엇이오?"

"유(劉)씨외다."

"어째서 유씨라 하오?"

"황제의 성이 유씨인 걸 보고 알지요."

장온이 약간 성급하게 묻는다.

"해는 동쪽에서 나지 않소이까?"

진복이 빙그레 웃으며 답한다.

"해는 비록 동쪽에서 나지만 반드시 서쪽으로 떨어지지요."

진복이 맑은 음성으로 흐르는 물처럼 막힘없이 대답하니, 좌중의 모든 사람들은 놀라 눈이 휘둥그레졌다. 장온은 더이상 할말을 잊은 듯 잠잠해졌다. 그러자 이번에는 진복이 장온에게 묻는다.

"선생은 동오의 명사로 이미 하늘에 대해 물었으니, 아마도 하늘의 깊은 이치를 아실 것이외다. 태곳적 혼돈이 나뉘어 음양으로 갈릴 때에 맑고 가벼운 것은 위로 떠서 하늘이 되고, 무겁고 탁한 것은 아래로 내려앉아 땅이 되었다 합니다. 그런데 공공씨(共工氏)가 싸움에 패하여 머리로 부주산(不周山)을 들이받는 바람에 하늘의 기둥이 꺾이고 땅이 떨어져나가, 하늘은 서북쪽으로 기울고 땅은 동남쪽으로 기울었다 하지 않습니까? 모름지기 가볍고 맑은 것이 떠올라 하늘이 되었다 하는데 어찌 서북으로 기울 수 있겠습니까? 또 그렇다면 하늘은 맑고 가벼운 것 이외에 또다른 무엇이 있는지요? 원컨대 선생께서 한수 가르쳐주시지요."

장온은 대답을 못하더니 자리를 피해 앉으며 사과한다.

"참으로 촉나라에 이렇듯 인재가 많은 줄 몰랐습니다. 선생의 강론을 듣고 나니 참으로 막혔던 가슴이 확 트이는 듯합니다."

공명은 장온이 지나치게 무안해할까 염려해 좋은 말로 위무한다.

"술자리에서 하는 문답이란 모두 농담에 지나지 않소이다. 공께서는 천하를 다스리고 나라를 평안케 하는 법을 아시면서 그런 농담에 마음쓸 것이 뭐가 있겠소?"

장온은 공명에게 절하여 사례했다. 공명은 등지에게 다시 장온과 함께 오나라에 가서 답례하도록 명하였다. 두 사람은 공명에게 절한 뒤 함께 동오로 떠났다.

한편, 오왕 손권은 장온이 촉으로 간 지 여러 날이 되어도 돌아오지 않자 혹시 무슨 변고라도 생겼나 걱정스러워 문무백관을 모아놓고 의논하고 있었다. 그때 문득 근신이 들어와 아뢴다.

"촉에서 다시 답례차 등지를 보내 장온과 함께 들어와 인사를 올리겠다고 합니다."

손권은 즉시 두 사람을 불러들였다. 장온이 대전 앞에서 절을 올리고 후주와 공명의 덕을 높이 칭송하고는 말한다.

"촉주께서는 우리 오와 결맹을 맺고자 하며 특별히 등지를 보내 답례를 올리도록 하였습니다."

손권은 크게 기뻐하며 곧 잔치를 열어 등지를 대접했다. 손권이 등지에게 말한다.

"오와 촉 두 나라가 힘을 합쳐 위를 멸하고 나서 천하를 둘로 나누어 절반씩 다스린다면 어찌 기쁘지 않겠소?"

등지는 들었던 술잔을 내려놓으며 말한다.

"하늘에 해가 둘이 아니듯 백성들에게 두 주인은 없습니다. 위를 없앤 뒤 천명이 누구에게 돌아갈지 알 수 없습니다만, 다만 임금이 되려는 자는 덕을 닦고, 신하된 자는 충성을 다한다면 자연히 싸움은 없어질 것입니다."

등지의 말에 손권이 크게 웃으며 감탄한다.

"참으로 그대의 성실함은 대단하오!"

손권은 등지에게 후하게 선물을 내려 촉으로 돌려보냈다. 이로부터 오와 촉은 서로 우호관계를 유지했다.

한편 위의 정탐꾼은 오와 촉의 동맹 소식을 탐지해 즉시 중원에 보고했다. 위주 조비는 이 소식에 크게 노했다.

"오와 촉이 동맹을 맺은 것은 중원을 도모하려는 뜻이 분명하니 과인이 먼저 그들을 치리라!"

조비는 문무백관들을 소집하여 군사를 일으켜 동오를 공략할 일을 의논했다. 이때 대사마 조인(曹仁)과 태위 가후(賈詡)는 이미 세상을 떠나고 없었다. 시중 신비(辛毗)가 반열에서 나와 아뢴다.

"중원은 본래 땅은 넓고 백성은 드물어 급히 군사를 일으키면 여러 가지로 이롭지 못한 점이 있습니다. 지금부터 10년 동안은 군사를 기르고 논밭을 일구어 군량을 비축하는 것이 급선무입니다. 충분한 군량과 군사력을 갖춘 뒤에 도모해야만 비로소 오와 촉을 깨뜨릴 수 있습니다."

이 말에 조비는 버럭 화를 낸다.

"그야말로 어리석은 선비의 말이로구나! 지금 오와 촉이 연합해 당장 우리 경계로 쳐들어올 판인데, 어느 세월에 10년을 기다린단 말인가?"

조비는 당장 군사를 일으켜 동오를 공략하라는 영을 내렸다. 그때 사마의가 나서서 아뢴다.

"오에는 물살 거센 장강(長江)이 있어서 배가 아니고는 건널 수 없습니다. 그러니 폐하께서 몸소 출정하시려면, 우선 크고작은 전선을 골라 채하(蔡河)와 영수(潁水)에서 회수(淮水)로 들어가서 수춘(壽春)

을 함락시키십시오. 그런 다음 광릉(廣陵)에 이르러 장강을 건너서 남서(南徐)를 취하는 것이 상책입니다."

조비는 사마의의 말에 따랐다. 그날부터 공사를 시작해 밤낮을 가리지 않고 용주(龍舟, 임금이 타는 배) 10여척을 만들게 했는데, 길이 20여장(丈)에 2천여명을 태울 수 있는 있는 규모였다. 뿐만 아니라 전선 3천여척을 거둬들여, 마침내 위 황초 5년(224) 8월에 대소 장수들을 모아 출정하기에 이르렀다. 조비는 조진에게 전군을 맡기고 장요·장합·문빙·서황 등을 대장으로 삼아 선봉에 서도록 했다. 허저·여건(呂虔)에게 중군 호위를 맡기고 조휴는 후군으로 삼았으며, 유엽(劉曄)·장제(蔣濟)를 참모로 삼으니, 전후의 수륙 군마가 도합 30만에 달했다. 또한 사마의를 상서복야(尙書僕射)에 봉하여 허도에 머물면서 국정의 대사를 모두 결정하게 했다. 위군의 출정에 대해서는 더이상 말하지 않는다.

한편 동오의 정탐꾼은 이러한 위의 동태를 탐지해 즉시 보고했다. 근신이 황망히 들어와 오왕에게 아뢴다.

"지금 위왕 조비가 몸소 용주를 타고 수륙대군 30만을 거느리고 채하와 영수를 거쳐 회수로 나오려 한답니다. 거기서 광릉을 취한 다음 장강을 건너 강남으로 쳐내려올 것이라 하니 사세가 매우 급박합니다."

오왕 손권은 뜻밖의 소식에 크게 놀라 즉시 문무백관을 불러들여 의논했다. 고옹이 나서서 말한다.

"주상께서는 이미 서촉과 동맹을 맺으셨으니, 먼저 제갈공명에게 서신을 보내 한중의 군사를 일으키게 하여 적의 세력을 양분하고, 대장 한 사람을 골라 남서에 보내 위군을 막게 하소서."

손권이 말한다.

"이 일은 육백언이 아니면 감당할 수 없을 게요."

고옹이 다시 아뢴다.

"육백언은 형주를 지키고 있으니 함부로 움직여서는 안됩니다."

"과인도 모르는 바 아니나 당장 이 일을 감당할 사람이 없으니 어쩌면 좋겠소?"

손권의 말이 끝나기가 무섭게 한 사람이 반열에서 나서며 말한다.

"신이 비록 재주는 없으나 원컨대 한무리의 군사를 이끌고 위군과 싸우고자 합니다. 조비가 대강(大江, 장강)을 건너온다면 기필코 사로잡아 전하께 바치겠으며, 만일 강을 건너오지 않더라도 위군의 태반을 섬멸해 그들로 하여금 감히 동오를 넘보지 못하게 하겠습니다."

손권이 바라보니 바로 서성이었다. 손권은 크게 기뻐하며 말한다.

"경이 그처럼 강남 일대를 지켜준다면 과인이 이제 무엇을 더 근심하겠소?"

그러고는 즉시 서성을 안동장군(安東將軍)에 봉하여 건업(建業)과 남서 두곳의 군마를 총지휘하게 했다. 서성은 사례한 뒤 명을 받들고 물러나왔다. 그리고 모든 군사들에게 명령을 내려 무기를 수습하고 정기를 세우는 등 강안을 지킬 계획을 세웠다. 이때 한 사람이 불쑥 나서며 말한다.

"오늘 대왕께서 장군에게 중임을 맡기신 것은 위군을 격파하고 조비를 사로잡으라는 뜻 아니겠습니까? 장군은 어찌하여 빨리 군사를 움직여 강을 건너서 회남땅에서 적을 맞아 싸우려 하지 않으십니까? 이러다 조비의 군사가 들이닥치기라도 하면 때늦은 일이 될까 염려스럽습니다."

서성이 보니 바로 오왕의 조카뻘 되는 손소(孫韶)였다. 자가 공례(公禮)인 그는 양위장군(揚威將軍)으로서 일찍이 광릉을 지킨 일이 있었고, 아직 젊은 탓에 혈기왕성하며 용기와 담력이 출중한 인물이었다. 서성이 조용히 이른다.

"조비의 세력이 막강하고 명장들이 선봉에 나섰으니 우리가 강을 건너 대적하기는 어렵소. 내 이제 저들의 전선이 모조리 강의 북안에 이르기를 기다렸다가 계책을 써서 격파하려 하오."

손소가 청한다.

"수하에 3천 군마가 있고 광릉의 지세와 길을 잘 아니, 내가 강을 건너 조비와 결전하겠습니다. 만일 승리하지 못하면 그땐 군령을 달게 받겠소이다."

서성은 고개를 가로저었다. 그러나 손소는 조금도 뜻을 굽히지 않고 거듭 청한다. 좋은 말로 몇번을 타일렀으나 손소가 끝내 우기니 서성은 대로하여 소리친다.

"그대는 어찌 이렇듯 내 영을 듣지 않는가? 이래서야 내 어찌 여러 장수들을 다스리겠느냐!"

그러고는 좌우의 무사들에게 추상같이 호령한다.

"저놈을 당장 끌어내 목을 베어라!"

서성의 명을 받은 도부수들은 사정없이 손소를 원문 밖으로 끌고 나가더니 조기(皂旗, 검은기)를 세웠다. 손소의 부장 한 사람이 곧바로 손권에게 달려가 이 사실을 알렸다. 손권이 급보를 듣고 황급히 말에 올라 손소를 구하러 달려오니, 마침 도부수들이 막 형을 집행하려던 참이었다. 손권은 도부수들을 꾸짖어 물리쳤다. 겨우 목숨을 구한 손소가 통곡하며 아뢴다.

"신은 전에 광릉에 있어서 누구보다도 그곳 지리에 밝습니다. 그곳에서 조비를 맞아 싸우지 않고 장강을 건너도록 한다면 동오는 머지않아 망하고 말 것입니다."

손권은 곧장 영내로 들어갔다. 서성이 영접해 모시고는 아뢴다.

"대왕께서는 신을 도독으로 삼고 위군을 쳐부수라 하셨습니다. 이제 양위장군 손소가 군법을 따르지 않고 영을 어기니 마땅히 목을 베어야 하거늘, 대왕께서는 어찌하여 그를 구해주시는 겁니까?"

손권이 미소지으며 답한다.

"손소가 제 혈기만 믿고 군법을 범했나보오만, 바라건대 너그러이 용서하시오."

서성이 단호하게 말한다.

"법은 신이 세운 것도 아니요 또한 대왕께서 세우신 것도 아닙니다. 이는 국가의 전형(典刑, 예로부터 전해내려오는 확고부동한 본보기)입니다. 대왕께서 이렇게 사사로이 죽일 자를 살려주신다면 신이 어떻게 군사를 지휘할 수 있겠습니까?"

손권이 말한다.

"손소가 법을 어겼으니 장군이 처리하는 것은 당연한 일이오. 허나, 이 아이의 본성은 유(兪)씨로 형님께서 생전에 몹시 아끼셔서 손씨 성을 내리셨고 또한 과인을 위한 공적이 없다고도 할 수 없는데, 이제 그를 죽이면 이는 형님과의 의리를 저버리는 일이 되지 않겠소?"

비로소 서성은 태도를 누그러뜨렸다.

"그렇다면 대왕의 체면을 보아 참형을 거두겠습니다."

손권은 즉시 손소를 불러들여 서성에게 절하여 사죄하라고 명했다.

그러나 손소는 절은커녕 큰소리로 외친다.

"내 판단으로는 군사를 이끌고 가서 조비를 격파하는 길밖에 없소이다. 내 죽을지언정 당신 생각에 복종하지 않겠소!"

서성의 얼굴빛이 대번에 변했다. 손권은 곧 손소를 꾸짖어 내쫓고나서 서성에게 말한다.

"저런 놈 하나 없다고 해서 무슨 손실이 있겠소? 앞으로는 절대 쓰지 마시오."

손권은 당부하고 돌아갔다. 그날밤 사람이 급히 들어와 서성에게고한다.

"손소가 정예병 3천을 이끌고 몰래 강을 건넜다고 합니다."

서성은 손소에게 무슨 변고라도 생기면 오왕을 뵙기 불편할 듯하여정봉을 불렀다.

"군사 3천명을 이끌고 가서 손소를 후원하라."

서성은 정봉에게 은밀히 계책을 일러주어 떠나보냈다.

한편 위주 조비는 용주를 타고 광릉땅에 이르렀다. 전군(前軍)의조진이 장강 연안에 군사를 벌여세운 채 주공을 기다리고 있었다. 조비가 묻는다.

"강안에 오군이 얼마나 있는가?"

조진이 대답한다.

"저편 언덕을 살펴보니 사람이라고는 그림자도 보이지 않고, 정기며 영채도 전혀 눈에 띄질 않습니다."

조비가 말한다.

"이것은 속임수가 틀림없다. 짐이 직접 가서 허실을 살펴보아야겠다."

조비는 물길을 열어 용주를 띄우게 하고 물살을 헤치고 나아가 강안에 정박했다. 배 위에는 용·봉·해·달 등을 수놓은 오색 깃발이 휘날리는 가운데 의란(儀鑾, 의장용으로 화려하게 꾸민 황제의 수레) 주위를 무리들이 겹겹이 옹위하니, 그 위풍당당함에 눈이 부실 지경이었다. 조비가 배 위에 단정히 앉아 멀리 강남땅을 바라보니, 정말로 사람 그림자 하나 얼씬거리지 않았다. 조비가 유엽과 장제 등을 돌아보며 묻는다.

"강을 건너는 게 좋겠는가?"

유엽이 대답한다.

"병법에 허허실실(虛虛實實)이라 했습니다. 저들이 대군이 오는 것을 보고 어찌 준비를 하지 않았겠습니까? 폐하께서는 서두르지 마시고 며칠 적의 동태를 살핀 후에 선봉대를 보내 정탐하게 하소서."

조비는 고개를 끄덕이며 말한다.

"경의 말이 바로 내 뜻과 같도다."

그날밤 위군이 강가에 머무는데 달이 뜨지 않아도 군사들이 모두 횃불을 밝혀 천지가 대낮처럼 환해졌다. 그러나 멀리 강남 쪽에는 불빛 한점 보이지 않았다. 조비가 좌우를 돌아보며 묻는다.

"이게 어찌 된 일이냐?"

근신이 대답한다.

"폐하의 천병(天兵)이 온다는 소문을 듣고 쥐새끼처럼 모두 달아난 게 아닌가 합니다."

그 말에 조비는 소리없이 웃었다. 어느덧 날이 밝기 시작했다. 사방이 온통 짙은 안개로 뒤덮여 바로 앞에 있는 사람의 얼굴도 분간할 수 없을 지경이더니 갑자기 바람이 불어오며 안개가 걷히고 구름도 흩어지기 시작했다. 강남 일대를 바라보니, 성곽이 연달아 섰고 성루에는 창검이 아침 햇살을 받아 번쩍이며 성채마다 정기가 가득 꽂혀 바람에 나부끼고 있었다. 그와 함께 조비에게 잇따라 보고가 들어오기 시작했다.

"남서 연안 일대에서 석두성(石頭城)에 이르기까지 수백리에 걸쳐 성곽이 줄지어 늘어섰으며, 수레와 배가 끊이지 않고 오가고 있습니다. 이 모든 게 하룻밤 새 이루어진 것입니다."

조비는 깜짝 놀랐다. 이는 사실 서성이 강변에 있는 갈대를 꺾어 사람의 형상을 만든 다음, 푸른 옷을 입히고 정기와 창검을 들려서 역시 가짜로 꾸민 성위에 세워놓은 것이었다. 그런데 그것이 강을 사이에 두고 멀리 떨어져 있는 위군들의 눈에는 무수한 병력이 무장하고 지키고 있는 것처럼 보였으니, 어찌 놀라지 않을 수 있겠는가. 조비가 길게 탄식한다.

"위에 무사가 수없이 많다지만 아무 짝에도 쓸모가 없구나. 강남 사람들이 저러하니 어찌 함부로 도모할 수 있겠느냐!"

이렇게 중얼거리면서 놀라움을 금치 못하고 있는데, 갑자기 광풍이 불어닥치더니 흰 파도가 하늘로 솟구치며 용포를 적셨다. 조비가 타고 있는 커다란 배는 금방이라도 뒤집힐 듯 기우뚱거렸다. 조진은 황급히 문빙에게 명해 작은 배를 가지고 급히 위주를 구하게 했다. 용주에 탄 사람들은 배가 기우뚱거리는 바람에 앉지도 서지도 못한 채 이리저리 흔들리고 있었다. 문빙은 서둘러 용주로 뛰어올라 조비를 들쳐업고 작은 배로 뛰어내리더니 곧장 나루를 향해 노를 저었다. 조비가 겨우 숨을 고르는데 파발꾼이 달려와 아뢴다.

"조자룡이 군사를 이끌고 양평관을 나와 장안으로 쳐들어가고 있습니다."

조비는 대경실색하여 영을 내린다.

"즉시 회군하라!"

퇴군명령을 들은 위의 군사들이 앞을 다투어 달아나는데 뒤에서는 오군이 추격해왔다. 다급해진 조비는 모든 어용지물(御用之物, 임금이 사용하는 물건)도 버리고 급히 후퇴하라 명했다.

용주가 회하(淮河)에 이르렀을 때다. 갑자기 북소리 뿔피릿소리가 일제히 울리더니 함성을 터뜨리며 한떼의 군사들이 덮쳐들었다. 손소가 거느린 3천 군마였다. 위군은 도저히 오군을 대적할 수가 없어 태반이 쓰러졌다. 강물에 빠져죽은 자도 헤아릴 수 없이 많았다. 장수들이 겨우 사력을 다해 위주를 구출했을 뿐이다. 위주를 태운 용주가 겨우 회하를 빠져나와 30리도 채 못 갔을 때였다. 강변 일대의 갈대밭에서 갑자기 불길이 치솟았다. 미리 생선기름을 뿌려두었다가 불을 지른 것이다. 바람을 따라 번지기 시작한 불길은 삽시간에 사방으로 퍼져나가다가 돌풍을 만나 하늘로 치솟더니, 급기야 조비가 타고 있는 용주의 뱃머리까지 덮쳐들었다. 조비는 혼비백산하여 잽싸게 작은 배로 옮겨탔다. 작은 배가 가까스로 불길을 피해 강기슭에 이르렀을 무렵, 용주는 이미 화염에 휩싸여 있었다. 조비가 뒤돌아볼 겨를도 없이 황망히 말에 뛰어올라 막 달아나려는 참에 언덕 위에서 또다시 한 무리의 군사들이 쳐내려왔다. 선봉에 선 장수는 바로 정봉이었다. 장요가 맞서싸우기 위해 급히 달려나가다가, 정봉이 쏜 화살을 허리에 맞고 말 아래로 굴러떨어졌다. 서황이 급히 달려들어 장요를 구하고 함께 위주를 호위하여 달아났다. 이 싸움에서 죽은 위군의 수는 헤아릴 수도 없었다. 손소와 정봉의 군사들은 수많은 말과 수레, 전선, 무기 등을 노획했다. 손권은 위군을 물리치고 대승을 거둔 서성에게 큰 상을 내렸다. 정봉의 화살을 맞고 허도로 돌아온 장요는 그 상처로 인해 끝내 세상을 떠났다. 조비는 장요를 성대히 장사지내주었다.

한편 양평관에서 군사를 이끌고 출발한 조자룡은 장안을 향해 진격하던 중에 승상의 서신을 받았다. 익주의 늙은 장수 옹개(雍闓)가 만왕 맹획과 결탁해 10만 대군을 일으켜 4군을 침범하려 하니, 마초에게 양평관을 지키게 하고 급히 회군하라는 내용으로, 승상이 직접 남만을 정벌할 계획임을 밝히고 있었다.

조자룡이 군사를 거두어 성도로 돌아오니, 공명은 성도에서 군마를 정비하고 남만을 정벌할 채비로 분주했다.

방금 동오가 북의 위와 맞서싸우더니   方見東吳敵北魏
이제 서촉이 남만과 싸움을 보게 되네   又看西蜀戰南蠻

승부는 과연 어찌 될 것인가?

87

남만 정벌

공명은 남만을 정벌하려 크게 군사를 일으키고
만왕 맹획은 황제의 군사에 항거하다 처음 결박당하다

제갈승상이 성도에 있으면서 크고작은 일을 가리지 않고 몸소 결재
하니, 동천과 서천 백성들은 모두 태평성대를 누렸다. 밤에도 문단속
이 필요없고, 길에 버려진 물건도 제것이 아니면 줍는 이가 없었다.
더군다나 다행스럽게도 해마다 대풍이 드니, 늙은이 어린아이 할것없
이 배를 두드리며 노래하고 장정들은 혹시 부역이라도 있으면 앞다투
어 해치웠다. 그러니 군수품과 무기 등 모든 장비들이 완비되었고, 창
고마다 곡식이 가득 쌓였으며, 부고(府庫)에 재물이 넘쳐났다.
건흥 3년(225) 익주에서 급보가 날아들었다.

"만왕 맹획이 10만 대군을 일으켜 경계를 침범해왔습니다. 한조(漢朝) 10방후(什方侯) 옹치(雍齒)의 후손 건녕(建寧) 태수 옹개는 맹획과 결탁해 반역하였습니다. 또 장가(牂牁) 태수 주포(朱褒)와 월준(越嶲) 태수 고정(高定) 두 사람도 역도에게 성을 바쳤습니다. 오로지 영창(永昌) 태수 왕항(王伉)만 항복하지 않고 버티고 있습니다. 옹개·주포·고정 세 사람 수하의 군사들이 맹획의 길잡이가 되어 지금 영창군을 공격하고 있고, 이에 맞서 왕항이 공조(功曹) 여개(呂凱)와 함께 백성을 모아 영창성을 사수하고 있는데, 형세가 매우 다급하다 합니다."

공명은 즉시 조정으로 들어가 후주에게 아뢴다.

"신이 보기에 남만이 불복하여 경계를 범한 것은 국가의 큰 걱정거리입니다. 이제 신이 몸소 대군을 이끌고 가서 그들을 토벌하고자 합니다."

후주가 근심스런 얼굴로 묻는다.

"동쪽에서는 손권이, 북쪽에서는 조비가 기회만 엿보고 있는데, 상보께서 짐을 두고 나가 계시는 동안 만일 오와 위가 쳐들어오면 어찌한단 말이오?"

"동오는 우리와 강화를 맺은 지 얼마 안되니 다른 뜻을 품지 않을 것입니다. 혹시 다른 뜻이 있다 해도 이엄이 백제성에 있으니 능히 육손을 당해낼 것입니다. 그리고 조비는 이번 싸움에서 대패하여 예기가 꺾인지라 멀리 떨어진 이곳을 도모하기는 어렵습니다. 게다가 마초가 한중의 중요한 길목을 지키고 있으니 근심할 일이 아닙니다. 또한 신이 관흥과 장포에게 군사를 나누어주고 상황에 따라 대처하도록 지시해두었으니 폐하를 보호해 모시는 데 조금도 실수가 없을 것입니다. 신은 이번 기회에 만방(蠻方, 남쪽 오랑캐)을 토벌하고 이어 북벌(北伐)하여 중원을 쳐서, 지난날 선제께서 초려에 있는 신을 세번씩이나 찾아주신 은혜와 폐하를 신에게 부탁하신 중임에 보답코자 합니다."

후주가 말한다.

"짐이 아직 나이 어려 세상일에 무지하니 상보께서 모든 일을 잘 처리해주시오."

말이 끝나기도 전에 반열에서 한 사람이 나서며 소리친다.

"그건 절대 안됩니다!"

모두가 보니, 그는 바로 남양(南陽) 사람 왕련(王連)으로 자는 문의(文儀)였으며, 그때 간의대부(諫議大夫) 일을 맡고 있었다. 왕련은 계속 간한다.

"남방은 불모의 땅으로 무서운 풍토병이 들끓는 곳입니다. 중임을 맡으신 승상께서 몸소 원정을 떠나신다니 이는 적절한 판단이 아닙니다. 더구나 옹개 등은 그저 하찮은 외환(外患)에 지나지 않으니, 승상께서 친히 가실 것 없이 대장 한 사람을 보내 토벌하게 해도 능히 성공할 수 있습니다."

왕련의 말에 공명이 답한다.

"남만지방은 너무 멀리 떨어져 있고 임금의 덕화(德化)를 입지 않은 자가 많아서 복종시키기가 몹시 어렵소. 내가 직접 가서 때로는 강하게 다루고 혹은 부드럽게 달래며 형편을 보아야 하니, 다른 사람에게 맡길 수 있는 일이 아니오."

왕련은 거듭거듭 간하며 공명을 말렸으나 공명의 뜻을 꺾을 수는 없었다.

마침내 공명은 후주께 하직인사를 올렸다. 장완(蔣琬)을 참군으로 삼고, 비의(費禕)를 장사(長史)로 삼았으며, 동궐(董厥)과 번건(樊建)을 연사(掾史)로 삼고, 조자룡과 위연을 대장으로 삼아 군마를 총 지휘하게 했으며, 왕평·장익을 부장으로 삼고 아울러 서천 장수 수십 명과 군사 50만명을 일으켜 익주를 향해 떠났다. 길을 가던 중에 문득 관운장의 셋째아들 관색(關索)이 군중으로 공명을 찾아와서 말한다.

"형주가 함락된 뒤로 포가장(鮑家莊)으로 피하여 병을 치료하고 있었습니다. 언제나 마음은 서천으로 가서 선제를 뵙고 아버님의 원수를 갚고자 했으나, 상처가 아물지 않아 움직이지 못했습니다. 이제야 상처가 아물어 소식을 알아보니, 그동안에 동오의 원수들은 모두 죽었다 하기에 서천으로 황제를 뵈러 가던 중입니다. 마침 남정(南征)하러 가는 군사를 만나 승상께 문안드리러 왔습니다."

공명은 관색을 보니 지난 일들이 떠올라 길게 탄식했다. 곧 사자를 조정으로 보내 후주에게 관색의 일을 아뢰고 그를 전군 선봉으로 삼아 함께 떠났다. 공명과 50만 대군은 대오를 지어 행군했다. 배가 고프면 먹고, 목이 마르면 마시고, 밤이 되면 머물고, 새벽에는 길떠나기를 반복하면서, 어느곳을 지나든지 백성들에게 폐 끼치는 일이 없었다.

한편 옹개는 공명이 몸소 대군을 거느리고 온다는 소식을 듣고 고정·주포 등과 상의하여 군사를 세 길로 나누었다. 고정은 가운데, 옹개는 왼쪽, 주포는 오른쪽을 맡아 각각 5, 6만씩 군사를 거느리고 적을 막을 태세를 갖췄다. 고정은 악환(鄂煥)을 전군의 선봉으로 삼았다. 악환은 9척 장신에 얼굴이 몹시 험상궂게 생겼는데, 방천극 한 자

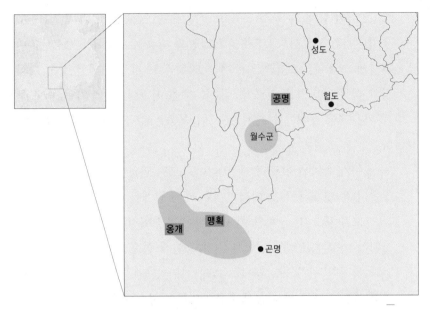

공명은 유지를 받들어 남만 정벌을 떠나다

루만으로 1만 명을 대적할 수 있다는 장수였다. 악환은 촉군을 맞아
싸우러 군사를 거느리고 영채를 나섰다.

드디어 공명의 대군은 익주 경계에 다다랐다. 전군 선봉 위연과 그
부장 장익과 왕평은 익주 경계로 들어서다가 진군해오는 악환의 군사
와 맞닥뜨렸다. 양쪽 군사들은 즉시 둥그렇게 진을 벌여세웠다. 위연
이 말을 달려나가며 큰소리로 꾸짖는다.

"역적은 속히 나와 항복하라!"

악환이 말을 달려나와 위연과 맞섰다. 두 사람이 맞붙어 싸운 지 몇
합 지나지 않아서, 위연은 거짓으로 패한 체하고 달아나기 시작했다.
악환은 아무 생각 없이 곧장 위연을 추격해왔다. 그런데 얼마 못 가서
갑자기 함성이 일며 장익과 왕평의 군사들이 물밀듯이 쏟아져나와 뒤

를 끊었다. 기다렸다는 듯이 달아나던 위연까지 말머리를 돌려 세 장수가 일시에 공격해대니 악환은 곧 세 장수에게 생포되어 공명 앞에 끌려왔다. 공명은 악환의 결박을 풀어주고 술과 음식을 대접하며 묻는다.

"너는 누구의 부장이냐?"

악환이 말한다.

"고정의 부장이올시다."

"내 알기로 고정은 본래 충의로운 인물이었다. 이번에 옹개의 꾐에 빠져 이렇게 된 것을 생각하니 참으로 안타깝기 그지없구나. 내 오늘 그대를 풀어줄 테니, 돌아가서 고정에게 속히 항복하여 큰 환난을 면하라고 일러라."

악환은 공명에게 절을 올려 사례하고 돌아갔다. 진영으로 돌아온 악환은 고정에게 전후 사정을 고하는 한편 공명의 덕을 침이 마르도록 칭송했다. 그 말을 다 듣고 난 고정 또한 감격해 마지않았다. 다음 날 옹개가 고정의 영채로 찾아왔다. 서로 인사를 나눈 뒤 옹개가 묻는다.

"악환이 잡혔다더니 어떻게 돌아올 수 있었소?"

고정이 대답한다.

"제갈량이 의(義)로써 돌려보내주었다고 합디다."

"제갈량이 반간계(反間計)를 쓴 게 틀림없소. 우리 둘 사이를 이간질하려는 수작이 분명하오."

고정이 반신반의하고 있는데 밖에서 군사가 들어와서 고한다.

"촉장이 군사를 이끌고 와서 싸움을 걸고 있습니다."

옹개는 벌떡 일어나 3만 군사를 거느리고 친히 싸우러 나갔다. 그러나 몇합 버티지 못하고 말머리를 돌려 달아나기 시작했다. 위연이 군사를 몰아 20여리를 추격하고 돌아왔다. 다음날 옹개는 다시 군사를 일으켜 촉의 영채로 와서 싸움을 걸었다. 하지만 공명은 그로부터 사흘 동안 싸움에 응하지 않았다. 나흘째가 되자 옹개와 고정은 두 길로 군사를 나누어 촉의 영채를 향해 진격해갔다.

그보다 앞서 위연 등은 공명의 지시에 따라 매복하여 적을 기다리고 있었다. 과연 옹개와 고정의 군사가 두 길로 쳐들어오는 것을 보고 매복해 있던 촉군들이 불시에 일어나 일제히 덮쳐들었다. 적군은 태반이 죽었고 사로잡힌 자도 헤아릴 수 없이 많았다. 공명은 사로잡은 적군들을 대채로 끌고 와서 옹개의 군사와 고정의 군사들을 각각 따로 수용하게 했다. 그러고는 군졸들을 시켜 헛소문을 퍼뜨렸다.

"고정의 군사들은 살려주고, 옹개의 군사들은 모조리 죽여버릴 것이란다."

이 소문은 입에서 입으로 전해져 삽시간에 포로들 사이에 짜하니 퍼졌다. 얼마 뒤 공명이 나타나 갇혀 있는 옹개의 군사들을 모조리 장막 앞으로 데려오게 하여 묻는다.

"너희들은 누구의 부하냐?"

옹개의 군사들은 지레 겁을 먹고 거짓으로 둘러댄다.

"저희들은 모두 고정의 부하입니다."

공명은 그들 모두를 살려주고 술과 음식을 배불리 먹인 다음 사람을 시켜 멀리까지 배웅해 돌려보냈다. 공명은 이번에는 고정의 군사들을 불러들여 똑같이 물었다. 그들은 하나같이 입을 모아 대답한다.

"저희들이야말로 진짜 고정의 부하입니다!"

공명은 고정의 군사들에게도 술과 음식을 내려 먹이고 나서 짐짓

소리 높여 말한다.

"오늘 옹개가 사람을 보내 투항하겠다는 뜻을 전해왔는데, 너희 주인 고정의 머리와 주포의 머리를 바쳐 공로를 세우겠다고 하더구나. 하지만 내 어찌 차마 그렇게 하도록 할 수 있겠느냐? 너희들 모두 고정의 부하들이라 돌려보내니, 다시는 배반하지 말라. 만일 또다시 잡혀오는 날에는 결단코 용서하지 않겠다."

고정의 부하들은 절을 올려 사례하고 본채로 돌아갔다. 그들은 당장 고정에게 모든 일을 보고 들은 대로 상세히 고했다. 고정은 곧 부하 한 사람을 불러 분부를 내린다.

"너는 비밀리에 옹개의 영채로 가서 동정을 살피고 오너라."

얼마 후 정탐하러 갔던 군사가 돌아와서 고한다.

"사로잡혔다 풀려난 옹개의 군사들은 모두 공명의 덕을 칭송하고 있습니다. 많은 군사들이 우리에게 귀순할 뜻이 있어 보였습니다."

옹개 영채의 분위기를 보고받았으면서도 고정은 불안감을 떨칠 수 없었다. 다시 부하 한 사람을 불러들여 은밀히 명한다.

"너는 공명의 영채로 잠입해 허실을 염탐해오도록 하라."

명을 받고 공명의 영채로 잠입하려던 고정의 군사는 도중에 매복해 있던 촉군에게 사로잡혀 공명 앞으로 끌려왔다. 공명은 짐짓 고정의 군사가 아니라 옹개의 군사로 잘못 안 것처럼 그를 장중으로 불러들여 준엄히 꾸짖는다.

"네 주인은 고정과 주포의 목을 바치겠다 약속해놓고 어째서 이렇게 지체하는 게냐? 게다가 일이 어떻게 돌아가는 줄도 모르는 너 같은 놈을 어찌하여 첩자라고 보냈다더냐?"

고정의 부하는 깜짝 놀랐으나 아무 말도 할 수 없었다. 공명은 그에게 술과 음식을 후하게 대접한 다음 밀서 한통을 써주며 넌지시 말한다.

"너는 이 밀서를 옹개에게 전하고, 속히 고정과 주포의 목을 잘라 오되 실수 없도록 하라고 해라."

고정의 부하는 절을 올려 사례하고는 곧장 고정에게 돌아와 공명이 옹개에게 보내는 밀서를 바치고, 공명의 말을 고했다. 고정은 밀서를 읽고 분노로 손이 와들와들 떨렸다.

"지금까지 내 진심으로 저를 대해왔는데 오히려 나를 죽이려 하다니 도저히 있을 수 없는 일이로다!"

고정은 당장 악환을 불러 앞으로의 일을 의논했다. 악환이 말한다.

"공명은 어진 사람이니 그를 배신하는 것은 옳지 못합니다. 우리가 모반한 것도 따지고 보면 모두 옹개 때문 아니겠습니까? 옹개의 목을 베어 공명에게 투항하는 것이 상책입니다."

고정이 걱정스럽게 묻는다.

"그놈의 목을 베는 게 어디 쉬운 일이겠나?"

악환이 말한다.

"어려울 것도 없습니다. 잔치를 베풀어 옹개를 청하십시오. 만일 다른 뜻이 없다면 응할 것이고, 오지 않는다면 딴생각을 품은 게 틀림없습니다. 옹개가 딴생각을 품었다면 더 기다릴 것 없이 장군께서 정면을 공격하십시오. 저는 영채 뒤 소로에 매복해 있다가 돕겠습니다. 그렇게 하면 옹개를 쉽게 사로잡을 수 있을 것입니다."

고정은 악환의 말에 따라 즉시 잔치를 베풀고 사람을 보내 옹개를 청했다. 옹개는 전날 공명에게 잡혔다가 풀려난 군사들에게 들은 말이 있어서 의심하고 응하지 않았다.

그날밤 고정은 마침내 군사를 이끌고 옹개의 영채로 쳐들어갔다. 고정이 쳐들어오자, 공명에게 붙들렸다 풀려난 옹개의 군사들은 고정 덕택에 자신들이 살아날 수 있었다고 생각하던 터라, 싸우기는커녕 오히려 고정을 도와 옹개를 잡으려 했다. 옹개의 군대는 싸우기도 전에 자중지란에 빠졌다. 옹개는 혼비백산하여 무턱대고 산길로 달아났다. 채 2리도 못 갔을 때였다. 난데없이 요란한 북소리가 울리더니 한 무리의 군사들이 쏟아져나와 앞을 가로막았다. 다름아닌 악환의 군사들이었다. 악환이 옹개를 향해 방천극을 휘두르며 달려나왔다. 옹개는 칼 한번 휘둘러보지 못하고 악환의 방천극에 찔려 말에서 떨어지고 말았다. 악환이 냉큼 말에서 뛰어내려 옹개의 목을 베니, 옹개의 군사들은 일제히 투항했다.

　고정은 자신의 군사와 옹개의 군사들을 아울러 거느리고 공명에게 가서 항복하고 장하(帳下)에 옹개의 목을 바쳤다. 공명은 뜻밖에도 장상(帳上)에 높이 올라앉아 좌우 군사들에게 추상같이 호령했다.

　"저놈을 밖으로 끌어내 당장 목을 베어라!"

　고정은 청천벽력 같은 말에 정신을 잃을 지경이었다.

　"제가 승상의 은혜에 감복하여 옹개의 머리를 바치고 항복하러 왔는데 참형을 내리시다니 실로 억울합니다."

　공명은 소리높이 웃으며 말한다.

　"네가 감히 거짓항복으로 나를 속이려 하는구나!"

　고정이 안타까운 얼굴로 묻는다.

　"어찌하여 제가 거짓항복을 한다 하십니까?"

　공명은 문갑 안에서 한 통의 밀서를 꺼내 고정에게 보여주며 말한다.

"주포가 이미 사람을 시켜 항서(降書)를 보내온 바, 너와 옹개는 생사를 같이하기로 맹세한 사이라는데, 어떻게 네가 하루아침에 그의 목을 베어올 수 있단 말이냐? 그러니 내 어찌 네가 거짓항복한 것이 아니라고 믿을 수 있단 말이냐?"

고정은 너무도 억울하여 큰소리로 부르짖었다.

"주포가 이런 밀서를 올린 것이야말로 반간계를 쓴 것이 아니겠습니까? 승상께서는 절대로 믿으셔서는 안됩니다."

공명이 말한다.

"나 역시 한쪽 말만을 믿기는 어렵다. 만일 네가 주포를 사로잡아 온다면 그때는 네 진심을 믿겠느니라."

"승상께서는 의심하지 마십시오. 소장이 당장 가서 그자를 사로잡아오겠습니다."

"그렇게 한다면야 무얼 더 의심하겠느냐."

고정은 즉시 부장 악환과 군사들을 거느리고 주포의 영채로 향했다. 고정의 군사들이 주포의 영채를 10여리 앞두었을 즈음 문득 산 뒤편에서 한떼의 군사들이 몰려나오는데, 바로 주포가 이끄는 군사들이었다. 주포는 고정의 군사가 오는 것을 보고 황급히 맞이하며 말을 건네려 했다. 그런데 고정이 다짜고짜 크게 꾸짖는다.

"너는 어찌하여 제갈승상에게 밀서를 보내 반간계로 나를 해치려 했느냐?"

주포는 영문을 몰라 눈이 휘둥그레졌다. 이때 악환이 쏜살같이 달려들어 주포를 방천극으로 내려쳤다. 그 일격에 주포는 말에서 굴러 떨어져 죽고 말았다. 고정이 큰소리로 외친다.

"누구든 복종하지 않는 자는 모조리 쳐죽일 테다!"

주포의 군사들은 일제히 땅에 엎드려 항복했다. 고정은 주포의 군사들까지 거느리고 의기양양하게 공명에게 돌아와 주포의 머리를 장하에 바쳤다. 공명이 크게 웃으며 말한다.

"그대로 하여금 이 두 도적을 없애게 한 것은 그대의 충성심을 보기 위해서였느니라."

공명은 고정을 익주 태수로 삼아 세 고을을 다스리게 하고, 악환을 아장(牙將)으로 삼았다. 이로써 공명은 옹개 등의 반역을 손쉽게 평정했다.

공명은 대군을 거느리고 영창(永昌)땅에 이르렀다. 영창 태수 왕항이 성밖으로 나와 공명을 영접했다. 성안으로 들어서며 공명이 묻는다.

"공은 누구와 함께 이 성을 지켰소?"

왕항이 대답한다.

"제가 오늘까지 이곳을 무사히 지킬 수 있었던 것은 모두 여개(呂凱) 덕택입니다. 여개는 영창군 불위현(不韋縣) 사람으로, 자는 계평(季平)이라 합니다."

공명은 여개를 불러들이도록 했다. 여개가 와서 공명에게 예를 올리자 공명이 정중히 묻는다.

"내 오래 전부터 공이 영창의 이름높은 선비임을 들어 알고 있었는데, 이번에 영창성을 지킨 것도 모두 귀공의 힘이라 들었소. 내 이제 남만을 평정할 생각으로, 공의 고견을 듣고 싶어서 이렇게 청했소이다."

여개는 지도를 꺼내 공명에게 바치며 말한다.

"제가 벼슬길에 오른 이래 남만인들에게 반역할 뜻이 있음을 안 지 오래라, 은밀히 사람을 남만으로 보내 군사를 주둔할 만한 곳과 싸울 만한 곳을 면밀히 조사하게 하여 지도를 한 장 만들었습니다. '평만지 장도(平蠻指掌圖, 남만을 평정하는 지침도)'라 이름붙였는데, 이것을 감히 바치오니, 명공께서는 이를 보시면 남만을 정벌하시는 데 도움이 될 것입니다."

공명은 크게 기뻐하며 여개를 행군교수(行軍敎授)로 삼는 동시에 향도관(嚮導官)을 겸하게 했다. 그리고 나서 공명은 군사를 거느리고 남만의 경계 안으로 깊숙이 진격해 들어갔다.

한창 행군하는 중에 한 장수가 와서 전한다.

"황제께서 보내신 칙사가 당도했습니다."

공명은 행군을 멈추고 칙사를 맞아들였다. 곧 흰 도포에 흰옷을 입은 사람이 군중으로 들어오는데, 공명이 보니 그는 바로 마량의 아우 마속(馬謖)이었다. 마속은 마량이 얼마 전 세상을 떠난 터라 상복을 입고 있었던 것이다. 마속이 고한다.

"주상의 칙명을 받들어 군사들에게 하사하시는 술과 비단을 싣고 왔습니다."

공명은 조서를 받들고 칙명에 따라 군사들에게 하사품을 나누어주고 나서 마속과 함께 장막 안에 앉아서 이야기를 나누었다. 공명이 묻는다.

"내 황제의 명에 따라 남만을 평정하려 하는데, 유상(幼常, 마속의 자)의 식견이 뛰어나다 들었으니 바라건대 가르침을 주오."

마속이 말한다.

"어리석은 소견이나마 한말씀 드릴 테니 승상께서는 헤아려 들으십시오. 남만은 멀리 떨어져 있는데다 산세가 험준한 것을 믿고 복종하지 않은 지가 이미 오래라, 비록 이번에 격파한다 해도 내일이면 또다시 배반할 것입니다. 승상의 대군이 이르면 저들이 틀림없이 복종하겠지만, 승상께서는 돌아가 또 즉시 북쪽으로 조비를 치러 가셔야 합니다. 만병들은 그 틈을 타 재빨리 들고 일어나 반역할 것입니다. 무릇 용병을 하는 데는 마음을 굴복시키는 것이 상책이며, 성을 쳐서 항복받는 것은 하책입니다. 또한 심전(心戰)이 상수요 병전(兵戰)은 하수이니, 바라건대 승상께서는 그들의 마음을 복종시키셔야 할 것입니다."

이 말을 듣고 공명은 감탄한다.

"참으로 유상은 내 폐부를 꿰뚫어보는구나!"

공명은 즉시 마속을 참군으로 삼고 대군을 통솔하고 곧장 진격해나갔다.

한편 만왕 맹획은 공명이 계략을 써서 옹개 등을 꺾었다는 보고를 받고 즉시 3동(三洞)의 원수(元帥)들을 불러 상의했다. 제1동은 금환삼결(金環三結) 원수, 제2동은 동도나(董荼那) 원수, 제3동은 아회남(阿會喃) 원수였다. 3동의 원수들이 모인 뒤 맹획이 말한다.

"지금 제갈승상이 대군을 이끌고 우리 경계를 침범해왔으니 우리는 힘을 합쳐 대적해야 한다. 그대들 세 사람은 군사를 세 길로 나누어 나아가 적을 막으라. 이번 싸움에 이기는 자를 동주(洞主)로 삼으리라."

이에 따라 금환삼결은 가운뎃길로, 동도나는 왼쪽 길로, 아회남은 오른쪽 길로 각각 5만 군사를 거느리고 떠났다. 공명이 영채에서 앞일을 의논하고 있는데, 문득 척후병이 달려와 아뢴다.

"3동의 원수들이 군사를 세 길로 나누어 공격해오고 있습니다."

공명은 즉시 조자룡과 위연을 불러들였다. 그러나 그들에게는 아무런 분부도 내리지 않고 다시 왕평과 마충을 불러들이더니 영을 내린다.

"드디어 남만 군사들이 세 길로 나누어 쳐들어오고 있다 하오. 자룡과 문장(文長, 위연의 자)을 보내고 싶으나 두 사람은 이곳 지리를 모르는 터라 쓸 수 없소이다. 왕평은 왼쪽 길로 가서 적을 맞고, 마충은 오른쪽 길로 가서 대적하도록 하오. 나중에 자룡과 문장을 뒤따르게 하여 도울 것이니, 오늘은 군마를 정비하고 내일 날이 밝는 대로 떠나도록 하시오."

왕평과 마충이 명을 받고 물러났다. 공명은 다시 장의와 장익을 불러 분부를 내린다.

"그대들 두 사람은 함께 군사들을 거느리고 가운뎃길로 가서 적을 맞이하되, 오늘은 군마를 정비하고 내일 왕평·마충과 함께 출발하시오. 내 자룡과 문장을 보내고 싶으나 두 사람 모두 지리에 어두워 쓸 수 없소."

장의와 장익도 분부를 받고 물러났다. 다른 장수들이 영을 받들고 떠나는 것을 보면서 조자룡과 위연은 끓어오르는 화를 억지로 참고 있었다. 비로소 공명이 말한다.

"내 그대들을 쓰기 싫어서가 아니고 다만 중년 나이에 그대들이 험한 곳에 들어갔다가 오랑캐들의 계략에 걸려들어 예기를 잃을까 두려울 뿐이오."

조자룡이 잔뜩 화난 소리로 말한다.

"만일 우리가 지리를 안다면 어찌시겠습니까?"

공명이 단호하게 말한다.

"두 사람은 그저 조심하면서 섣불리 움직이려 하지 마시오!"

두 장수는 화를 누르며 물러갔다. 조자룡이 위연을 자기 영채로 불러 불평을 쏟아놓는다.

"우리 두 사람이 선봉인데 지리를 모른다는 핑계로 젊은것들만 쓰니, 이보다 부끄러운 일이 또 어디 있겠소?"

위연이 머리를 끄덕이며 대답한다.

"우리가 당장 말을 타고 적진 깊숙이 정탐해들어가서, 이 고장 사람을 붙들어 길잡이로 삼고 만병을 무찌른다면 대사를 이룰 수 있지 않겠소?"

조자룡이 찬성하여 두 사람은 즉시 말에 올라 가운뎃길로 나아갔다. 채 몇리도 못 갔을 때 맞은편 멀리에서 먼지가 뿌옇게 일어나는 것이 보였다. 두 사람이 즉시 산위로 올라가 살펴보니, 만병 수십기가 말을 몰고 산굽이를 돌아 달려오고 있었다. 조자룡과 위연이 길 양쪽에서 일제히 내달아 쳐들어가니 만병들은 깜짝 놀라 뒤도 돌아보지 않고 달아나기 시작했다. 두 사람은 날듯이 뒤쫓아 만병 두 사람을 사로잡아 본채로 돌아왔다. 조자룡과 위연은 사로잡아온 만병에게 술과 음식을 배불리 먹인 다음 적진의 동정을 자세히 물었다. 곧 죽는 줄만 알았던 만병은 술과 음식을 대접받고 나자 마음이 누그러져서 술술 털어놓았다.

"저 앞산 기슭에는 금환삼결 원수의 대채가 있습니다. 그 영채에서 동서 양쪽으로 오계동(五溪洞)으로 통하는 길이 나 있습니다. 그곳으로 가면 동도나와 아회남 원수의 영채 뒤쪽과 통합니다."

조자룡과 위연은 드디어 정예병 5천명을 거느리고 사로잡은 만병을 앞세워 길을 떠났다. 때는 이미 2경(밤 10시)으로, 달이 밝고 별빛도 환해서 행군하기에는 안성맞춤이었다.

금환삼결의 대채에 이르렀을 때는 어느덧 4경(새벽 2시)이었다. 일찌감치 일어난 만병들은 새벽밥을 지으며 날이 새는 대로 싸우러 나가려고 준비를 서두르고 있었다. 이때 조자룡과 위연은 양쪽에서 불시에 기습해들어갔다. 만병들이 대혼란에 빠져 갈팡질팡하는 가운데 조자룡은 번개처럼 중군으로 달려들어가다가 엉겁결에 뛰어나온 금환삼결과 마주쳤다. 금환삼결은 혼신의 힘을 다해 조자룡에게 달려들었으나 단 1합에 조자룡의 창을 받고 말 아래로 거꾸러져버렸다. 조자룡은 말에서 내릴 것도 없이 그의 머리를 창끝으로 찍어올렸다. 그 모습에 나머지 만병들은 정신을 잃고 일시에 사방으로 흩어져버렸다.

위연은 군사를 절반으로 나누어 동도나의 영채를 향해 동쪽길로 접어들었다. 조자룡 역시 나머지 절반의 군사를 이끌고 아회남의 영채를 향해 서쪽길로 접어들었다. 거의 만병의 영채에 이르렀을 무렵에는 이미 하늘이 환하게 밝아오고 있었다.

먼저 위연이 동도나의 영채를 들이친 일부터 이야기한다.

그때 이미 동도나는 영채 뒤로 촉군이 쳐들어온다는 소식을 듣고 군사를 이끌고 나가 지키고 있었다. 그런데 어찌 된 일인지 영채 앞쪽에서 함성이 일면서 만병이 어지럽게 흩어졌다. 바로 왕평의 군사가 영채 앞으로 쳐들어왔던 것이다. 뒤에는 위연이 버티고 있고, 앞에서는 왕평이 쳐들어와 협공을 퍼부었다. 동도나는 견디지 못하고 몸을 빼 달아나기 시작했다. 위연이 급히 말을 몰아 동도나를 추격했으나 놓치고 말았다.

한편 조자룡이 아회남의 영채 뒤쪽에 당도했을 때 아회남은 영채 앞쪽에서 쳐들어온 마충과 일전을 벌이던 중이었다. 그 와중에 조자룡의 정예병이 뒤쪽에서 나타나 협공을 벌이니, 만병은 대패하고 아회남은 말에 올라 달아나버렸다.

조자룡과 위연은 각각 군사를 거두어 공명이 있는 본채로 돌아왔다. 공명이 묻는다.

"3동 만병 가운데 두 동의 주인이 달아났다면, 금환삼결의 머리는 어디 있느냐?"

이때 조자룡이 금환삼결의 머리를 바쳤다. 모든 장수들이 입을 모아 말한다.

"동도나와 아회남은 모두 말을 버리고 산을 넘어 달아났기 때문에 사로잡지 못했습니다."

공명이 큰소리로 껄껄 웃더니 태연히 말한다.

"내가 그 두놈을 잡아두었소!"

조자룡과 위연을 비롯한 모든 장수들은 공명의 말을 믿을 수가 없었다. 얼마 후 장의가 동도나를 결박해 들어오고 장익 역시 아회남을 끌고 들어왔다. 모든 장수들은 놀라는 한편 의아해하는데 공명이 말한다.

"나는 이미 여개가 준 지도를 보고 만병들이 주둔할 곳을 알고 있었소. 그래서 짐짓 조자룡과 문장을 격동시켜 적진 깊숙이 쳐들어가게 한 것이오. 두 장수가 먼저 금환삼결을 없애고 다시 좌우의 영채를 습격하리라 짐작하여 왕평과 마충을 보내 협공하게 한 것이니, 실로 자룡과 문장이 아니면 누가 이 일을 감당하겠소? 또한 동도나와 아회남은 반드시 산길로 달아날 것이라 장의와 장익에게 매복하여 기다리게 하고, 관색에게 돕도록 하여 두 적장을 사로잡은 것이오."

모든 장수들이 엎드려 절하며 칭송한다.

"승상의 신묘한 전략은 귀신도 측량하기 어렵습니다."

공명은 동도나와 아회남을 데려오게 해서 결박을 풀어준 다음 술과 음식을 내오고 의복을 내려 극진히 대접하며 타이른다.

"너희는 각기 자기 동으로 돌아가되 다시는 악한 자를 돕지 말라!"

동도나와 아회남은 눈물을 흘리며 절을 하고 떠나갔다. 두 적장을 돌려보낸 뒤 공명이 말한다.

"내일은 반드시 맹획이 군사를 이끌고 공격해올 것이오. 이번에는 기필코 맹획을 사로잡아야겠소."

공명은 조자룡과 위연을 불러 계책을 말해주고 각각 5천 군사를 주어 떠나보냈다. 그리고 다시 왕평과 관색을 불러 계책을 일러주고 떠나게 했다. 이렇듯 계략에 따라 일을 나누고 나서 공명은 장상에 높이 앉아 소식을 기다렸다.

한편 만왕 맹획이 장막에 앉아 있는데, 문득 정탐꾼이 들어와 고한다.

"3동의 원수가 모조리 공명에게 잡혀가고 부하 군졸들도 모두 뿔뿔이 흩어져버렸습니다."

맹획은 화가 불같이 일어 즉시 만병을 모조리 거느리고 공명의 영채를 향해 나아갔다. 맹획은 얼마쯤 가다가 왕평의 군마와 마주쳤다. 맹획과 왕평의 군사는 서로 대치하여 둥그렇게 진을 벌여세웠다. 왕평이 말위에 올라 칼을 빼들고 보니, 문기가 열리는 곳에 수백명이나 되는 남만의 장수들이 양쪽으로 늘어서 있었다. 그 사이로 맹획이 말을 타고 나오는데, 머리에는 보석을 박은 자금관〔嵌寶紫金冠〕을 쓰고 몸에는 술이 달린 붉은색 전포〔纓絡紅錦袍〕를 입었으며, 허리에는 전

남만의 왕 맹획

옥으로 만든 사자대[碾玉獅子帶]를 두르고, 발에는 매 부리 모양의 녹색 가죽신[鷹嘴抹綠靴]을 신고서 갈기가 곱슬곱슬한 적토마 위에 올라앉아 있었다. 맹획은 소나무 무늬를 새긴 두 자루의 보검[松紋鑲寶劍]을 차고 오만하게 사방을 둘러보더니, 좌우의 만장들에게 말한다.

"사람들이 모두 제갈량이 용병에 능하다더니, 오늘 적진을 보니 그게 아니구나. 정기는 어지럽고 대오는 뒤죽박죽이며 칼과 창 등 무기 또한 우리보다 나은 게 없으니, 이제 지난날의 소문이 다 거짓임을 알겠다. 진작에 이를 알았더라면 내 벌써 반란을 일으켰을 것이다. 누가 나가서 촉장을 사로잡아 우리의 위엄을 떨치겠느냐?"

맹획의 말에 한 장수가 나서는데, 그의 이름은 망아장(忙牙長)이었다. 망아장은 황표마(黃驃馬, 흰 점박이의 누런 말)를 타고 대도를 휘두르며 왕평에게 달려들었다. 두 장수가 어우러져 싸운 지 불과 몇합에 왕평은 말머리를 돌려 달아나기 시작했다. 맹획이 전군을 호령하며 왕평을 뒤쫓게 했다. 그러나 이내 왕평의 모습이 사라지고, 이번에는 관색이 나타나 몇번 대적하더니 역시 말머리를 돌려 달아나기 시작했다. 맹획이 관색의 뒤를 20여리쯤 추격했을 때였다. 갑자기 우레 같은 함성과 함께 왼쪽에서는 장의가, 오른쪽에서는 장익이 한꺼번에 쏟아져나와 맹획의 퇴로를 끊어버렸다. 맹획은 급히 추격을 멈추고 돌아섰다. 그때 어디서 나타났는지 달아났던 왕평과 관색이 군사를 이끌고 와서 장의·장익과 함께 맹획을 공격하기 시작했다.

앞뒤로 협공을 받은 맹획의 만병은 여지없이 무너졌다. 맹획은 부장들과 함께 사력을 다해 싸운 끝에 겨우 탈출하여 금대산(錦帶山)을 향해 달려가는데, 등뒤에서 적군이 세 갈래로 나뉘어 추격해왔다. 맹획이 허둥지둥 달아나는데, 갑자기 코앞에서 함성이 터져나오더니 날쎈 군사들이 쏟아져나와 길을 막았다. 바로 상산 조자룡이었다. 맹획은 크게 놀라 황급히 금대산 샛길로 달아났다. 조자룡이 맹렬히 뒤를 쫓으며 무찌르니, 만병은 크게 패하여 헤아릴 수 없이 많은 자가 사로잡혔다.

맹획은 겨우 수십기를 거느리고 산골짜기로 들어섰다. 그러나 뒤쫓는 촉군들과의 간격은 점점 줄어들고 앞으로는 길이 좁아져 말을 달릴 수가 없었다. 맹획은 말을 버리고 산길을 기어오르기 시작했다. 얼마쯤 올라가다가 숨을 돌리려는데, 문득 산골짜기에서 북소리가 요란하게 일어나며 또 한떼의 날쌘 군사들이 내달아왔다. 위연이 공명의 계책에 따라 보군 5백명을 거느리고 일찌감치 그곳에 와서 기다리고 있었던 것이다. 맹획은 기진맥진하여 결국 위연에게 생포되고 말았다. 그를 따르던 만병들도 모두 항복했다.

위연은 맹획을 사로잡아 영채로 돌아왔다. 공명은 이미 소와 양을 잡아 잔치준비를 해놓고 일곱 겹으로 위자수(圍子手, 위숙군圍宿軍 즉 호위무사)들을 둘러세웠는데, 저마다 들고 있는 칼과 창이 서릿발처럼 번쩍였다. 또한 황제께서 내리신 황금 월부(鉞斧)와 곡병산개(曲柄傘蓋, 일산의 일종)가 장상에 세워지고, 전후에는 우보고취(羽葆鼓吹, 새깃 장식과 군악을 위한 타악기와 취주악기), 좌우에는 어림군을 배치해두었는데, 그 분위기가 실로 엄숙했다.

공명은 장막 가운데 위엄있게 올라앉아서 수많은 만병들이 묶인 채 줄줄이 끌려오는 것을 보고 있다가 그들을 장막 안으로 불러들여 결박을 풀어주게 하고 위로한다.

"너희들은 모두 선량하고 죄없는 백성이건만 불행히도 맹획에게 붙들려 이렇듯 놀라고 곤욕을 치르게 되었구나. 너희의 부모형제와 처자 들은 지금도 문간에 서서 그대들을 기다리고 있을 것이다. 싸움에 크게 패했다는 소식을 들으면 하나같이 가슴이 찢어지고 창자가 끊어질 듯한 슬픔으로 두 눈에 피눈물이 마르지 않을 터인즉, 내 너희들을 모두 돌려보내주려 한다. 이제 모두들 돌아가서 부모형제와 처자들의 마음을 안심시키도록 하라!"

말을 마치고 만병들에게 음식과 술을 배불리 먹이고 나서 곡식까지 주어 떠나게 했다. 모두들 감격한 나머지 눈물을 흘리며 절하여 사례하고 물러갔다.

그때 공명은 맹획을 데려오라 명했다. 무사들이 앞뒤에서 맹획을 잡아끌고 나와 장막 앞에 꿇어앉혔다. 공명이 꾸짖는다.

"선제께서 너를 박대하시지 않았거늘 네 어찌하여 배반했느냐?"

맹획이 대답한다.

"양천땅은 지금껏 다른 사람들이 차지해 살고 있었는데, 너희 주인이 강제로 빼앗고서 스스로 황제라 일컫지 않았느냐? 나는 대대로 이곳에 뿌리박고 살고 있었는데 너희들이 무례하게 내 땅을 침범해놓고 오히려 반역이라니, 그 무슨 가당찮은 소리냐?"

"내 이제 너를 사로잡았는데, 진심으로 복종할 마음은 없느냐?"

"산이 궁벽하고 길이 좁아 까딱 실수로 너희에게 잡혔을 뿐이다. 어찌 마음으로 항복하겠느냐?"

공명이 회유하듯 묻는다.

"네가 복종하지 않겠다 하니, 만일 내가 풀어준다면 어찌할 테냐?"

맹획이 코웃음치듯 말한다.

"나를 놓아보내준다면 다시 군마를 정비해 자웅을 겨뤄볼 테다. 만일 또다시 네게 사로잡힌다면 그때는 항복하겠다."

공명은 즉시 맹획의 결박을 풀어주고 옷을 주어 갈아입게 했다. 그런 다음 술과 음식을 대접하고 말에 태워 사람을 시켜 전송하게 하니, 맹획은 자기 영채로 돌아갔다.

손안에 든 남만왕 놓아보내지만	寇入掌中還放去
교화를 입지 못한 사람들 항복받기 쉽지 않네	人居化外未能降

맹획은 다시 와서 싸울 것인가?

88

맹획, 세번째 사로잡히다

공명은 노수를 건너 두번째로 맹획을 결박하고
거짓항복을 알아채고서 세번째로 맹획을 사로잡다

공명이 맹획을 놓아보내자 지켜보던 여러 장수들이 묻는다.

"맹획은 남만의 괴수입니다. 이제 다행히 사로잡아 남방이 겨우 평정되었는데, 승상께서는 무슨 생각으로 놓아주십니까?"

공명이 웃으며 대답한다.

"내가 맹획을 사로잡는 것은 주머니 속의 물건을 꺼내는 것만큼이나 쉬운 일이오. 그러나 맹획이 진심으로 항복해야만 남만이 평정될 수 있으니 그리 할 수밖에 없소이다."

여러 장수들은 공명의 말을 이해하지 못했다.

그날 맹획은 노수(瀘水)에 이르러 수하에 있던 패잔병들을 만났다. 만병들은 맹획을 보고 놀라는 한편 기뻐하며 반긴다.

"대왕께서는 어떻게 이렇듯 돌아오십니까?"

맹획은 천연스레 거짓말을 늘어놓는다.

"촉인이 나를 감금했으나 그들 10여명을 죽이고 밤중에 빠져나왔다. 오는 도중에 정탐꾼 한놈을 만나 단칼에 쳐죽이고 그놈의 말을 빼앗아타고 겨우 벗어나왔느니라."

무리들은 크게 기뻐하며 맹획을 옹위해 노수를 건너서 새로이 영채를 세웠다. 맹획이 각 동(洞)의 추장(酋長)들을 소집하고 돌아온 만병들을 수습해보니 10여만명 가량 되었다. 이때 동도나와 아회남은 각기 자기 동중에 들어앉아 움직이지 않고 있었다. 맹획이 사람을 보내 부르니, 두 사람은 혹시 무슨 변이라도 당할까 두려워 군사들을 이끌고 나타났다. 맹획이 웃으며 말한다.

"내 이제 제갈량의 계책을 알았다. 그와 더불어 싸워서는 안된다. 싸웠다가는 또다시 속임수에 빠지고 말 것이야. 저들 촉군은 먼길을 와서 지쳐 있고, 날씨마저 무더우니 오래 버티기 어렵다. 우리는 험한 노수가 가로막고 있으니 배와 뗏목을 전부 남쪽 기슭에 매어두고, 그 일대에 토성을 쌓는다. 그리고 호를 깊게 파고 성루를 높여 제갈량이 어찌하는지 두고 보자."

추장들은 맹획의 계책에 따라 배와 뗏목을 강 남안에 붙들어매고 그 일대에 토성을 쌓았다. 또한 산과 절벽에 의지해 높이 성루를 세우고 그 위에 많은 궁노(弓努, 활과 쇠뇌)와 포석을 설치해 오랫동안 버틸 태세를 갖추었다. 군량과 마초는 각 동에서 조달하기로 했다. 맹획은 이로써 완벽한 대비책을 세웠다고 생각하고 아무 걱정 없이 마음을 놓고 있었다.

한편 공명이 대군을 이끌고 진군하는데, 노수가에 먼저 이른 전군의 척후병이 나는 듯이 달려와 공명에게 아뢴다.

"노수에는 배 한척 뗏목 하나 보이지 않습니다. 물살이 몹시 험한데, 강 건너 언덕 쪽에는 만병들이 토성을 높이 쌓고 지키고 있습니다."

때는 5월이라 더위가 한창인데 특히 남방의 날씨는 찌는 듯하여 군사들은 모두 갑옷도 입지 못하고 있었다. 공명은 몸소 노수가를 둘러보고 본채로 돌아와 모든 장수들을 장중으로 불러모으고 영을 내린다.

"맹획이 지금 노수 남쪽에 주둔하고서 토성을 높게 쌓아올려 요새를 만들고 우리 군사들과 맞서려 하고 있소. 내가 그대들과 더불어 예까지 왔는데 어찌 헛되이 돌아갈 수 있겠소? 그대들은 각각 군사를 이끌고 수목이 무성한 산자락을 골라 군마를 쉬게 하시오."

공명은 곧 여개를 보내 노수에서 1백리쯤 떨어진 곳에 그늘지고 서늘한 자리를 찾아 영채 네 개를 세우도록 했다. 그런 뒤 왕평·장의·장익·관색을 시켜 각각 영채를 하나씩 맡아 지키게 하고, 풀단을 엮어 초막을 만들어 말과 군사들이 더위를 식힐 수 있도록 했다. 이때 참군 장완이 공명에게 와서 아뢴다.

"여개가 세운 영채를 돌아보니 좋지 못합니다. 지난날 선제께서 동오에서 패할 때의 지세와 같으니, 만일 만병들이 몰래 노수를 건너 영채를 공략하고 화공을 쓴다면 어떻게 구하겠습니까?"

공명이 웃으며 대답한다.

"공은 너무 의심하지 마오. 내 이미 절묘한 계책을 세워두었소."

장완 등은 공명의 심중을 알지 못해 자못 불안해했다. 이때 문득 한 군사가 와서 고한다.

"촉에서 마대가 군량미와 더위를 이길 수 있는 약을 가지고 도착했습니다."

공명은 즉시 마대를 안으로 들게 하고 가지고 온 군량미와 약을 나누어 네 영채에 각각 보냈다. 공명이 마대에게 묻는다.

"그대는 이번에 군사를 몇명이나 거느리고 왔는가?"

마대가 대답한다.

"3천명을 데리고 왔습니다."

"여기 군사들은 전투를 여러번 치러 지쳐 있는 터라 그대의 군사를 쓸까 하는데, 기꺼이 앞장서겠는가?"

마대가 흔쾌히 대답한다.

"모두가 조정의 군마인데 내 군사 네 군사가 어디 있겠습니까? 승상께서 쓰신다면 죽는다 해도 사양치 않겠습니다."

"지금 맹획이 노수를 막고 있어서 건널 수 없으니, 내 이제 적들의 보급로를 끊어 적진을 어지럽힐 작정이오."

"어떻게 하면 적의 보급로를 끊을 수 있겠습니까?"

"여기서 150리만 내려가면 노수의 하류인 사구(沙口)가 나오는데, 그곳은 물살이 급하지 않아 뗏목으로도 능히 건널 수 있소. 그대는 3천 군사를 거느리고 강을 건너 곧장 만동(蠻洞)으로 들어가되, 먼저 저들의 군량 보급로를 끊고 나서 동도나와 아회남 두 동주에게 연락하시오. 그러면 그들이 내응할 것이오. 부디 실수 없도록 하오."

마대는 즉시 군사들을 거느리고 떠나서 어느덧 사구에 이르렀다. 보니 물이 별로 깊지 않아 군사들은 대부분 뗏목을 쓰지 않고 옷을 벗고 건너기 시작했다. 그런데 강을 반쯤 건너던 군사들이 갑자기 강물 속으로 고꾸라진다. 모두들 깜짝 놀라 쓰러진 군사들을 급히 언덕 위로 끌어냈으나 하나같이 입과 코로 피를 쏟으며 죽어갔다. 대경실색한 마대는 밤을 새워 달려가 공명에게 이 사실을 고했다. 공명은 즉시 길안내를 맡은 그 고장 토박이를 불러 까닭을 물었다. 그 사람이 아뢴다.

"지금 한창 더위가 심할 때라 독기가 모두 노수로 몰려들고 있습니다. 더구나 요 며칠 동안은 날이 더욱 무더워 독기가 극에 달했는데, 이럴 때 사람이 물을 건너면 중독되고 그 물을 마시면 영락없이 죽습니다. 그러니 한밤중에 물이 서늘해질 때를 기다려 배불리 먹은 뒤에 건너야만 무사할 것입니다."

공명은 그 사람에게 길을 안내하도록 하고, 새로 정예병 5,6백명을 뽑아 마대를 따르게 했다. 마대는 이들과 함께 노수의 사구에 도착한 즉시 영을 내려 나무를 베어 뗏목을 만들게 했다. 밤이 깊어지기를 기다렸다가 뗏목을 타고 강을 건너니 과연 아무 탈이 없었다. 마대는 2천명의 날쌘 군사를 거느리고 그 고장 사람의 안내를 받아 만동의 군량 보급로 길목인 협산욕(夾山峪)을 점령하러 갔다. 협산욕은 양쪽이 산이고 그 사이에 길 하나가 나 있는데, 말 한필 정도가 겨우 지날 만큼 좁았다.

마대는 협산욕을 점거하고 군사를 풀어 영채를 세웠다. 동중의 만병들은 이 사실을 전혀 모른 채 군량을 싣고 오다가 마대에게 걸려들었다. 마대는 앞뒤로 길을 끊고 군량을 실은 적의 수레를 1백여대나 빼앗았다. 겨우 목숨을 구한 만병들은 이 사실을 알리기 위해 맹획의 대채로 달려갔다.

이때 맹획은 대채 안에 머물며 하루종일 술 마시고 노느라 군무도 돌보지 않았다. 맹획이 추장들에게 호언장담한다.

"내가 제갈량과 맞서싸웠더라면 틀림없이 그의 간특한 꾀에 놀아났을 것이다. 지금 험한 노수를 의지해 높이 토성을 쌓고 호를 깊게 파놓았으니, 저들은 혹독한 더위를 견디지 못해 반드시 스스로 물러갈 것이다. 그때 내가 그대들과 합세해 적의 뒤를 치면 반드시 제갈량을 사로잡을 것이다."

맹획이 호탕하게 웃는데 반열에 있던 한 추장이 말한다.

"사구는 물이 얕으니 만일 촉군이 그리로 건너오는 날에는 크게 위태로워집니다. 군사를 보내 지켜야 합니다."

맹획이 가소롭다는 듯이 말한다.

"너는 이곳 토박이면서 어찌 그리도 모른단 말이냐? 나는 촉군들이 강을 건너주기만을 바라고 있다. 그렇게 되면 모조리 물속에서 죽고 말 테니 말이다."

"이곳 사람들 가운데 누군가가 밤을 이용해 강을 건너면 무사하다는 사실을 적들에게 알려준다면 어찌하시렵니까?"

"쓸데없는 걱정일랑 하지 마라. 이 지방에 사는 사람들이 어찌하여 적들을 돕겠느냐?"

이때 밖에서 급한 보고가 올라왔다.

"수가 얼마나 되는지는 모르나, 촉군이 은밀히 노수를 건너와 협산욕의 군량미 보급로를 끊어놓았습니다. 살펴보니 '평북장군 마대'라는 깃발이 높이 걸려 있습니다."

맹획은 코웃음을 치며 말한다.

"그까짓 몇놈 안되는 적들을 무얼 그리 걱정하느냐?"

그러고는 부장 망아장에게 3천 군사를 주어 협산욕의 촉군을 물리치도록 했다.

한편 마대는 망아장이 이끄는 만병들을 맞아 군사 2천명을 이끌고 산기슭에 진을 벌였다. 곧 망아장이 기세좋게 말을 달려와 마대와 맞붙었으나 제대로 싸워보지도 못하고 마대의 단칼에 몸이 두 동강나버렸다. 크게 패한 만병들은 뒤도 돌아보지 않고 도망쳐 돌아가 맹획에게 자세히 보고했다. 맹획은 여러 장수들을 불러놓고 묻는다.

"누가 가서 마대와 대적하겠느냐?"

맹획의 말이 끝나기가 무섭게 동도나가 나섰다.

"제가 가겠습니다."

맹획은 크게 기뻐하며 동도나에게 군사 3천명을 주어 출발하게 했다. 그리고 또다시 촉군들이 노수를 건너올까 두려워 아회남에게도 3천 군사를 내주어 사구를 지키도록 명했다.

동도나가 만병을 거느리고 협산욕에 이르러 진을 치자 마대 역시 군사들을 이끌고 나와 맞섰다. 마대의 군사 한명이 동도나를 알아보고 마대에게 귓속말을 했다. 마대는 고개를 끄덕이며 듣더니, 즉시 달려나가 큰소리로 동도나를 꾸짖는다.

"이 의리도 없고 은혜도 모르는 놈아! 목을 베어 마땅할 너를 우리 승상께서 가엾게 여겨 살려보내주셨거늘, 이렇게 배반하다니 부끄럽지도 않으냐?"

마대의 말에 동도나의 얼굴에는 부끄러운 빛이 역력했다. 결국 동도나는 말 한마디 못한 채 싸우지도 못하고 만병을 이끌고 물러났다. 마대는 그 뒤를 쫓아 한바탕 크게 무찌르고 돌아왔다. 동도나가 돌아와 맹획에게 말한다.

"마대는 당대의 영웅이라 감히 당해낼 수가 없었습니다."

맹획은 대로하여 펄펄 뛴다.

"내 모를 줄 아느냐? 너는 제갈량의 은혜를 입었다고 고의로 싸우지 않고 물러난 것이다! 여봐라, 당장 저놈을 끌어내 목을 쳐라!"

맹획의 불호령에 모여 있던 추장들이 나서서 거듭 간곡하게 만류했다. 그 덕에 동도나는 겨우 참형을 면하는 대신 곤장 1백대를 맞고 자기 영채로 돌아갔다. 여러 추장들이 찾아와 위문하니, 동도나가 말한다.

"우리가 비록 남만땅에 살지만 한번도 중국을 범한 적이 없고, 중국 또한 우리를 침범한 적이 없는데, 이제 맹획의 강압에 못이겨 부득이 반역에 가담했소. 생각하면 과연 공명의 신통한 재주는 측량할 길이 없어 조조와 손권도 두려워했는데, 우리들이야 말해 무엇하겠소? 더구나 우리는 모두 승상에게서 목숨을 구해받았으니, 그 은혜를 만분의 일이라도 갚지 않는다면 어찌 사람이라 하겠소? 내 한목숨 바칠 각오로 맹획을 죽여 공명에게 투항하여 도탄에 빠진 동중(洞中)의 백성들을 구하고자 하오."

동도나가 말을 끊고 좌중을 돌아보더니 묻는다.

"그대들의 의견은 어떠하오?"

그 자리에 모인 추장들 중에는 공명의 은덕으로 죽음을 면하고 돌아온 자가 많았다. 그들은 일제히 입을 모아 말한다.

"우리 모두 그 의견에 따르겠소!"

마침내 동도나는 무쇠칼을 빼들고 1백여명을 거느리고 앞장서 맹획의 대채로 향했다. 그날도 맹획은 장막 안에서 술에 취해 있었다. 동도나가 사람들을 거느리고 맹획의 대채로 가자, 장막 앞에 두명의 장수가 지키고 서 있었다. 동도나가 칼을 들어 두 장수를 가리키며 꾸짖는다.

"너희들도 제갈공명의 은혜를 입어 죽음을 면했으니 마땅히 그 은혜에 보답해야 할 것이다!"

동도나의 꾸짖음에 두 장수가 대답한다.

"장군께서 몸소 손을 쓰실 필요도 없소이다. 우리가 맹획을 사로잡아 승상께 바치겠소."

그들은 일제히 장막 안으로 들어가 맹획을 결박지었다. 그러고는 노수로 끌고 가 배에 태우고는 곧장 북쪽 언덕으로 건너가서 사람을 보내 이 사실을 공명에게 보고하도록 했다.

한편 정탐꾼을 통해 미리 소식을 전해들은 공명은 비밀리에 명을 내려 모든 영채의 장수들에게 무기를 정돈해두도록 했다. 그러고는 우두머리 되는 추장에게 맹획을 데려오게 하고, 나머지 사람들은 모두 돌아가서 명령을 기다리게 했다. 먼저 동도나가 중군으로 들어와 공명에게 정황을 자세히 고했다. 공명은 동도나에게 후한 상을 내려 공로를 치하하고 모든 추장들을 극진히 대접해 돌려보냈다.

이윽고 도부수들이 맹획을 끌고 들어왔다. 공명이 웃으며 묻는다.

"지난번에 말하기를 그대는 다시 잡혀오면 진심으로 항복하겠다고 했는데, 그래 오늘은 어떠한가?"

맹획이 대답한다.

"이는 네 힘으로 잡은 게 아니라 내 부하들이 나를 배신한 것인데, 내가 어떻게 마음으로부터 항복할 수 있겠느냐?"

공명이 다시 묻는다.

"이번에도 너를 놓아준다면 어찌하겠느냐?"

"내가 비록 만인(蠻人)이나 병법을 모르지 않으니, 승상이 나를 다시 돌려보내준다면 당연히 군사를 이끌고 와서 결판을 내겠소. 만일 또다시 승상에게 사로잡힌다면 그때는 마음을 기울이고 오장을 바쳐 항복하고 다시는 거역하지 않겠소."

공명이 다짐한다.

"다음에 사로잡혀서도 네가 진심으로 항복하지 않으면 그때는 결코 용서하지 않겠다!"

공명은 좌우에게 명해 맹획의 결박을 풀어주고, 장상에 앉히고 술과 음식을 대접하며 말한다.

"내가 초려에서 나온 이래 지금까지 싸워서 이기지 못한 적이 없고 쳐서 취하지 못한 적이 없거늘, 네가 만방(蠻方) 사람으로 어찌하여 아직도 항복하려 하지 않느냐?"

맹획은 묵묵히 앉아 있을 뿐 대답이 없다. 술자리를 파한 뒤 공명은 맹획과 나란히 본채를 나와 여러 영채를 돌면서 쌓아놓은 양초와 무기를 보여주었다. 그러고는 다시 입을 열었다.

"네가 항복하지 않는 것은 참으로 어리석은 짓이다. 내게 이렇듯 정예병과 맹장이 버티고 있고 양초와 무기가 풍족한데, 네가 어찌 나를 이길 수 있겠느냐? 만일 일찍 항복한다면 마땅히 황제께 아뢰어 왕위를 자자손손 대대로 이어가며 남만을 다스리게 할 터인즉, 네 생각은 어떠하냐?"

맹획이 말한다.

"내가 비록 항복한다 해도 모든 동중 사람들이 진심으로 복종하지는 않을 것이오. 승상이 한번만 더 나를 놓아보내준다면 군사들을 타일러 마음을 같이하여 귀순하겠소."

공명은 흔쾌한 마음으로 맹획과 함께 대채로 돌아왔다. 그러고는 늦도록 더불어 술을 마시다가 맹획이 하직을 고하자 공명은 친히 노수 기슭까지 맹획을 배웅하여 배에 태워보내고 대채로 돌아왔다.

맹획은 다시 본채로 돌아오자마자 장막 안에 도부수들을 숨겨두고 나서, 동도나와 아회남의 영채로 심복을 보내 제갈승상의 명을 전하러 사자가 와 있다고 속여 그들을 대채로 데려오게 했다. 동도나와 아회남이 대채의 장막에 당도하자 맹획은 매복해둔 도부수들을 시켜 두 사람을 무참히 베어죽인 후 그 주검을 개울가에 던져버렸다. 이어 맹획은 믿을 만한 사람에게 길목을 지키게 하고는 친히 군사를 이끌고 마대와 싸우러 협산욕으로 갔다. 그런데 협산욕에 이르러보니 마대는 커녕 촉군의 그림자 하나 얼씬거리지 않는다. 백성들에게 물으니 지난밤에 촉군들이 양초를 가지고 다시 노수를 건너 돌아갔다는 것이다. 맹획은 다시 대채로 돌아와 친동생 맹우(孟優)를 불러 상의한다.

"내가 이번에 제갈량의 허실을 모두 알아왔으니 너는 가서 내가 시키는 대로만 하여라."

맹우는 형의 계책에 따라 만병 1백여명을 거느리고 배에 금주(金珠)·보패(寶貝)·상아(象牙)·서각(犀角, 무소뿔) 등을 가득 싣고 공명의 대채를 향해 노수를 건넜다. 그런데 그들이 노수를 건너기가 무섭게 느닷없이 북소리 피릿소리가 요란스레 일어나더니 한무리의 군사들이 나타나 앞을 가로막는다. 앞선 장수는 바로 마대였다. 맹우는 소스라치게 놀랐다. 마대는 맹우에게 온 뜻을 묻고서 잠시 붙잡아둔 다음 즉시 사람을 보내 공명에게 이 사실을 알렸다.

이때 공명은 장막에서 마속·여개·장완·비의 등과 함께 남만을 평정할 일을 의논하던 중이었다. 문득 한 사람이 와서 고한다.

"맹획의 동생 맹우가 예물을 바치러 왔다고 합니다."

공명이 마속을 돌아보며 묻는다.

"맹우가 온 까닭을 알겠소?"

마속이 말한다.

"감히 이 자리에서 입을 열어 말씀드릴 수 없으니 종이에 적어 보여드리겠습니다. 승상의 생각과 같은지 보십시오."

공명이 머리를 끄덕였다. 마속이 즉시 몇자 적어 공명에게 건네니 공명이 그것을 훑어보고 이내 손뼉을 치며 웃는다.

"내 이미 맹획을 사로잡을 계책을 다 세워두었는데, 이제 보니 그대의 생각과 같구나."

공명은 드디어 조자룡을 불러 귓속말로 은밀히 계책을 일러주고, 위연에게도 작은 소리로 분부를 내렸다. 또한 왕평·관색·마충 등을 불러 비밀리에 지시를 내리니, 모두들 공명의 밀계를 숙지하고 떠났다. 그제서야 공명은 맹우를 장중으로 들이게 했다. 맹우가 두번 절을 올리고 아뢴다.

"저의 형님 맹획이 승상께 목숨을 살려주신 은혜를 입고 조금이라도 갚고자 하나, 변변히 바칠 만한 것이 없어 금주와 보패를 약간 가지고 왔습니다. 군사들에게 상을 내리는 데 써주십시오. 황제께 진상할 예물은 따로 마련해서 바치겠습니다."

공명이 묻는다.

"네 형은 지금 어디 있느냐?"

맹우가 대답한다.

"승상의 은혜를 갚고자 은갱산(銀坑山)으로 보물을 구하러 갔으니, 머지않아 돌아올 것입니다."

공명이 다시 묻는다.

"너는 몇사람이나 거느리고 왔느냐?"

"감히 많이 데리고 올 수 없어 짐 나르는 데 필요한 자만 1백여명 데려왔습니다."

공명은 그들을 모두 장막 안으로 불러들였다. 그들 대부분은 푸른 눈동자에 얼굴빛이 검고 머리털은 노랬으며, 또한 자줏빛 수염에 귀에는 금고리를 달고 짧은 더벅머리에 맨발이었는데, 하나같이 키가 크고 힘이 센 장사들이었다. 공명은 그들 모두에게 자리를 내주고 장수들을 시켜 은근히 술을 권하게 했다.

한편 맹획은 장중에서 노심초사 아우 맹우로부터 소식이 오기를 기다리고 있었다. 그때 두 사람이 돌아왔다는 보고가 들어왔다. 당장 불러들여 정황을 물으니, 두 사람이 번갈아 보고한다.

"제갈량은 예물을 받고 크게 기뻐하며 수행한 사람들까지 모두 장막 안으로 불러들여 소와 양을 잡고 잔치를 베풀어 대접하고 있습니다. 작은 대왕께서 저희들을 비밀리에 보내 대왕께 전하라 하시면서, 오늘밤 2경에 안팎에서 서로 호응하여 대사를 이루자고 하셨습니다."

맹획은 몹시 기뻐하며 즉시 3만 군사를 일으켜 3대로 나누는 한편, 각 동의 추장을 불러 분부했다.

"모든 군사들은 화구(火具)를 갖추고 진군해 오늘밤 촉의 영채에 이르거든 불을 놓아 신호하라. 내가 직접 중군으로 쳐들어가 기필코 제갈량을 사로잡고야 말리라."

모든 만장(蠻將)들은 맹획의 지시에 따라 황혼이 짙어갈 무렵 노수를 건너 촉의 영채로 향했다. 맹획은 심복장수 1백여명을 거느리고 곧바로 공명의 대채를 엄습할 계획이었다. 3만 군사가 소리 없이 행군해가는데, 누구 한 사람 앞을 막는 이가 없었다. 곧장 촉군의 영채에 당도한 맹획은 장수들과 함께 일시에 안으로 쳐들어갔다. 그러나 영채 안은 텅 비어 있었다. 맹획은 그대로 중군을 향해 돌격해들어갔다. 장막 안에는 등촉이 휘황한데 촉군은 그림자 하나 없고 맹우와 그 일행들만이 술에 취해 쓰러져 있었다. 원래 공명은 마속과 여개 두 사람을 시켜 맹우에게 거듭 술을 권하게 했다. 악인(樂人)을 불러 잡극(雜劇)을 보여주면서 은근히 술을 권하니, 맹우와 만병들은 흥에 겨워 술에 약을 탄 줄도 모르고 연신 받아마시다가 모두 정신을 잃고 쓰러져버린 것이다. 맹획은 화가 나서 어찌 된 일이냐고 버럭 고함을 질렀다. 그때 취해 쓰러져 있던 만병들 중 하나가 눈을 떴다. 그러나 말은 못하고 겨우 손가락으로 입을 가리킬 뿐이었다.

그제서야 맹획은 공명의 계략에 말려들었음을 깨닫고 급히 맹우를 비롯한 나머지 만병들을 구해 돌아가려 했다. 그때 갑자기 앞에서 함성이 크게 울리며 불길이 일어났다. 만병들이 모두 살길을 찾아 도망쳐 숨는데, 날쌘 군사들이 바람처럼 내달려왔다. 촉장 왕평이 거느린 군사들이었다. 맹획은 대경실색하여 급히 왼쪽으로 달아났다. 순간 그쪽에서도 불길이 일어나더니 촉장 위연이 한무리의 군사를 이끌고 막아섰다. 맹획은 황망히 오른쪽으로 달아나려 했다. 그쪽에서도 역시 불길이 치솟으며 한떼의 군사들이 달려드는데, 선봉에 선 장수는 다름아닌 조자룡이었다. 세 방향에서 군사들이 일제히 쳐들어오니 달아날 길이 없어진 맹획은 마침내 군사들을 버리고 필마단기로 노수를 향해 달아났다. 마침 노수 물 위에는 만병 수십명을 태운 자그마한 배가 떠 있었다. 맹획은 큰소리로 기슭 가까이 배를 불러 말을 탄 채로 배에 올랐다. 순간 한마디 군호소리와 함께 만병들이 일제히 달려들

三擒孟獲
壬午仲冬
寶庵畫 [印][印]

맹획은 세번째로 사로잡히다

더니 맹획을 결박지어버렸다. 공명의 계책을 받은 마대가 자기의 군사들을 만병으로 꾸며 배를 띄우고 맹획이 오기를 기다리고 있었던 것이다.

이때 공명이 만병들을 불러놓고 회유하니 항복하는 자가 부지기수였다. 공명은 그들을 일일이 위무하며 조금도 해를 입히지 않고, 그들로 하여금 타다 남은 불길을 잡게 했다. 얼마 후 마대는 맹획을 잡아오고, 조자룡은 맹우를 잡아왔다. 위연·마충·왕평·관색 등은 각 동의 추장들을 끌고 나타났다. 공명이 소리내어 웃으며 맹획에게 말한다.

"네가 아우를 시켜 예물을 바치며 거짓항복하는 것으로 어찌 나를 속일 수 있겠느냐! 이번에도 또 이렇게 잡혔으니, 이제는 네가 항복할 테냐?"

맹획이 말한다.

"이번에는 내 아우가 먹는 데 정신이 팔려 승상의 독주에 걸려들어서 일을 망쳤소. 내가 직접 오고 아우가 밖에서 후원했다면 틀림없이 성공했을 것이오. 이는 하늘이 망친 것이지 내게 능력이 없어서가 아니거늘, 내 어찌 억울하게 항복할 수 있겠소?"

"이미 세번이나 붙잡혔으면서도 항복하지 않겠단 말이냐?"

맹획은 머리를 숙인 채 대답이 없다. 공명이 껄껄 웃으며 말한다.

"내 이번에도 너를 놓아주마."

맹획이 말한다.

"우리 형제를 돌려보내주면 일가친척을 모두 모아 승상과 한번 결전을 벌여보겠소. 그때 사로잡힌다면 맹세코 항복하겠소이다."

"만일 또다시 잡히는 날에는 너를 용서하지 않겠다. 부지런히 육도삼략과 병서를 공부하고 믿을 만한 사람과 좋은 계책을 세워 다시는 후회하는 일이 없도록 해보아라."

공명은 무사들을 시켜 맹획의 결박을 풀어주게 하고 맹획과 맹우, 각 동의 추장들을 모두 놓아주었다. 맹획 등은 깊이 감사하며 절하고 돌아갔다.

이때 이미 촉군은 노수를 건넌 뒤였다. 맹획이 노수를 건너면서 보니, 언덕마다 촉의 장수들과 군사들이 늘어서 있고 깃발이 가득 꽂혀 휘날리고 있었다. 강을 건너 영채 앞에 이르렀는데, 마대가 높이 앉아 칼을 들어 가리키며 소리친다.

"또다시 잡히는 날에는 결코 놓아주지 않을 것이다!"

맹획은 자신의 대채에 이르렀다. 그런데 조자룡이 이미 그곳을 점령하여 군마가 늘어서 있고, 조자룡은 큰 깃발 아래 앉아 있다가 칼을 짚고 일어서며 큰소리로 외친다.

"승상의 은혜를 잊지 말라!"

맹획은 연신 예, 예 하며 그 앞을 지나왔다. 이어 접경지대의 산비탈을 빠져나가려는데, 이번에는 위연이 1천명의 군사를 거느리고 기슭에 진을 치고 있다가 말 위에서 벽력같이 소리친다.

"내 이제 네 소굴 깊이 들어와 험한 요충지를 모두 차지했는데, 아직도 정신을 못 차리고 대군과 겨루려 하느냐? 다시 잡히는 날에는 네 몸뚱이를 가루로 만들어줄 테니 그리 알라!"

맹획 등은 머리를 감싸안고 본동을 향해 달아났다.

후세 사람이 이 일을 두고 시를 지어 읊었다.

무더운 오월에 군사를 끌고 험지로 들어가니　　　　五月驅兵入不毛

달빛 밝은 노수에는 독한 기운이 오르누나　　　　　月明瀘水瘴煙高

삼고초려하신 은혜 갚고자 큰 계략 세웠거늘　　　　誓將雄略酬三顧

어이 남만에서 일곱번 놓아주는 수고를 꺼리랴　　　豈憚征蠻七縱勞

　한편 공명은 노수를 건너 영채를 세운 뒤 삼군에게 크게 상을 내렸다. 그런 다음 모든 장수들을 불러모아놓고 말한다.

　"맹획을 두번째 사로잡았을 때 그에게 우리 영채의 허실을 보여준 것은 그의 기습을 유인하기 위해서였소. 또한 우리에게 많은 병마와 양초가 있음을 자랑하는 체하면서 약점을 보여준 것도, 맹획이 제법 병법을 아니 그에게 화공을 쓰도록 하기 위해서였소. 그래서 맹획은 동생을 거짓항복시키고 내응하게 하는 계략을 짠 것이오. 내가 맹획을 세번 잡고도 죽이지 않고 놓아보낸 것은 진실로 그 마음에서 우러난 항복을 받기 위해서이며, 그 종족을 아주 없애버리지 않기 위해서요. 이제 그대들에게 분명히 고하노니, 수고로움을 싫다 말고 모두 힘써 충성을 다하여 나라에 보답하시오."

　여러 장수들이 감복한다.

　"승상의 지혜와 인덕과 용기는 비록 자아(子牙, 강태공)나 장량(張良, 한나라의 개국공신)이라도 따르지 못할 것입니다."

　"내 어찌 감히 옛사람과 견줄 수 있겠소? 모두 그대들의 힘을 믿고 의지하여 함께 대업을 이루려는 것이오."

　장하의 장수들은 공명의 말에 하나같이 크게 기뻐했다.

　한편 공명에게 세번이나 사로잡혀 분함을 참지 못한 맹획은 급히 은갱동으로 가서 심복들에게 황금과 구슬 등의 보물을 가지고 8번

(番) 93전(甸)과 그밖의 남만 고을을 돌며 방패와 칼을 쓰는 요족(獠族) 장정 수십만명을 모아오게 했다. 이윽고 기약한 날이 되자 이들 인마는 구름일 듯 몰려오고 안개처럼 밀려들어 맹획의 명령만 기다렸다. 이 일은 모두 정탐꾼에 의해 탐지되어 즉시 공명에게 보고되었다. 공명이 웃으며 말한다.

"내가 바라는 바는 모든 만병이 다 나와서 나의 능력을 보는 것이다!"

그러고는 조그만 수레를 타고 나아갔다.

동주의 위세가 용맹하지 않았던들	若非洞主威風猛
제갈공명의 높은 수단 어찌 드러나랴	怎顯軍師手段高

장차 승부는 어찌 될 것인가?

맹획, 다섯번째로 사로잡히다

무향후 공명은 네번째 계책을 쓰고

남만왕은 다섯번째로 사로잡히다

    공명은 몸소 작은 수레에 올라 수백기를 거느리고 앞으로 나아갔다. 얼마쯤 가자 앞에 큰 강이 나타나니, 그 강이름은 서이하(西洱河)였다. 물살은 급하지 않았으나 강을 건널 배가 한 척도 없었다. 공명은 즉시 나무를 베어 뗏목을 만들게 했다. 그러나 어찌 된 일인지 뗏목을 만들어 강에 띄우기만 하면 물속으로 가라앉아버리는 것이었다. 공명이 대책을 묻자 여개가 대답한다.

    "듣자하니 이 강 상류에 큰 산이 있는데, 그 산에 대나무가 많고 큰 것은 둘레가 몇 아름이나 된다 합니다. 사람을 시켜 그 대나무를 베어다가 강물 위에 죽교(竹橋)를 놓고 군마를 건너게 하십시오."

공명은 즉시 군사 3만명을 산으로 보내 대나무 수십만 그루를 베어다가 강물에 띄워 떠내려보내게 했다. 그리고 강폭이 좁아지는 곳을 골라 대나무로 부교(浮橋)를 세우니, 그 길이가 10여 길이었다. 대군을 이끌고 죽교를 건넌 공명은 강의 북안에 일자로 영채를 세웠다. 흐르는 강물을 참호로 삼고 죽교로 문을 대신하게 하는 한편 흙을 쌓아 성을 만들었다. 또한 다리를 건너 강 남안에도 다시 일자로 영채 세 곳을 세운 다음 만병들이 쳐들어오기를 기다렸다.

한편 맹획은 수십만 만병을 거느리고 원한과 분노에 차서 진군해왔다. 이윽고 서이하 가까이에 이르자, 맹획은 선봉부대인 칼과 방패를 쓰는 요족 군사 1만명을 이끌고 곧장 공명의 영채 앞으로 와서 싸움을 걸었다. 공명은 윤건(綸巾)을 쓰고 학창의(鶴氅衣)를 입고 깃털부채를 들고서, 네 마리 말이 끄는 수레에 올라 좌우로 여러 장수들의 호위를 받으며 나왔다.

공명이 보니, 맹획은 무소가죽 갑옷에 주홍색 투구를 쓰고, 왼손에는 방패를, 오른손에는 칼을 들고 붉은 소를 타고 나오면서 온갖 욕설을 퍼부어댄다. 그 수하의 1만여명 되는 만병들도 저마다 칼과 방패를 들고 춤을 추며 기세등등하게 오락가락한다. 공명은 급히 명을 내려 군사들로 하여금 본채로 돌아가 네 곳의 영문을 굳게 닫고 싸우지 못하게 했다. 만병들은 벌거숭이 알몸으로 영채 앞까지 몰려와 소리소리지르며 갖은 욕을 해댔다. 촉의 장수들이 화를 참다못해 공명에게 아뢴다.

"저희들이 나가서 죽을 각오로 결전을 벌이겠습니다."

공명은 허락하지 않았다. 여러 장수들이 물러가지 않고 거듭 청하자 공명이 말한다.

"남만 사람들이 왕의 덕화를 입지 못해 저렇게 몰려와 발악하니, 저런 자들과 겨룰 수는 없소. 며칠 동안 굳게 지키면서 저들의 기세가 누그러지기를 기다리시오. 내게 이미 저들을 격파할 묘책이 서 있소."

공명의 명에 따라 촉군은 며칠 동안 굳게 방비만 했다. 하루는 공명이 높은 언덕에 올라가 살펴보니 만병의 기세가 다소 누그러진 듯했다. 드디어 그는 모든 장수들을 불러놓고 말한다.

"그대들은 감히 나가서 만병과 대적해보겠는가?"

모든 장수들이 흔쾌히 나가 싸우겠다고 답했다. 공명은 우선 조자룡과 위연을 장막으로 불러들여 귓속말로 은밀하게 분부를 내렸다. 두 장수가 계책을 받고 떠났다. 이어 왕평과 마충을 불러 계책을 일러주어 떠나보내고, 다시 마대를 불러 분부한다.

"내 이제 이곳의 세 영채를 버리고 강 북쪽으로 물러갈 것이오. 그대는 즉시 부교를 뜯어 하류로 옮긴 다음, 조자룡과 위연의 군사들이 그 다리로 강을 건너기를 기다렸다가 돕도록 하시오."

마대가 명을 받고 떠났다. 공명은 잇달아 장익을 불러 분부를 내린다.

"내가 물러간 뒤 그대는 영채 안에 되도록 많은 등불을 밝혀두시오. 우리가 퇴각한 것을 알면 맹획이 필시 공격해올 터이니 기다렸다가 그들의 뒤를 끊도록 하오."

장익도 명을 받고 물러났다. 공명은 관색에게 자기가 탄 수레를 호위하게 했다. 모든 군사들이 물러간 가운데 빈 영채에는 불빛이 휘황하게 밝혀져 있었다. 만병은 멀리서 휘황한 불빛을 보고 감히 쳐들어오지 못했다.

맹획은 이튿날 날이 밝은 뒤에야 만병 대부대를 거느리고 촉군의 영채를 엄습했다. 와서 보니, 세 채의 촉군 영채는 텅 비어 사람은커녕 말 그림자 하나 찾아볼 수 없었다. 군량과 마초를 실은 수레만 수백여대 버려져 있을 뿐이다. 맹우가 말한다.

"제갈량이 이렇듯 영채를 버리고 간 것은 필시 무슨 계교가 숨어 있는 게 아니겠습니까?"

맹획이 대답한다.

"내 생각에 제갈량이 치중(輜重, 군수품을 실은 수레)을 버리고 간 것은 틀림없이 본국에 긴급한 일이 생겨서일 것이다. 동오가 쳐들어왔거나 아니면 위가 침범해왔을 테지. 그래서 등불을 밝혀 허장성세로 군사가 있는 것처럼 꾸며놓고 수레만 버리고 간 것이다. 이러고 있을 게 아니라 속히 그들을 추격해야겠다."

맹획은 친히 선봉부대를 이끌고 서이하 강변으로 나아갔다. 강변에 다다라 건너편 북쪽 언덕을 바라보니, 영채에 아름다운 깃발이 정연히 꽂혀 나부끼고 있어 마치 비단구름인 듯 찬란하고, 강변 일대에도 깃발이 길게 이어져 마치 아름다운 성이 늘어서 있는 것 같았다. 만병들은 이 광경을 보고 감히 나아가지 못했다. 맹획이 맹우를 돌아보며 말한다.

"제갈량은 우리의 추격이 두려워 북안에 잠시 머물러 있을 뿐 2, 3일 내로 반드시 달아날 것이다."

맹획은 만병들을 강기슭에 주둔시켰다. 그러고는 곧 명을 내려 산위에서 대나무를 베어다 뗏목을 만들게 하는 등 도강 준비를 서두르는 한편 건장하고 용감한 군사들만 골라 영채 전면에 배치했다. 그러느라고 그들은 이미 촉군이 자신들의 영역으로 잠입한 것을 전혀 알지 못했다.

그날 갑자기 광풍이 불기 시작했다. 기다렸다는 듯 사방에서 불이 환하게 밝혀지며 요란한 북소리와 함께 무서운 기세로 촉군들이 쳐들 어왔다. 남만 군사들과 요족 군사들은 너무 놀라 저희끼리 치고받으 며 제정신이 아니었다. 맹획은 크게 놀라 급히 자기 동의 군사와 장수 들을 모아 혈로를 뚫고 예전 영채를 향해 달아났다. 그런데 영채에 거 의 다 왔을 무렵 갑자기 안에서 한 장수가 군사들을 이끌고 달려나왔 다. 바로 조자룡이었다. 맹획이 너무나 놀라 황망히 서이하 쪽으로 몸 을 돌려 좁은 산길로 달아나는데, 또 한무리의 군사들이 달려나왔다. 이번에는 마대였다. 맹획은 겨우 수십명의 패잔병을 거느리고 산골짜 기로 달아났다. 그런데 갑자기 남쪽·북쪽·서쪽 세 방면에서 먼지가 일며 불길이 치솟아올랐다. 맹획은 더 나가지 못하고 동쪽으로 말머 리를 돌려 달아나기 시작했다. 허둥지둥 산어귀를 돌아나가니, 앞쪽 숲속에서 수십명의 종자가 수레 한 채를 끌고 나오는데, 그 위에 제갈 공명이 단정하게 앉아 있는 것이 아닌가? 공명이 큰소리로 웃으며 말 한다.

"만왕 맹획아! 하늘이 너를 버려 대패하여 여기까지 왔구나. 네가 올 줄 알고 내 기다리고 있은 지 오래다!"

맹획은 불같이 화가 나서 좌우를 돌아보며 호령한다.

"내 저놈의 속임수에 빠져 세번이나 굴욕을 당했는데, 이제 다행히 여기서 만났구나. 너희는 있는 힘을 다해 저자의 군마와 수레를 모두 박살내버려라!"

맹획의 명령이 떨어지는 순간 몇명의 만병들이 용감하게 뛰쳐나갔 다. 맹획도 미친 듯이 소리치며 숲 쪽으로 말을 달려나갔다. 그때 쾅

하는 소리와 함께 땅이 꺼지면서 만병들이 외마디 비명을 내지르며 함정 속으로 굴러떨어졌다. 기다렸다는 듯 숲속에서 위연이 수백명의 군사를 끌고 나와 함정에 빠진 맹획과 군사들을 하나하나 끌어올려 결박했다.

공명은 먼저 영채로 돌아가 잡혀온 만병을 비롯해 여러 지역의 추장과 장정들을 불러들여 위로하며 귀순을 권유했다. 이때 그들의 태반은 이미 각자의 고향으로 돌아가고 없었는데, 죽은 자와 사상자들 외에는 모두 항복했다. 공명이 술과 고기를 내어 그들을 배불리 먹이고 좋은 말로 위로하여 놓아보내니, 모두들 공명의 큰 덕에 감격해 눈물을 흘리며 돌아갔다. 얼마 뒤 장익이 맹우를 사로잡아 돌아왔다. 공명이 훈계한다.

"네 형이 참으로 어리석으니 네가 간하여 깨우쳐주어라. 이제 내게 네번씩이나 사로잡혔거늘, 돌아가서 무슨 면목으로 사람들을 대하겠느냐?"

맹우는 부끄러움으로 얼굴을 붉히며 엎드려 살려달라고 애원했다. 공명이 말한다.

"너를 죽이려 하면 오늘이 아니라도 언제든지 할 수 있다. 내 이번에는 너를 살려줄 테니 너는 네 형을 깨우쳐 마음을 바르게 갖도록 하라!"

무사들에게 분부해 결박을 풀어주니, 맹우는 공명에게 울며 절하고 떠났다. 잠시 후 이번에는 위연이 맹획을 끌고 왔다. 공명이 노하여 소리친다.

"네가 이번에도 또 잡혔는데 그러고도 내게 무슨 할말이 있느냐?"

맹획이 말한다.

"내 이번에도 속임수에 걸려 잡혀왔으니 죽어도 눈을 감지 못하겠소이다."

공명은 추상같이 호령한다.

"냉큼 저놈을 끌어내 목을 베어라!"

맹획은 조금도 두려워하는 기색 없이 공명에게 말한다.

"만일 한번만 더 놓아준다면 네번이나 붙잡힌 이 원한을 반드시 씻고야 말겠소!"

공명은 한바탕 크게 웃고 나서 말한다.

"결박을 풀어주어라!"

공명은 우선 술을 내려 맹획의 놀란 가슴을 위로한 다음, 장막 안으로 불러들여 묻는다.

"내가 너를 네번이나 예로써 대접했거늘, 끝내 항복하지 않는 이유가 무엇이냐?"

맹획이 의연하게 말한다.

"내 비록 임금의 교화 밖에 있는 사람이지만, 항상 속임수만 쓰는 승상과는 다르오. 그러니 내 어찌 항복할 마음이 있겠소?"

"또 너를 놓아준다면 다시 나와 싸울 생각이 있느냐?"

"내가 다시 승상에게 사로잡힌다면, 그때는 진정으로 항복하겠소. 본동(本洞)의 물건을 다 바쳐 촉군을 받들고 다시는 반란을 일으키지 않겠소."

공명이 흔쾌히 웃으며 놓아주니, 맹획은 절을 하여 사례하고 즉시 물러갔다. 맹획은 돌아가는 길에 각 동의 장정을 수천명 모아 거느리고 남쪽으로 걸음을 재촉했다. 한창 길을 가는데 멀리 앞쪽에서 먼지가 일며 한무리의 군사들이 나타났다. 그 아우 맹우가 패잔병을 수습해 형의 원수를 갚으러 오는 참이었다. 두 형제는 서로 얼싸안고 통곡했다. 맹우가 말한다.

"형님, 우리는 싸움마다 지고 촉군은 싸움마다 이기니 이대로 대적하기는 어렵습니다. 그러니 깊은 산속 동중으로 피해 들어가서 나오지 않는다면 촉군들은 더위를 견디지 못해 스스로 물러갈 것입니다."

맹획이 묻는다.

"어느 곳이 적당하겠느냐?"

"여기서 서남쪽으로 가면 독룡동(禿龍洞)이라는 곳이 나옵니다. 그곳 동주 타사대왕(朶思大王)은 저와 매우 가까운 사이이니, 그곳으로 가십시다."

그 말에 따르기로 하고 맹획은 아우 맹우를 먼저 독룡동으로 보내 타사대왕을 만나보게 했다. 맹우를 만나 이야기를 들은 타사는 재빨리 동중의 군사를 이끌고 나와 맹획을 영접했다. 맹획이 독룡동으로 들어가 예를 갖추어 서로 인사를 나누고 나서 촉군에게 당한 일들을 하소연하니 타사가 말한다.

"이제 대왕께서는 마음을 놓으십시오. 촉군이 만일 이곳까지 온다면 한 사람도 살아 돌아가지 못하고 제갈량과 함께 여기서 죽게 될 것입니다."

맹획이 크게 기뻐하며 계책을 묻자 타사가 자신있게 말한다.

"이곳 독룡동으로 오는 길은 두 갈래뿐입니다. 동북쪽으로 뻗은 길은 바로 대왕께서 오신 길로, 지세가 평탄하고 흙이 많으며 물맛이 좋아 인마가 다닐 수 있으나 나무와 돌로 입구를 막아버리면 비록 백만 대군이라도 들어올 수 없습니다. 또 하나 서북쪽으로 뻗은 길은 산이 험하고 고개가 가파른데다 그나마 있는 길은 좁고 독사와 전갈이 들끓어 사람이 지나다닐 수가 없습니다. 또한 황혼 무렵이 되면 독한 기운이 퍼져 사시(巳時, 오전 10시)·오시(午時, 오전 12시)나 되어야 겨우 사라지니, 미시(未時, 오후 2시)·신시(申時, 오후 4시)·유시(酉時, 오후 6시)에나 왕래할 수 있습니다. 뿐만 아니라 물을 마실 수 없어 인마가 다닐 수 없습니다. 근처에 독샘이 네 군데 있는데, 그중 하나인 아천(啞泉)은 물은 좋지만 마셨다 하면 즉시 벙어리가 되어 열흘을 넘기지 못하고 죽게 됩니다. 두번째로 멸천(滅泉)은 마치 끓는 물과 같아서, 사람이 빠졌다 하면 살과 가죽이 모두 벗겨지고 뼈만 남아 죽고 맙니다. 세번째로 흑천(黑泉)은 물이 맑기는 하지만 사람이 몸에 대면 수족이 시커멓게 변해 죽습니다. 마지막으로 유천(柔泉)은 얼음처럼 차가워 그 물을 마셨다 하면 목구멍의 온기가 싸늘하게 식으면서 몸 전체에서 솜처럼 기운이 빠져 죽습니다. 참으로 이곳은 새 한 마리 벌레 한 마리 살지 못하는 곳으로, 옛날에 한나라 복파장군(伏波將軍)이 한번 온 뒤로 단 한 사람도 지나간 적이 없습니다. 이제 동북쪽 대로를 끊고 대왕께서 여기에 숨어 계시면, 촉군은 동쪽 길이 막힌 것을 보고 반드시 서북쪽 소로를 이용할 게 아니겠습니까? 한참동안 물이 없어 고생하다가 이 네 군데 샘물을 보면 마시지 않고는 못 견디겠지요. 그러니 백만대군이 온다 한들 한놈이라도 살아 돌아갈 수 있겠습니까? 번거롭게 싸울 필요가 없지요."

맹획은 너무나 기뻐 손을 이마에 갖다대며 말한다.

"오늘에야 비로소 몸을 피할 곳이 생겼소그려!"

다시 북쪽을 바라보며 말을 잇는다.

"너 제갈량아! 비록 귀신 같은 재주를 가졌대도 이젠 별수 없으렷다! 네 군데 샘물이 그동안의 내 원한을 갚아줄 것이다."

그뒤로 맹획과 맹우는 타사와 더불어 날이면 날마다 잔치를 열고 술이나 마시며 세월을 보냈다.

한편 공명은 여러 날이 지나도록 맹획의 군사가 나타나지 않자 대군에 영을 내려 서이하를 떠나 남쪽으로 진군하도록 했다. 때는 6월 염천이라 불같이 더웠다. 후세 사람들이 남방의 지독한 더위를 시로 읊었다.

산은 불타고 못은 말라	山澤欲焦枯
화광이 천지를 덮는구나	火光覆太虛
알 수 없구나, 이 천지의 밖은	不知天地外
더위가 얼마나 더해졌을까	暑氣更何如

또한 이런 시도 있다.

여름의 신 제 맘대로 권력 휘둘러	赤帝施權柄
비구름도 감히 일어나지 못하네	陰雲不敢生
찌는 구름에 외로운 학 헐떡이고	雲蒸孤鶴喘
바닷물 뜨거워 큰자라도 놀랐으니	海熱巨鰲驚
시냇가에 앉아서 떠날 생각 않고	忍舍溪邊坐
대숲그늘 만나 행군 게을러지네	慵抛竹裏行
어찌하랴 변방으로 출정한 군사들은	如何沙塞客
다시 갑옷 입고 싸움길에 오를밖에	攅甲復長征

공명이 대군을 한창 통솔하고 가는 중에 문득 파발꾼이 달려와 고한다.

"맹획이 독룡동으로 들어가서는 나오지 않는데, 동쪽으로 들어가는 주요 도로를 막아놓고 파수병들이 지키고 있습니다. 그런데 산이 험하고 고개가 높아서 더이상 전진할 수가 없습니다."

공명이 여개를 불러 방책을 물으니 여개가 답한다.

"전에 독룡동으로 가는 길이 있다는 말은 들었습니다만, 자세히는 모릅니다."

장완이 말한다.

"맹획이 네번이나 생포되어 혼쭐이 났으니 다시 나올 턱이 없습니다. 더구나 날씨가 찌는 듯이 무더워 인마가 모두 지칠 대로 지쳤으니 그들을 정벌하는 것은 무익한 듯합니다. 차라리 군사를 거두어 돌아가는 것이 낫겠습니다."

공명이 고개를 가로저으며 말한다.

"그것이 바로 맹획이 바라는 바요. 우리가 회군하면 그들은 기회를 타 반드시 추격해올 것이오. 이곳까지 와서 어찌 그냥 돌아갈 수 있겠소?"

공명은 왕평에게 수백명의 군사를 주어 선봉으로 삼고 새로 항복한 만병들에게 길안내를 시켜 서북쪽 소로로 접어들었다. 한참 가다 보니 샘물이 하나 나왔다. 모두들 몹시 목이 타던 참이라 앞다투어 물을 마시느라 정신이 없었다. 왕평이 길을 찾았다고 보고하기 위해 공명에게 돌아왔는데, 함께 갔던 군사들이 손으로 입만 가리킬 뿐 말을 하지 못했다. 왕평은 곧 공명에게 이 사실을 알렸다. 깜짝 놀란 공명은 군사들이 무엇엔가 중독되었으리라 짐작하고 수십명을 거느리고 왕평의 군사들이 물을 마신 샘물을 찾아갔다.

공명이 보니 샘물은 바닥이 보이지 않을 정도로 깊은데 푸른 물빛에는 섬뜩한 기운이 감돌았다. 군사들은 두려워 감히 얼씬거리지도 못했다. 공명은 즉시 수레에서 내려 높은 언덕 위로 올라 두루 살펴보았다. 산봉우리가 사면에 빙 둘러 있는데 그 어디에서도 산새 한 마리 찾아볼 수 없고 새소리조차 들리지 않았다.

문득 의심이 들어 멀리 바라보니, 높은 언덕에 오래된 사당이 하나 보였다. 공명은 등나무를 붙잡고 칡덩굴에 매달려가며 사당이 있는 곳으로 올라갔다. 그곳에 돌집이 한 채 있었는데, 문을 열고 들어가보니 단정히 앉아 있는 한 장군의 석상이 있고, 그 옆에 선 석비에는 '한복파장군 마원지묘(漢伏波將軍馬援之廟)'라 씌어 있다. 지난날 마원 장군이 남만을 평정하기 위해 이곳까지 온 적이 있었는데, 그 고장 사람들이 사당을 지어 제를 지내고 있는 것이었다. 공명은 두번 절하고 말한다.

"제갈량이 선제께서 후사를 부탁하신 중임을 맡고, 이제 성지(聖旨)를 받들어 남방을 평정하고자 이곳에 왔습니다. 먼저 남방을 평정한 뒤 위를 치고 오를 무찔러 한나라 황실을 안정시키고자 하는바, 군사들이 이곳 풍토를 알지 못해 독수를 잘못 마셔 벙어리가 되고 말았사오니, 바라건대 신령께서는 한실의 은의(恩義)를 생각하사 영험을 나타내시어 저희 삼군을 도우소서."

공명은 기도를 마치고 사당을 나왔다. 그 고장 사람을 찾아 물어보려 하는데, 마침 맞은편 산에서 한 노인이 지팡이를 짚고 나타났다. 그 노인의 모습이 보통사람과 사뭇 달랐다. 공명은 노인을 청해 함께 사당으로 들어가 서로 인사를 나누고, 돌 위에 마주앉았다. 공명이 묻는다.

"노인장의 성함은 어찌 되십니까?"

"이 늙은이가 대국 승상의 존명을 들은 지 오래인데, 이제야 이렇게 만나뵙게 되어 여간 다행이 아니올시다. 이곳 남만 사람들은 승상께서 목숨을 살려주신 은혜에 모두들 감복하고 있소이다."

공명이 먼저 독샘에 대해 물으니, 노인이 설명한다.

"군사들이 마신 샘물은 아천이라 하지요. 그 물을 마시면 말을 못하고 며칠 후에는 죽게 됩니다. 그 샘물말고도 셋이 더 있으니, 동남쪽에 있는 유천은 몹시 차서 이 물을 마시면 목구멍에서부터 온몸이 싸늘하게 식어 더운 기운이 빠져나가면서 온몸의 기력이 쇠해 죽게 되고, 정남쪽에 있는 흑천은 몸에 닿기만 해도 수족이 시커멓게 변해 죽고, 서남쪽에 있는 멸천은 열탕처럼 뜨거워 사람이 그 물에 빠지면 가죽과 살이 떨어져나가 죽게 됩니다. 여기 있는 네 곳의 샘물은 모두 독기가 서려 있고, 마시고 나면 약으로도 고칠 수 없습니다. 또 독기가 안개처럼 피어나 감도니 미시·신시·유시 때만 지나다닐 수 있고, 그 나머지 시간에는 독기가 퍼져 닿기만 해도 사람이 죽습니다."

공명이 걱정스럽게 말한다.

"그렇다면 만방을 평정할 수가 없겠는데, 만방을 평정하지 못하면 어떻게 오와 위를 쳐서 한나라 황실을 다시 일으키겠습니까? 선제께서 후사를 부탁하신 중임을 저버린다면 차라리 죽느니만 못할 것입니다!"

노인이 말한다.

"승상께서는 근심하지 마시오. 내가 한 군데를 알려드릴 테니, 가히 이 어려움을 풀고 뜻을 이룰 수 있을 것이오."

공명이 반색하며 묻는다.

"어르신께서는 어떤 고견(高見)을 갖고 계신지 바라건대 가르침을 주십시오."

"이곳에서 서쪽으로 얼마쯤 가면 산골짜기가 하나 있소. 그 골짜기로 20리쯤 들어가면 계곡이 하나 나오는데, 만안계(萬安溪)라 하오. 그 계곡에는 선비가 한 분 살고 계신데, 호가 만안은자(萬安隱者)라 하오이다. 그분은 만안계 밖을 나오지 않은 지 수십년 되었다 합니다. 그분께서 사는 초암(草庵) 뒤에는 무엇에건 중독되었을 때 마시면 즉시 낫는다는 안락천(安樂泉)이라는 샘물이 있소. 부스럼이 나거나 독에 감염되었더라도 그곳에서 목욕하고 나면 모두 깨끗해지지요. 또한 초암 앞에는 해엽운향(薤葉芸香)이라는 풀이 나 있는데 그 잎사귀 하나만 물고 있으면 아무리 무서운 독이라도 침범하지 못한다 하니, 승상께서는 속히 가서 그것을 구하십시오."

공명이 절하여 사례하고 묻는다.

"이렇게 살길을 열어주신 은혜에 어찌 감사드려야 할지 모르겠습니다. 원컨대 어르신의 존함을 알려주소서."

노인이 웃으며 대답한다.

"나는 이곳 산신(山神)으로 복파장군의 명을 받들어 특별히 알려드린 것이오."

산신은 말을 마치더니 크게 소리를 질러 사당 뒤 석벽을 열고는 그림자처럼 사라져버렸다. 공명은 놀라움을 금치 못하며 곧 묘신(廟神)에게 재배하고 나서 온 길을 되짚어 군중으로 돌아왔다.

이튿날 공명은 신향(信香, 축원하는 바를 신에게 전한다는 향)과 예물을 갖추어 왕평과 벙어리가 된 병사들을 이끌고 산신이 가르쳐준 곳을 찾아나섰다. 산골짜기 오솔길을 20여리 들어가니, 키 큰 소나무 잣나무에 대나무가 무성하고 온통 기이한 꽃들로 둘러싸인 곳에 두어 칸 되는 모옥(茅屋)이 있고, 은은한 향기가 코끝에 감돌았다. 공명은 크게 기뻐하며 장원 앞에 이르러 문을 두드렸다. 곧 동자가 밖으로 나왔다. 공명이 막 이름을 고하려는데, 대나무관을 쓰고 짚신을 신고 흰 도포에 검은 띠를 두르고, 푸른 눈동자에 머리털이 유독 노란 사람이 나오더니 공명을 반갑게 맞이한다.

"찾아오신 분은 혹시 한나라 승상이 아니십니까?"

공명이 웃으며 묻는다.

"고명하신 선비께서 어찌 저를 아십니까?"

은자가 말한다.

"승상께서 대군을 거느리고 남정길에 오르신 지 오래인데, 어찌 모르겠습니까?"

은자가 공명을 초당으로 맞아들이니, 주객이 서로 예를 갖추고 자리를 나누어 앉았다. 공명이 먼저 입을 연다.

"저는 소열황제(昭烈皇帝)께서 후사를 부탁하신 중임을 받고, 뒤를 이어 등극하신 폐하의 성지를 받들어 남만을 평정하여 왕화(王化)를 입게 하고자 대군을 거느리고 이렇게 왔습니다. 그런데 뜻하지 않게 맹획이 동중으로 숨어들어가는 바람에 우리 군사들이 아천의 물을 마시게 되었소이다. 지난밤 복파장군이 현성하시어, 어르신이 계신 이곳에 약수가 있으니 저들을 치료할 수 있을 것이라 가르쳐주셨습니다. 바라건대 측은히 여기사 신수(神水)를 내려주셔서 죽음에 몰린 군사들의 목숨을 구해주십시오."

은자가 답한다.

"산야의 폐인(廢人)에 지나지 않는 늙은이를 승상께서 친히 찾아주셨는데, 어찌 그 걸음을 헛되이 하겠습니까? 그 샘물은 바로 집 뒤에 있으니, 어서 군사들에게 마시게 하십시오."

동자가 나서서 왕평과 말 못하는 군사들을 샘으로 인도하여 물을 마시게 했다. 샘물을 마신 군사들은 한바탕 악기(惡氣)를 토해내더니 즉시 입을 열어 떠들며 좋아했다. 동자가 다시 군사들을 만안계로 안내하니, 군사들은 모두 뛰어들어 목욕을 했다.

한편 은자는 초암에서 공명에게 잣차와 송화차를 대접하며 말한다.

"이곳 만동(蠻洞)에는 독사와 전갈이 많고, 버들개지가 시냇물에 떨어지면 물을 마실 수 없어 새로 우물을 파서 마셔야 합니다."

공명이 은자에게 해엽운향을 물으니 은자는 군사들에게 마음껏 따서 쓰라고 이른 후 말한다.

"이 해엽운향을 한 잎씩 물고 있으면 어떠한 독기도 침범하지 못합니다."

공명이 사례하며 은자의 성명을 물었다. 은자가 웃으며 대답한다.

"이 사람은 맹획의 형 맹절(孟節)이라 하오."

뜻밖의 대답에 공명은 몹시 놀랐다. 은자가 말을 잇는다.

"승상께서는 아무 의심 말고 제 말을 들어주시오. 우리는 모두 3형제로 맏이는 이 사람 맹절이고, 둘째가 맹획, 막내는 맹우입니다. 부모님께서는 일찍이 세상을 떠나셨고, 두 동생은 성미가 강포하여 왕화를 좇지 않기로, 제가 여러 차례 타일렀으나 끝내 듣지 않았습니다. 그래서 저는 이름과 성을 고치고 이곳에 은거한 것입니다. 이제 아우들 때문에 승상께서 여기까지 와서 고초를 겪으시니, 이 맹절 또한 백번 죽어 마땅합니다. 먼저 승상께 죄를 청합니다."

"옛날 도척(盜跖)과 유하혜(柳下惠, 춘추시대 사람으로 도척과 형제. 형 유하혜는 현인이고 아우 도척은 도적이었음)와 같은 일이 오늘날에도 있구려."

공명은 이렇게 탄식하고는 말을 이었다.

"내 황제께 아뢰어 귀공을 만왕으로 삼을까 하는데, 어떠신지요?"

"공명(功名)이 싫어서 이곳에 숨어살고 있거늘, 어찌 다시 부귀를 탐내겠소이까?"

공명이 황금과 비단으로 사례하려 했지만 맹절은 끝내 거절했다. 공명은 깊이 탄식하며 초암을 떠나 돌아갔다.

후세 사람이 이 일을 시로 읊었다.

깊은 산중에 숨어사는 고결한 선비	高土幽栖獨閉關
무후가 그의 도움으로 남만을 평정하네	武侯曾此破諸蠻
지금은 인적이 끊어지고 고목만 남았는데	至今古木無人境
찬 안개는 옛산을 둘러 있구나	猶有寒烟鎖舊山

대채로 돌아온 공명은 군사들에게 명해 우물을 파게 했다. 그러나 20여길을 파내려갔는데도 물 한방울 나오지 않았다. 이렇게 10여군데를 파보았으나 물이 나오지 않는 것은 마찬가지였다. 군사들은 실망하여 술렁이기 시작했다. 공명은 그날밤 향을 피우고 하늘에 고하였다.

"신 제갈량이 재주 없는 몸으로 삼가 대한(大漢)의 복을 이어받고 황제의 명을 받들어 남만을 평정하러 왔사온데, 이제 중도에 물이 없어 인마가 모두 목말라 하오니, 하늘이여, 대한을 도우시려거든 감천(甘泉)을 주소서. 만일 운수가 여기서 다했다면 신 제갈량은 여기서 죽기를 바라나이다."

축원을 마치고 다음날이 밝아서 보니 땅을 파놓은 곳마다 맑은 물이 가득 고여 있었다.

후세 사람이 시를 지어 찬탄했다.

나라 위해 남만 평정코자 대군 거느리니   爲國平蠻統大兵
마음이 정도에 합하여 신명도 알아주었네   心存正道合神明
옛날에 경공은 우물에 절하자 단물 솟았고   耿恭拜井甘泉出
제갈량의 지극정성에 밤사이 물이 솟았네   諸葛虔誠水夜生

이렇게 해서 감천을 얻은 공명의 군마는 유유히 소로를 지나 독룡동 아래 이르러 영채를 세웠다. 이를 탐지한 만병들은 즉시 맹획에게 고했다. 맹획이 크게 놀라며 말한다.

"촉병이 독기에 감염되지도 않고 목말라 병들지도 않고서 예까지 무사히 오다니, 이게 어찌 된 일인가? 네 곳의 독천도 아무 소용이 없었단 말인가!"

타사대왕은 도무지 이를 믿을 수가 없었다. 즉시 맹획과 함께 높은 산등성이로 올라가 촉군의 영채를 살펴보니, 과연 촉군들은 크고작은 물통으로 물을 길어다 말을 먹이고 유유히 밥을 지어먹고 있는 게 아닌가. 타사는 너무 놀란 나머지 머리털이 곤두서는 듯하여 떨리는 목소리로 맹획에게 말한다.

"저들은 보통사람이 아니라 신병(神兵)이오!"

맹획이 말한다.

"우리 두 형제는 목숨을 걸고 싸울 것이오. 어찌 이대로 앉아 결박당할 수 있겠소?"

타사가 말한다.

"대왕의 군사가 패하면 내 처자식도 모두 끝장이오. 그러니 소와 말을 잡아 동중의 장정들에게 크게 상을 내린 다음 물불 가리지 말고 저들의 영채를 들이치게 합시다. 그러면 이길 수 있을 것이오."

마침내 타사의 말에 따라 만병들에게 크게 상을 내리고 막 출병하려는 참에 독룡동 서쪽에 인접한 은야동(銀冶洞)의 21동주(洞主) 양봉(楊鋒)이 군사 3만명을 이끌고 도우러 온다는 보고가 들어왔다. 맹획이 크게 기뻐하며 말한다.

"이웃의 군사들이 도우러 온다니 내 반드시 이길 것이다!"

맹획은 즉시 타사와 더불어 동을 나와 양봉을 영접했다. 양봉이 군사를 이끌고 와서 말한다.

"내가 데리고 온 3만 정예병은 모두 철갑으로 무장했고 산과 고개를 나는 듯이 뛰어넘으니, 촉군 백만은 너끈히 대적할 수 있소이다. 또한 내 아들 다섯이 모두 출중한 무예로 대왕을 돕고자 하니 무엇을 두려워하겠습니까?"

양봉이 다섯 아들을 불러 맹획과 타사대왕에게 절하게 하는데, 과연 하나같이 범 같은 체구에 위풍이 늠름하다. 맹획은 몹시 기뻐하며 잔치를 베풀어 양봉 부자를 대접했다. 술이 몇 순배 돌고 나서 양봉이 말한다.

"군중에 풍류가 없으니 술맛이 안 나는구려. 우리 진중에 군사들을 따라다니는 춤 잘 추는 여자들이 있는데, 도패(刀牌, 칼과 방패)춤이 여간 볼 만하지 않습니다. 이제 그들을 불러서 취흥을 돋워보겠소."

맹획이 흔쾌히 응낙했다. 얼마 후 수십명의 만족 여자들이 머리를 풀고 맨발인 채로 장막 밖에서 춤을 추며 들어왔다. 모든 만병들은 일제히 손뼉을 치고 노래를 부르며 장단을 맞추었다. 양봉은 두 아들을 시켜 맹획과 맹우에게 술잔을 바치도록 했다. 두 사람이 즐겁게 술잔을 받아 마시려 할 때였다. 양봉이 우레 같은 소리로 호령했다.

"냉큼 저 두놈을 잡아라!"

양봉의 두 아들이 불문곡직하고 맹획과 맹우에게 달려들어 자리에서 끌어내렸다. 슬그머니 몸을 빼려던 타사대왕도 양봉의 손에 붙들리고 말았다. 만족 여자들이 춤을 추며 가로막으니 누가 감히 가까이 갈 수 있으랴. 사로잡힌 맹획이 처량하게 말한다.

"토끼가 죽으면 여우도 슬퍼하니, 같은 무리끼리는 서로 아낀다 했거늘, 나와 그대는 모두 만방의 동주로 여태까지 원수진 일이 없는데 어찌하여 나를 해치려는 것이냐?"

양봉이 대답한다.

"내 형제와 자식과 조카 들이 모두 제갈승상의 은혜로 목숨을 구했건만 갚을 길이 없었다. 그런데 이제 네가 또다시 반역을 도모하니 어찌 너를 사로잡지 않겠느냐!"

양봉의 말에 각 동에서 온 만병들은 슬며시 제 고장으로 돌아가버렸다. 양봉은 맹획과 맹우, 타사를 사로잡아 공명의 영채로 끌고 갔다.

공명이 양봉 일행을 안으로 들게 하니 양봉은 공명에게 절하고 아뢴다.

"제 자식과 조카들이 모두 승상의 은혜로 살아났습니다. 이제 맹획과 맹우 등을 잡아 승상께 바치나이다."

공명은 양봉에게 큰 상을 내리고 나서 맹획을 끌어오도록 했다. 공

맹획은 다섯번째로 사로잡히다

명이 맹획을 내려다보고 크게 웃으며 묻는다.

"이번에는 진정으로 항복하겠느냐?"

맹획이 답한다.

"그대가 능해서가 아니라 우리 동중 사람이 나를 이 지경으로 만든 것이오. 나를 죽이든 살리든 마음대로 하시오. 그러나 절대 항복은 못 하겠소."

공명이 부드럽게 말한다.

"네가 나를 물 없는 땅으로 끌어들이고 아천·멸천·흑천·유천의 독으로 멸하려 했음에도 우리 군사는 아무 탈 없이 이곳까지 왔으니 이야말로 하늘의 뜻이 아니고 무엇이겠느냐? 그런데도 너는 어리석게 끝까지 고집을 부리려느냐?"

맹획이 고집스럽게 말한다.

"우리는 조상 대대로 은갱산에서 살아왔소. 그곳은 험한 삼강(三江)이 있고 견고한 관문들이 연이어 있소. 그대가 만일 그곳에서 나를 사로잡을 수 있다면 마땅히 자자손손 마음을 기울여 복종할 것이오."

공명이 말한다.

"내 이번에도 너를 놓아줄 테니, 다시 군마를 수습해 나와 결전을 치르도록 하라. 만일 그때 또다시 내게 사로잡히는 날에는 9족(九族)을 멸할 것이다."

공명은 좌우에게 명하여 맹획의 결박을 풀어주었다. 맹획은 두번 절하고 떠나갔다. 공명이 이어 맹우와 타사대왕을 불러 결박을 풀어주고 술을 내려 위로하니 두 사람은 송구스러워 감히 얼굴을 들지 못했다. 공명은 이들 또한 말을 태워 돌려보냈다.

험한 땅에 깊이 들어가기 쉬운 일 아닌데   深臨險地非容易
더욱이 기이한 꾀 씀이 어찌 우연일까   更展奇謀豈偶然

과연 맹획과의 승부는 어찌 될 것인가?

칠종칠금

큰 짐승을 몰아내 여섯번째 만병을 격파하고
등갑군을 불살라 일곱번째 맹획을 사로잡다

　공명은 맹획과 그 무리를 돌려보낸 뒤 양봉 부자에게 관직과 작위
를 주는 한편 그의 군사들에게도 후한 상을 내렸다. 양봉의 무리는 공
명에게 감사의 절을 올리고 떠났다.
　맹획 등은 밤새 말을 달려 은갱동으로 돌아왔다. 은갱동 밖에는 삼
강이 흐르고 있는데, 이것은 노수(瀘水)와 감남수(甘南水), 서성수(西
城水) 세 물길이 여기서 한데 합쳐져서 붙은 이름이다.
　은갱동 북쪽 땅은 평탄하여 3백여리에 걸쳐 각종 산물이 풍부했다.
서쪽 2백리에는 염정(鹽井)이 있고, 서남쪽으로 2백리는 노수와 감남

수에 닿아 있었으며, 남쪽으로 3백리 되는 곳이 양도동(梁都洞)이다. 양도동은 산으로 에워싸여 있었는데, 산속에 은광(銀鑛)이 있어서 그 산을 은갱산(銀坑山)이라 불렀다.

은갱산 속에는 만왕의 소굴인 궁전과 누대가 있었다. 그곳에 '가귀(家鬼)'라는 사당이 있어 사시사철 소와 말을 잡아 제를 올리곤 했다. '복귀(卜鬼)'라 불리는 이 제사에는 해마다 촉땅 사람과 다른 고장 사람들이 함께 참여했다. 이 고장에서는 사람이 병들면 약을 쓰지 않고 무당을 시켜 굿을 하는데, 이는 '약귀(藥鬼)'라 했다. 또한 형법이 따로 없어 죄를 지으면 즉시 목을 베어 죽였고, 딸이 다 자라면 계곡에 나가 남녀가 뒤섞여 목욕을 하다가 배필을 고르게 했으며 이때 부모가 간섭하지 않았다. 이것을 '학예(學藝)'라 불렀다. 그리고 비가 알맞게 내리는 해에는 벼농사를 짓는데, 만일 벼가 여물지 않으면 뱀을 잡아 국을 끓이거나 코끼리를 삶아 주식으로 먹었다. 이들 만족에게도 계급의 상하가 있어서 큰 고장을 관장하는 동주(洞主)가 우두머리이고 그 아래 추장이 있었다. 매월 초하룻날과 보름날에는 삼강성(三江城)에서 물건과 물건을 맞바꾸며 팔고 사니, 이것이 바로 그들의 풍속이었다.

한편 은갱산으로 돌아온 맹획은 동중의 일족 1천여명을 모아놓고 비장하게 말한다.

"내가 여러 차례 촉군에게 욕을 보았다. 이제 기필코 원수를 갚으려 하는데, 그대들에게 좋은 의견이 있는가?"

말이 끝나기가 무섭게 한 사람이 나선다.

"제가 한 사람을 천거하겠습니다. 그 사람이라면 틀림없이 제갈량을 무찌를 것입니다."

사람들이 보니 그는 바로 맹획의 처남으로, 그때 8번부장(八番部長)
으로 있는 대래동주(帶來洞主)였다. 맹획이 크게 기뻐하며 묻는다.

"그 사람이 누구인지 어서 말해보라."

"여기서 서남쪽에 있는 팔납동(八納洞) 동주 목록대왕(木鹿大王)입
니다. 그 사람은 나다닐 때면 코끼리를 타고, 술법에 능통해 능히 비
와 바람을 일으키며, 호랑이와 표범, 승냥이와 이리, 독사와 전갈 등
을 거느린다 합니다. 또한 수하에 몹시 영용한 신병(神兵) 3만을 거느
리고 있습니다. 대왕께서 친서를 쓰시고 예물을 갖춰주시면 제가 직
접 가서 청해보겠습니다. 목록대왕이 우리 편만 되어준다면 그까짓
촉군 따위는 조금도 두려워할 것 없습니다."

맹획은 기뻐하며 즉시 서신을 쓰고 예물을 갖추어 대래동주에게 주
어 떠나보냈다. 그리고 타사대왕을 삼강성으로 보내 전방을 막도록
했다.

한편 공명은 군사를 이끌고 삼강성에 이르렀다. 멀리서 바라보니
성곽의 삼면이 강으로 둘러싸여 있고, 오로지 한곳만 언덕으로 통해
있었다. 공명은 즉시 위연과 조자룡에게 군사를 주어 육로로 하여 성
을 공격하게 했다. 촉군이 성밑에 이르자 성위에서 화살이 비오듯 쏟
아졌다. 원래 동중 사람들은 활을 잘 쏘고 쇠뇌 다루는 데 능해서 한
번 쏘면 열 대의 화살이 쏟아져나왔다. 그런데다 화살촉에 독약을 발
라서 맞기만 하면 살이 썩고 오장이 드러나 죽어갔다. 조자룡과 위연
은 군사를 물려 돌아와 공명에게 독화살에 대해 보고했다. 공명은 친
히 작은 수레를 타고 성밑까지 나가 적의 허실을 살피고 영채로 돌아
와서는 군사들에게 영을 내려 몇리쯤 후퇴하도록 했다. 만병들은 촉
군들이 물러가는 것을 보고 크게 웃으며 자축했다. 촉군들이 필시 겁

을 내어 달아난다고 생각한 것이다. 그래서 그날밤에는 보초도 세우지 않고 편히 잠들었다.

한편 군사를 물린 공명은 영채 문을 굳게 닫은 채 꼼짝도 하지 않았다. 닷새 동안이나 아무런 영도 내리지 않았다. 닷새가 되던 날 황혼 무렵, 미풍이 불기 시작했다. 그제야 공명이 전군에 영을 내린다.

"모든 군사들은 저고리를 하나씩 준비해 초경(밤 8시)에 점검을 받도록 하라. 준비가 안된 자는 즉시 목을 벨 것이다!"

모든 장수들은 그 의중을 알 수 없었지만 명에 따라 군사들에게 준비를 갖추게 했다. 초경에 공명은 다시 영을 내린다.

"모든 군사들은 준비한 저고리에 흙을 가득 싸두도록 하라. 영을 어기는 자는 즉시 목을 베겠다!"

이번에도 군사들은 영문을 모른 채 공명이 시키는 대로 움직였다. 공명은 계속 전령을 내린다.

"모든 군사들은 준비한 흙을 가지고 삼강성 아래로 가라. 먼저 닿는 자는 상을 주고 늦는 자는 벌을 내릴 것이다!"

군사들은 싸둔 흙짐을 가지고 앞다투어 삼강성으로 달려갔다. 공명은 또다시 전군에 명을 내린다.

"각자 가지고 온 흙짐을 쏟아 발판을 쌓도록 하라. 그 흙더미를 밟고 제일 먼저 성에 오르는 자를 일등공신으로 삼겠다."

공명의 명에 따라 촉군 10만여명과 항복해온 군사 1만여명이 날라 온 흙은 이내 성밑에 산더미처럼 쌓였다. 한마디 신호소리에 모든 군사들이 일제히 쌓인 흙더미를 밟고 성위로 오르기 시작했다. 뒤늦게 이를 발견한 만병들이 급히 활을 쏘려 했으나 그때는 이미 태반이 성 위로 올라온 촉군들에게 사로잡힌 뒤였고, 나머지 만병들은 성을 버리고 달아났다. 타사대왕은 어지럽게 싸우는 중에 죽고 말았다. 촉의 장수들은 군사를 나누어 달아나는 만병들을 완전히 소탕했다.

삼강성을 함락시킨 공명은 성안에 쌓여 있던 보물들을 거두어 전군에게 상을 내렸다. 겨우 목숨을 구해 달아난 만병이 맹획에게 고한다.

"타사대왕은 죽고 삼강성 또한 함락되었습니다."

맹획의 얼굴은 사색이 되었다. 이때 또 군사 하나가 들어와 고한다.

"촉군이 강을 건너 이미 본동 앞에 진을 치고 있습니다."

맹획은 당황하여 제정신이 아니었다. 그때 문득 병풍 뒤에서 큰 웃음소리가 나더니 한 사람이 나타났다.

"사내대장부가 어찌 그리도 지략이 없으시단 말이오? 제 비록 아녀자이긴 하지만 나가서 촉군과 싸워보겠습니다."

맹획이 보니, 바로 자신의 아내인 축융(祝融)부인이다. 축융부인은 대대로 남만에 살아온 축융(祝融)씨의 후손으로, 비도(飛刀)를 다루는 솜씨가 능수능란해 던졌다 하면 백발백중이었다. 맹획이 몸을 일으켜 사례했다. 축융부인은 기꺼이 말에 올라 동족 출신의 맹장 수백명과 새로 들어와 전혀 지치지 않은 동중의 장정 5만명을 거느리고 촉군과 대적하기 위해 은갱산의 궁궐을 나섰다.

축융부인이 이끄는 만병들이 막 동구를 벗어났을 때였다. 난데없이 한무리의 날쌘 군사들이 나타나 길을 막는데, 바로 촉장 장의가 이끄는 군사들이었다. 만병들은 즉시 양쪽으로 갈라서며 길을 냈다. 그 길로 축융부인이 등에 비도 다섯 자루를 꽂고 손에는 장팔장표(丈八長標, 길이 1장 8척의 긴 창)를 높이 치켜든 채 권모적토마(卷毛赤兎馬, 털이 곱슬곱슬한 적토마)를 타고 나왔다. 장의는 축융부인의 모습에 은근히 감탄했다. 두 사람은 동시에 말을 몰고 나와 어울려 싸우기 시작했다.

그러나 싸운 지 몇합 안되어 축융부인은 말을 돌려 달아났다. 장의가 재빨리 그 뒤를 추격하는데, 난데없이 비도 한 자루가 허공을 가르며 날아왔다. 장의는 급히 손을 들어 막으려 했으나 왼쪽 팔에 비도를 맞고 그만 몸을 뒤집으며 말에서 굴러떨어지고 말았다. 순간 만병들이 일시에 함성을 올리며 몰려들어 장의를 결박지어버렸다. 장의가 끌려갔다는 보고를 듣고 마충이 급히 구하러 나섰으나 그 역시 만병들에게 포위되고 말았다. 마충이 보니 축융부인이 긴창을 들고 멀찍이서 그를 바라보고 있었다. 마충은 불길처럼 치솟는 화를 참지 못해 쏜살같이 달려들었다. 그러나 타고 있던 말이 만병들이 쳐놓은 줄에 걸려 넘어지는 바람에 꼼짝없이 생포되어 장의와 함께 동중의 맹획 앞으로 끌려갔다. 맹획은 크게 잔치를 열어 승전을 축하했다. 축융부인이 추상같이 호령한다.

"당장 저들을 끌어내 목을 베어라!"

맹획이 만류한다.

"제갈량은 나를 다섯번이나 놓아주었는데, 저 두 장수를 죽이는 것은 의리가 아니오. 우선 동중에 가두어두었다가 제갈량을 사로잡은 뒤에 함께 죽여도 늦지 않소."

축융부인은 맹획의 말에 따르기로 하고 승리를 자축하며 즐겁게 술을 마셨다.

한편 촉의 패잔병들은 급히 돌아와 공명에게 이 사실을 고했다. 공명은 곧 마대·조자룡·위연 세 장수를 불러 각각 계책을 일러준 다음 군사를 주어 떠나보냈다. 그 이튿날, 만병이 급히 동중으로 들어와 고한다.

"촉장 조자룡이 와서 싸움을 걸고 있습니다."

축융부인은 지체하지 않고 말에 올라 달려나갔다. 두 사람이 어우러져 싸우기 시작한 지 불과 몇합에 조자룡이 갑자기 말머리를 돌려 달아났다. 축융부인은 혹시 복병이 있을까 두려워 쫓지 않고 말머리를 돌려 돌아갔다. 이번에는 위연이 군사를 이끌고 와서 싸움을 걸었다. 축융부인이 다시 나가 맞서니, 위연 역시 몇합 싸우다가는 일부러 패한 체하며 달아났다. 축융부인은 이번에도 뒤를 쫓지 않았다.

다음날도 조자룡이 군사들을 거느리고 와서 싸움을 걸었다. 축융부인이 동중의 군사들을 거느리고 달려나와 응하니, 이번에도 불과 수합 만에 조자룡은 패한 체하고 달아났다. 축융부인이 추격하지 않고 동중으로 돌아가려 하는데, 위연이 나타나더니 갖은 욕설을 퍼부으며 화를 돋우었다. 축융부인은 화를 참지 못하고 위연에게 달려들었다. 위연은 잽싸게 말머리를 돌려 달아나기 시작했다. 화가 불같이 치밀어오른 축융부인은 위연의 뒤를 맹렬히 추격했다. 위연은 급하게 말을 휘몰아 산골짜기 샛길로 접어들었다. 바로 그때, 갑자기 등뒤에서 쿵 하는 큰소리가 났다. 위연이 돌아보니, 뒤를 쫓던 축융부인이 안장을 안고 말에서 굴러떨어진다. 미리 그곳에 매복해 있던 촉군이 반마삭(絆馬索)으로 축융부인이 탄 말의 다리를 옭아매어 쓰러뜨린 것이다. 마침내 축융부인은 사로잡혀 결박당한 채 대채로 끌려갔다. 이를 본 만병 장수들이 군사를 이끌고 축융부인을 구출하기 위해 뒤쫓아왔으나 조자룡이 나타나 단숨에 무찔러 흩어버렸다.

장막 안에 단정히 앉아 있던 공명은 마대가 축융부인을 결박해 끌고오자 즉시 무사에게 명하여 축융부인의 결박을 풀어주었다. 그러고는 자리를 옮겨 술과 음식을 대접하며 놀란 마음을 위로해주었다. 또한 공명은 맹획에게 사람을 보내 축융부인을 돌려보낼 테니, 장의와 마충 두 장수와 교환하자고 제의했다. 맹획은 즉시 장의와 마충을 돌려보냈다. 공명 또한 축융부인을 동으로 돌려보냈다. 축융부인이 돌아오자 맹획은 반가운 한편 마음이 괴로웠다. 이때 밖에서 사람이 와서 고한다.

"팔납동주 목록대왕이 오셨습니다!"

맹획이 급히 달려나가 영접하니, 목록대왕은 여느때와 다름없이 흰 코끼리를 타고 서 있었다. 온몸에 금은보석의 장신구를 달고 양 허리에는 큰 칼을 차고 있었으며, 좌우에는 호랑이와 표범, 승냥이와 이리 등을 거느린 군사들이 호위하고 있었다. 맹획이 두번 절하고 그간의 일을 하소연하자 목록대왕은 고개를 끄덕이며 원수를 갚아주겠노라 약속했다. 맹획은 크게 기뻐하며 잔치를 열어 목록대왕을 대접했다.

이튿날, 목록대왕은 군사들과 맹수를 거느리고 촉군과 싸우기 위해 나섰다. 만병들이 온다는 보고를 받자마자 조자룡과 위연은 군마를 정비해 진을 벌인 후 말머리를 나란히하여 적진을 살펴보았다. 그런데 적 진영의 정기와 만병들이 들고 있는 병기들 모두 전에 보지 못하던 것들뿐이었다. 더욱이 만병들은 하나같이 옷도 갑옷도 걸치지 않은 알몸뚱이였으며, 그 생김새가 참으로 기괴했다. 그들은 모두 몸에 띠를 둘러 네 자루의 날카로운 칼을 차고 있었고, 군중에서는 고각(鼓角, 군중에서 쓰는 북과 뿔피리)이 아니라 사금(篩金, 징의 일종인 타악기)으로 군호를 삼았다.

드디어 목록대왕이 큰 깃발 사이로 모습을 드러냈다. 흰 코끼리 위에 높이 올라앉아 허리에 두 자루 보검을 차고 손에는 솔발(鐸鈸, 군령 등에 쓰는 자루가 달린 작은 종)을 들고 있었다. 조자룡이 위연을 돌아보며 말한다.

"싸움터에서 평생을 보냈지만, 저런 인물은 처음 보네!"

두 사람이 그대로 서서 물끄러미 만병을 바라보고 있을 때였다. 목록대왕이 문득 입속말로 알아듣지 못할 주문을 외우면서 손으로 솔발을 흔들었다. 그러자 갑자기 광풍이 일어나며 모래와 돌들이 바람에 날리는데 마치 소나기가 쏟아지듯 했다. 이어 화각(畵角, 뿔피리)소리가 울리더니 난데없이 호랑이·표범·승냥이·이리 따위의 맹수와 독사들이 입을 벌리고 발톱을 세우며 달려들었다. 촉군이 어떻게 이를 감당해내겠는가. 마침내 군사를 물려 달아나니, 만병은 무서운 기세로 뒤를 쫓아오다가 삼강성 경계에 이르러서야 비로소 돌아갔다. 조자룡과 위연은 패잔병을 수습해 돌아와 공명에게 죄를 청하고 사실대로 고했다. 공명이 웃으며 말한다.

"이번 싸움에서 진 것은 두 사람의 잘못이 아니오. 내 초려에서 나오기 전부터 이미 남만땅에 호랑이와 표범을 싸움에 부리는 법이 있다는 것을 알고 있었소. 촉에 있을 때 이 진법을 깨부술 만한 물건을 마련해 스무 대의 수레에 싣고 왔으니, 오늘은 절반만 쓰고 절반은 남겨두었다가 나중에 쓰도록 합시다."

그리고 나서 공명은 좌우에게 명한다.

"지금 곧 가서 붉은 기름을 먹인 궤짝을 실은 수레 열 대를 가져오되, 검은 기름을 먹인 궤짝을 실은 수레는 남겨두도록 하라."

모두들 영문을 몰라 지켜보고만 있었다. 공명이 장수들에게 옮겨온 궤짝을 열게 하자 그 속에는 나무를 깎아 만들어 채색한 큰 짐승들이 들어 있는데, 그 털은 하나같이 오색의 고운 모직실로 만들어붙였고, 이빨과 발톱은 강철로 되어 있었다. 한 마리에 열 사람이 족히 탈 만한 크기였다. 공명은 정예병 1천여명을 골라 목각짐승 1백 마리를 내어주고, 짐승의 뱃속에 연기와 불꽃을 피워낼 물건을 가득 채우게 했다.

다음날 공명은 대군을 이끌고 나가 진을 벌였다. 만병이 이를 탐지해 동중의 만왕에게 고했다.

"나를 대적할 자는 없소이다."

곁에 있던 목록대왕이 큰소리를 치더니 즉시 맹획과 함께 동중의 군사들을 거느리고 나왔다. 공명은 윤건에 깃털부채를 들고 도포 차림으로 수레 위에 단정히 앉아 있었다. 맹획이 손을 들어 가리키며 말한다.

"저기 수레에 앉아 있는 자가 바로 제갈량이오. 저자만 사로잡으면 대사를 이룰 수 있소."

목록대왕은 기다렸다는 듯이 입속으로 주문을 외며 손에 든 솔발을 흔들어대기 시작했다. 갑자기 일진광풍이 일더니 맹수가 뛰어나온다. 이에 맞서 공명은 깃털부채를 한번 흔들었다. 순간 바람이 방향을 바꾸어 만병 쪽으로 불기 시작하면서 촉군 쪽에서 목각짐승들이 일시에 뛰어나왔다. 이 가짜 짐승들은 입으로 불을 토하고 코로는 검은 연기를 뿜어내며 움직일 때마다 요란한 방울소리를 냈다. 이들 목각짐승이 이빨을 드러내고 발톱을 곤두세워 일시에 덤벼드니, 목록대왕의 진짜 맹수들은 감히 달려들지 못하고 되돌아서서 본동으로 달아나며 오히려 만병들을 들이받는다. 삽시간에 그 발에 채여 쓰러진 자만도 부지기수였다. 공명은 때를 놓치지 않고 일제히 북과 뿔피리를 울리며 대군을 휘몰아 적을 추격했다. 목록대왕은 난전중에 죽고, 맹획 등은 궁궐을 버리고 산을 넘어 달아났다. 이 싸움으로 공명의 대군은 마침내 은갱동을 점령했다.

다음날 공명이 맹획을 사로잡기 위해 군사를 나누어 보내려는데 한 사람이 들어와 아뢴다.

"맹획의 처남인 대래동주가 맹획에게 수차례나 항복할 것을 권해도 듣지 않아서 맹획과 축융부인, 그 일족 수백명을 잡아가지고 승상께 바치러 왔다 하옵니다."

공명은 곧 장의와 마충을 불러 앞으로 행할 계책을 지시했다. 두 장수는 공명의 지시에 따라 곧 정예병 2천여명을 거느리고 회랑 양쪽에 매복했다. 마침내 공명은 수문장에게 대래동주 일행을 들이라 분부했다. 대래동주가 도부수들을 대동하고 맹획의 무리 수백여명을 이끌고 들어와 전각 아래에서 공명에게 절을 올렸다. 공명이 대뜸 소리친다.

"저놈들을 모조리 결박하라!"

명령 한마디에 회랑 양쪽에 매복해 있던 군사들이 우르르 쏟아져나와 순식간에 두 사람이 한놈씩 결박해버렸다. 그제서야 공명이 크게 웃으며 말한다.

"그따위 잔꾀로 감히 나를 속이려 했더냐? 네가 두번이나 동중 사람들에게 잡혀왔어도 죽이지 않았더니, 내가 또 믿을 줄 알고 이제 나를 해치기 위해 거짓항복한 것 아니냐?"

공명은 무사들을 시켜 그들의 몸을 수색하게 했다. 과연 그들은 저마다 품속에 날카로운 칼을 품고 있었다. 공명이 맹획을 꾸짖는다.

"네 입으로 또다시 사로잡힌다면 그때는 진심으로 항복하겠다고 했는데, 이제 어찌하겠느냐?"

맹획이 말한다.

"이번에는 우리가 제 발로 죽을 길을 찾아들어온 셈이니, 어찌 그대 힘으로 붙잡았다고 할 수 있겠소? 그러니 내 진심으로 복종할 수는 없소."

"내가 너를 여섯번이나 사로잡았는데도 항복하지 않으니, 대체 언제쯤에나 항복할 셈이냐?"

"내가 일곱번째 잡히는 날에는 마음을 다해 복종하고, 맹세코 다시 반역하지 않겠소."

공명이 웃으며 말한다.

"이제 네 소굴까지 모두 격파한 마당에 내 무얼 근심하랴."

공명은 즉시 무사들에게 맹획과 그 무리들의 결박을 풀어주게 하고는 큰소리로 꾸짖는다.

"또다시 사로잡힌 후에 딴소리를 하면 그땐 절대로 용서치 않을 것이니 명심하라!"

맹획과 그 졸개들은 머리를 감싸안고 쥐가 쥐구멍을 찾듯 부리나케 달아났다.

한편 싸움에 패하여 태반이 부상당한 채 달아났던 만병 1천여명은 갈곳을 몰라 헤매다가 돌아오는 맹획 등과 마주쳤다. 맹획은 이들을 수습하고 나자 조금은 여유가 생겨 대래동주와 앞일을 의논한다.

"이제 우리 동부(洞府)까지 촉군에게 점령당하고 말았으니 어디로 가서 거처해야 할지 모르겠구나."

대래동주가 말한다.

"촉을 쳐부술 수 있는 나라는 하나밖에 없습니다."

맹획이 기뻐하며 묻는다.

"거기가 대체 어디인가?"

"여기서 동남쪽으로 7백리를 가면 오과국(烏戈國)이 있습니다. 오과국의 주인 올돌골(兀突骨)은 키가 12척이나 되는데, 오곡을 먹지 않고 오로지 산 뱀과 사나운 짐승만 먹으며 몸에 비늘이 돋아 있어 칼이나 화살이 뚫고 들어가지 못한다 합니다. 또한 수하군사들은 모두 등갑(藤甲, 등나무로 만든 갑옷)을 입었는데, 그것은 깊은 계곡의 바위벽에 자라는 등나무를 채취해 반년 동안이나 기름에 담가두었다가 꺼내어 햇볕에 말리고, 다시 기름에 담그기를 10여 차례 반복해서 만든 투구와 갑옷입니다. 그것을 걸치면 물속에 들어가도 가라앉거나 젖지 않으며, 칼과 화살이 뚫지도 못한답니다. 그들을 등갑군(藤甲軍)이라 하는데, 그들과 손잡기만 하면 칼로 대나무를 쪼개듯 간단히 제갈량을 잡을 수 있을 것입니다."

맹획은 반색을 하며 그 길로 당장 올돌골을 만나러 오과국으로 달려갔다. 오과국에는 집이라고는 한 채도 없고, 사람들은 모두 토굴에서 생활하고 있었다. 맹획은 올돌골을 찾아가 두번 절하고 처량하게 지난 일을 호소했다. 올돌골이 말한다.

"내 군사를 일으켜 그대의 원수를 갚아주겠소."

맹획은 기뻐하며 절하여 사례했다. 이에 올돌골이 즉시 군사를 거느릴 두 부장(俘長, 대장)을 부르니, 한 사람의 이름은 토안(土安)이고 다른 한 사람은 해니(奚泥)였다. 이들은 3만명의 등갑군을 일으켜 동북쪽을 향해 떠났다.

길을 떠난 지 얼마 후 이들은 도화수(桃花水)라고 부르는 강에 이르렀다. 이 강의 양쪽 기슭에는 복숭아나무가 빽빽이 늘어서서 해마다 복숭아잎이 떨어져 물속에 가라앉았는데, 무슨 까닭인지 다른 나라 사람들이 이 강물을 마시면 그 자리에서 죽었고, 오과국 사람이 마시면 오히려 정신이 갑절이나 맑아지는 이상한 강이었다. 올돌골과 그의 군사들은 도화수에 이르러 영채를 세우고 촉군이 오기를 기다렸다.

한편 공명은 투항해온 만병을 시켜 맹획의 소식을 탐지하게 했다. 얼마 후 만병이 돌아와 아뢴다.

"맹획의 부탁을 받고 오과국의 주인 올돌골이 3만명의 등갑군을 거느리고 와서 도화수가에 주둔하고 있습니다. 맹획은 따로 만병을 모아 힘을 합해 싸울 준비를 하고 있습니다."

공명은 곧 대군을 거느리고 도화수가에 이르렀다. 강 건너편을 바라보니, 오과국의 군사들은 그 모습이 도무지 사람 같지 않고 몹시 기괴했다. 게다가 그 고장 사람들에게 물으니 복숭아잎이 떨어지는 때라 물을 마실 수 없다고 하여, 공명은 우선 5리쯤 물러나 영채를 세우고 위연을 시켜 그곳을 지키게 했다.

다음날이었다. 갑자기 천지를 뒤흔드는 듯한 징소리와 북소리를 내며 오과국의 주인 올돌골이 몸소 한무리의 등갑군을 이끌고 도화수를 건너왔다. 위연이 군사를 이끌고 나가 맞섰다. 만병들은 까맣게 땅을 뒤덮으며 몰려왔다. 촉군은 적들을 향해 일제히 화살을 쏘았다. 그러나 모조리 등갑을 뚫지 못하고 튕겨나와 땅에 떨어지고 말았다. 칼로치고 창으로 찔러도 역시 뚫을 수 없었다. 더구나 만병들은 하나같이 날카로운 칼과 강차(鋼叉, 끝이 갈라진 강철창)를 귀신같이 휘둘러대니 촉군이 어떻게 당해낼 수 있겠는가? 결국 촉군은 패하여 달아나기 시작했다. 만병들은 뒤를 쫓지 않고 그냥 돌아가버렸다. 말을 돌려 그들을 뒤쫓던 위연은 도화나루에 다다르자 걸음을 멈추고 제 눈을 의심하지 않을 수 없었다. 만병들이 등갑을 입은 채 강물을 건너고 있었는데, 그중에서 몇몇 지친 자들은 갑옷을 벗어 물에 띄우고 그 위에 편안히 앉아서 건너는 것이 아닌가. 위연은 급히 대채로 돌아와 공명에게 자세히 아뢰었다. 공명이 여개와 그 고장 사람들을 불러 물으니 여개가 말한다.

"제가 일찍이 남만에 오과국이라는 인류가 없는 족속의 나라가 있다고 들었습니다. 그들은 모두 등갑으로 몸을 보호하고 있어 병기로 쳐도 상하지 않고, 또한 도화수라는 이상한 강이 있어서 오과국 사람들이 마시면 정신이 갑절로 또렷해지는데, 다른 나라 사람들이 마시면 그 자리에서 죽는다 합니다. 이러한 만방과 싸워 이겨 평정한다 한들 실로 무슨 이득이 있겠습니까? 군사를 물려 본국으로 돌아가는 것이 좋겠습니다."

공명이 웃으며 말한다.

"내 여기까지 오기가 결코 쉬운 일이 아니었는데 어떻게 이대로 돌아가겠소? 내일이면 만족을 평정할 계책을 세울 테니 너무 걱정하지 마시오."

공명은 조자룡에게 위연을 도와 영채를 지키도록 하되 함부로 싸우지 말라고 당부했다.

다음날 공명은 그 고장 사람을 길잡이로 삼아 작은 수레를 타고 도화수 나루에 이르렀다. 몸소 강 북쪽 기슭에 이어진 산골짜기로 들어가 두루 지세를 살펴보니 산이 험하고 고개가 높아 수레가 다닐 수 없었다. 공명은 수레를 두고 걷기 시작하여 이윽고 한 산밑에 다다랐다. 문득 뱀처럼 긴 산골짜기가 눈에 띄었는데, 그 골짜기는 날카로운 석벽에 깎아지른 듯한 벼랑으로 둘러싸여 나무 한 그루 보이지 않고, 중간에 큰 길이 뚫려 있었다. 공명이 그 고장 사람에게 묻는다.

"이 골짜기의 이름이 무엇이냐?"

"반사곡(盤蛇谷)이라 합니다. 이 골짜기를 나가면 바로 삼강성 대로로 이어지고, 골짜기 앞은 탑랑전(塔郞甸)이라 합니다."

공명의 얼굴에 미소가 번졌다.

"하늘이 나를 성공하도록 도와주시는구나!"

공명은 산을 내려와 다시 수레를 타고 대채로 돌아오자마자 마대를 불러 분부를 내린다.

"장군에게 검은 기름을 먹인 궤짝을 실은 수레 10대를 주겠소. 대나무장대 1천개를 만들어 궤짝 안의 물건을 가지고 이러이러하게 하시오. 군사를 거느리고 가서 반사곡 양쪽에 진을 치고 있다가 일러준 대로 행하도록 하오. 그대에게 앞으로 보름의 기한을 줄 터이니, 그 안에 모든 준비를 완벽하게 갖추어 약정한 날에 시킨 대로 시행하도록 하오. 이 일이 조금이라도 누설되면 군법에 따라 다스리겠소."

마대가 떠난 뒤 공명은 조자룡을 불렀다.

"장군은 반사곡 뒤쪽 삼강 대로로 가서 내가 시키는 대로 하되, 필요한 물건을 기일 내에 완비하여 한치의 실수도 없어야 하오."

조자룡이 계책을 받고 물러가니, 이번에는 위연을 불렀다.

"장군은 군사를 거느리고 도화수 나루 근처에 주둔하고 있다가, 만병이 물을 건너 쳐들어오거든 싸우지 말고 영채를 버리고 백기가 꽂혀 있는 곳을 향해 달아나시오. 보름 동안 열다섯번의 싸움에 패하고 일곱 영채를 적에게 내주어야 하오. 만일 열네번만 패하고 단 한번이라도 이기는 날에는 나를 다시 볼 생각은 하지 마시오!"

위연은 무조건 패하기만 하라는 말에 시무룩한 얼굴로 떠나갔다. 공명은 다시 장익을 불러 한무리의 군사들을 거느리고 지시한 곳에 가서 영채를 세우고 굳게 지키라 했고, 장의와 마충에게도 항복한 만병 1천명을 거느리고 해야 할 일을 지시했다. 모든 사람들은 공명의 계획에 따라 각자 맡은 일을 하기 위해 출발했다.

한편 맹획은 오과국 주인 올돌골에게 당부하고 있었다.

"제갈량이 계교가 많다지만, 기껏해야 매복을 잘 쓸 뿐이오. 전군에 분부해 다음부터 교전할 때는 산골짜기 수목이 울창한 곳에는 함부로 들어가지 말라 이르시오."

올돌골이 말한다.

"대왕의 말이 옳소이다. 나도 중국사람이 꾀가 많다는 것은 익히 알고 있던 터요. 앞으로 대왕의 말을 명심하겠소. 이제 내가 앞서 나가거든 대왕께서는 뒤에서 나를 도우시오."

올돌골과 맹획이 대책을 이야기하고 있는데, 급보가 들어왔다. 촉군이 도화수 북쪽 기슭에 영채를 세웠다는 것이다. 올돌골은 즉시 두 부장에게 등갑군을 이끌고 강을 건너 촉군과 맞서게 했다. 양군이 맞붙어 싸운 지 불과 몇합 만에 위연은 패하여 달아나기 시작했다. 만병들은 혹시 복병이 있을까 두려운 나머지 추격하지 못하고 그냥 돌아갔다.

다음날 위연은 다시 도화수 북쪽 기슭에 영채를 세웠다. 이를 탐지한 만병들은 다시 강을 건너와 싸움을 벌였다. 위연은 이번에도 몇합 싸우지 않고 패한 척 달아났다. 만병들은 10여리 가량 추격하다가 복병이 있는 것 같지 않자 그대로 밀고 들어가 아예 촉군의 영채를 점령하고 눌러앉았다. 이튿날, 두 부장은 올돌골을 촉군의 영채로 청하여 전황을 보고했다. 이에 올돌골은 즉시 대군을 휘몰고 나가더니 위연을 추격하며 한바탕 싸움을 벌였다. 올돌골의 공격에 위연의 촉군은 갑옷을 벗어던지고 창칼마저 내던진 채 달아났다. 문득 앞쪽에 백기가 꽂혀 있는 것이 보였다. 위연이 패잔병들을 거느리고 달려가보니 그곳에는 이미 영채가 세워져 있었다. 위연의 군사들은 즉시 영채 안으로 들어갔다. 그러나 그것도 잠시, 올돌골이 군사를 휘몰아 계속 추격해오는 탓에 위연은 또다시 영채를 버리고 숨가쁘게 달아나야 했다. 이번에도 만병은 촉의 영채를 점령했다.

다음날에도 만병의 추격은 계속되었다. 위연은 군사를 돌려 몇합 싸워보다가 이내 돌아서서 흰 깃발이 나부끼는 곳을 향해 달아났다. 위연의 군사가 깃발이 꽂힌 곳에 도착하니, 그곳에도 역시 영채가 하나 세워져 있었다. 다음날 또다시 만병들이 몰려왔고, 위연은 싸우는 척하다가 다시 달아났다. 만병들은 촉의 영채를 또 하나 점령했다.

이렇게 되풀이되는 동안 위연은 열다섯번 싸움에 패하고, 연달아 일곱개의 영채를 빼앗겼다. 올돌골의 만병들은 승승장구했다. 올돌골은 승세를 타고 몸소 앞장서서 촉군의 뒤를 계속 추격했다. 그러면서도 산림이 무성한 곳만 나타나면 더 나아가지 않고 사람을 시켜 탐지하게 하니, 과연 그런 곳마다 촉군의 정기가 무수히 나부끼고 있었다. 올돌골이 맹획에게 말한다.

"과연 대왕께서 말씀하신 대로구려!"

맹획도 한바탕 크게 웃으며 말한다.

"제갈량이 계략이 많다 해도 이번만은 아무 소용 없을 것이오. 대왕께서 연일 연승하여 열다섯번이나 적을 무찌르고 영채를 일곱 채나 점령하지 않았소이까? 이제 촉군은 우리 소문만 들어도 줄행랑을 놓고 있소. 제갈량의 계략도 쓸모없게 되었으니, 이런 때 한번만 더 싸우면 가히 대사가 결정될 것이오."

올돌골은 크게 기뻐하며 마침내 촉군쯤은 전혀 대수롭지 않게 여기게 되었다.

싸운 지 열엿새째 되는 날이었다. 위연이 패잔병을 거느리고 와서 등갑군과 다시 맞섰다. 올돌골은 흰 코끼리를 타고 선두에 서 있었다. 해와 달을 장식한 낭수모(狼鬚帽)를 쓰고, 몸에는 황금과 구슬 장신구로 치장하고서 양쪽 갈빗대 아래로 생비늘 갑옷을 드러낸 채 가늘게 뜬 두 눈을 번쩍이고 있었다. 올돌골이 손가락으로 위연을 가리키며 욕설을 퍼부어댔다. 위연이 감히 나가 싸우지 못하고 말고삐를 돌려 달아나자 만병들이 일시에 뒤를 쫓기 시작했다. 위연은 군사들을 이끌고 반사곡 골짜기로 접어들어 백기를 바라고 달아났다. 올돌골이 군사를 이끌고 맹렬하게 추격하면서 위연이 달아난 골짜기를 보니 풀 한포기 나무 한그루 없는 곳이었다. 복병이 숨어 있을 만한 곳이 못 된다고 여긴 올돌골은 마음놓고 골짜기 속으로 추격해들어갔다. 그런데 들어가보니 적병은 보이지 않고, 검은 궤짝이 실린 수레 수십대가 턱하니 길을 막고 있었다. 만병 하나가 올돌골에게 아뢴다.

"여기는 촉군들의 군량 운송로인데, 대왕께서 오시는 걸 보고 모두 버리고 달아난 것이 분명합니다."

올돌골은 크게 기뻐서 큰소리로 호령하며 계속 촉군의 뒤를 쫓았다. 거의 반사곡을 벗어날 무렵까지도 촉군은 단 한명도 보이지 않았다. 그런데 골짜기 어귀를 막 벗어날 즈음 난데없는 나무토막과 큰 돌이 굴러떨어지며 앞길을 막아버렸다. 올돌골의 군사들이 겨우 길을 열어 빠져나가려는 순간이었다. 갑자기 앞에 있던 크고작은 수레에 실린 풀더미와 마른 나무에 불이 붙기 시작했다. 당황한 올돌골이 급히 후퇴하려 하는데 뒤쪽에서 고함소리가 터지며 보고가 잇따라 들어온다. 골짜기 입구가 나무토막으로 완전히 막혔고, 버려진 수레에 실린 검은 궤짝들은 원래 모두 화약으로 삽시간에 불이 붙어 터지면서 사방으로 번지고 있다는 것이었다. 올돌골은 그나마 주위에 나무와 풀이 없는지라 크게 당황하지는 않았다. 길을 찾아 달리라고 군사들에게 명하는데, 그때 양쪽 산꼭대기에서 무수한 불덩이들이 떨어져내리기 시작했다. 땅에 떨어진 불덩이들이 땅속에 묻혀 있던 약선(藥綫, 도화선)으로 옮겨붙으면서 철포가 폭발하니, 골짜기는 삽시간에 불길에 휩싸이며 아수라장으로 변했다. 불길은 이내 만병들의 등갑에 옮겨붙었다. 올돌골과 3만 군사들은 서로 얼싸안고 발버둥치다 모조리 타죽고 말았다.

이때 공명은 산위에서 불길에 휩싸인 산골짜기를 내려다보고 있었다. 만병들은 불에 타서 다리를 뻗은 채 쓰러져 있고, 태반이 철포에 맞아 머리가 터져서 그 지독한 냄새가 코를 찔러 숨쉬기도 어려웠다. 공명이 소리없이 눈물을 흘리며 탄식한다.

"내 비록 나라에는 공을 세웠으나 이런 끔찍한 짓을 했으니 내 명대로 살지는 못하겠구나!"

좌우의 장수들도 숙연해져서 탄식해 마지않았다.

이때 맹획은 영채에 남아 올돌골로부터 좋은 소식이 오기를 기다리고 있었다. 그런데 문득 1천여명의 만병이 영채 앞으로 몰려오더니 절을 하고 웃으며 말한다.

"오과국 군사들이 촉군과 싸워 제갈량을 반사곡에 가둬놓고 포위했으니 대왕께서는 속히 도우십시오. 저희는 모두 본동 사람으로 부득이 촉군에게 항복했으나 다시 대왕께서 일어나신 것을 알고 이렇게 돕고자 왔습니다."

맹획은 크게 기뻐하며 즉시 일족들과 번인(番人, 이민족)들을 이끌고 반사곡으로 향했다. 만병들의 인도를 받아 반사곡에 당도해보니 불길이 치솟는 가운데 송장 타는 냄새가 코를 찌른다. 맹획은 계략에 빠진 것을 깨달았다. 황급히 군사를 물리려 하는데, 왼쪽에서 장의가, 오른쪽에서는 마충이 군사를 이끌고 달려나왔다. 맹획이 두 장수를 맞아 대적하려는 참에 뒤에서 함성이 터져나왔다. 지금까지 아군으로만 알았던 만병들 대부분이 촉군이었던 것이다. 그들은 일제히 달려들어 맹획의 일족을 비롯해 모여 있던 번인들을 삽시간에 결박해버렸다.

맹획은 필마단기로 포위를 뚫고 살길을 찾아 달아났다. 한참 달리다보니 산기슭에 한무리의 인마가 작은 수레를 호위하며 나타났다. 수레에는 윤건을 쓰고 손에 깃털부채를 든 한 선비가 도포를 입고 단정히 앉아 있으니, 바로 공명이었다. 공명이 소리쳐 맹획을 꾸짖는다.

"반적(反賊) 맹획아, 이번에는 어찌하겠느냐?"

맹획은 급히 말머리를 돌려 달아나려 했다. 그때 옆에서 한 장수가 나는 듯이 달려나와 길을 막았다. 그는 마대였다. 마대는 손쓸 틈도 주지 않고 번개같이 맹획을 사로잡아버렸다. 이때 왕평과 장익은 한무리의 군사를 이끌고 맹획의 영채에서 축융부인을 비롯해 일가족 모두를 사로잡아 왔다.

대채로 돌아온 공명이 장막에 올라앉아 여러 장수들에게 말한다.

"이번에 반사곡에서 내 부득이 그런 계책을 썼으나 음덕(陰德)을 크게 잃었소이다. 적들이 숲이 우거진 곳에 복병이 있으리라 생각할 것을 미루어 짐작하고, 텅 빈 영채에 거짓으로 정기만 세워두어 적들로 하여금 더욱 의심하게 만들었소. 위문장(魏文長, 위연의 자)에게 연달아 열다섯번을 패하게 한 것은 만병들의 자신감을 부추기기 위함이었소. 또한 미리 살펴본바, 반사곡은 길이 하나인데다 양쪽 모두 석벽이고 수목이 전혀 없으며 땅은 온통 모래흙이었소. 내 마대에게 기름 바른 검은 궤짝이 실린 수레를 산골짜기에 두게 했는데, 사실 그 궤짝들에는 미리 만들어둔 화포(火炮)가 들어 있었으니, 이름하여 지뢰요. 지뢰 하나마다 철포가 아홉개씩 들어 있는데, 이것을 30보마다 하나씩 파묻고 대나무통을 써서 약선을 연결해두었소. 그러니 하나만 건드려도 연이어 폭발하여 산을 무너뜨리고 돌이 터져나갈 정도임은 말할 것도 없소이다. 조자룡으로 하여금 미리 수레에다 건초를 실어 골짜기 입구에 두고 산위에 나무토막과 돌덩이를 준비하게 했던 것은, 위문장이 거짓 패하여 올돌골과 등갑군을 반사곡으로 유인하고 나서 빠져나오자마자 즉시 그 입구를 틀어막고 불을 붙이기 위해서였소. 내가 들은 바로 '물에 이로운 것은 불에 불리(利於水者 必不利於火)'한 법이라, 등갑은 본래 기름을 먹여 만든 것이어서 칼이나 화살이 뚫지 못하나, 불길은 닿기만 해도 타게 되어 있소. 그렇듯 두꺼운 만병의 등갑을 불로 공격하지 않고 어찌 이길 수 있었겠소? 그러나 오과국 사람들을 씨도 남기지 않고 없앤 것은 나의 큰 죄라 하지 않을 수 없소!"

여러 장수들은 일제히 감탄하여 엎드려 절했다.

"승상의 천기(天機)는 귀신도 헤아릴 수 없습니다."

이윽고 공명은 맹획을 끌어오게 했다. 맹획이 끌려나와 바닥에 꿇어앉자 공명은 좌우에게 명해 맹획의 결박을 풀어주고는 다른 장막으로 옮겨 술과 음식을 대접하여 놀란 가슴을 진정하도록 했다. 그리고 술과 음식을 담당하는 사람을 불러 조용히 몇가지 일을 지시했다.

한편 맹획은 축융부인·대래동주·맹우 등과 더불어 술을 마시고 있었다. 문득 한 사람이 장막으로 들어와 맹획에게 말한다.

"승상께서는 서로 대면하기 낯부끄러우니 대왕 보기를 원치 않으신다 하십니다. 특히 저에게 대왕을 풀어주라 하시며, 대왕께서는 다시 인마를 거두어 승부를 가리라고 하셨습니다. 그러니 대왕은 속히 돌아가십시오."

맹획은 눈물을 흘리며 말한다.

"일곱번 사로잡아 일곱번 놓아주는 일〔七擒七縱〕은 자고로 없었을 것이니, 내 비록 왕의 은덕을 받지 못한 몸이나 예의는 조금 아오. 어찌 그토록 염치 없이 하겠소?"

맹획은 마침내 형제, 처자와 그 일족들을 거느리고 공명의 장막 앞에 엎드려 육단사죄(肉袒謝罪, 매를 때려달라고 웃통을 벗고 사죄함)하며 고한다.

"하늘 같은 승상의 위엄에 우리 남방 사람들은 다시는 반역하지 않겠습니다!"

공명이 묻는다.

"이제 참으로 그대가 항복을 하겠느냐?"

맹획이 울며 말한다.

"자자손손 살려주신 승상의 은혜를 잊지 않을 것입니다. 어찌 진심으로 복종하지 않겠습니까?"

공명은 몸소 내려가 맹획의 손을 잡고 장막의 높은 자리로 올라갔다. 그리고 즉시 잔치를 베풀어 경축하며 말한다.

"영원히 그대를 동주로 삼고 빼앗은 땅을 모두 돌려줄 터이니 잘 다스리시오."

공명의 처사에 맹획의 일족과 만병들은 크게 감격하여 모두 기뻐 날뛰며 돌아갔다.

七擒孟獲

맹획은 마침내 공명 앞에 항복하다

후세 사람이 시를 지어 공명을 칭송했다.

깃털부채에 윤건 쓰고 수레에 앉아   羽扇綸巾擁碧幢
일곱번 사로잡은 묘한 계책 맹획이 항복했네   七擒妙策制蠻王
지금까지 남만 땅 곳곳에선 그 위덕 기려서   至今溪洞傳威德
높은 언덕에 사당 지어 제사 지내네   爲選高原立廟堂

장사 비의가 공명을 찾아와 간한다.

"승상께서 친히 군사를 이끌고 이 불모의 땅에 깊이 들어와 남방을 평정하여 드디어 만왕이 항복했는데, 어찌하여 따로 관리를 두어 맹획과 함께 지키도록 하지 않으십니까?"

공명이 대답한다.

"그렇게 하기에는 세 가지 어려움이 있소. 우리 관원을 머물게 하려면 마땅히 군사들도 주둔시켜야 하니, 그들이 먹을 식량을 마련하는 것이 그 어려움의 하나요. 또 이번에 우리가 많은 만인을 상하게 하고 그 아비와 형제들을 죽였는데, 만일 관원만 두고 군사를 두지 않으면 반드시 화가 생길 것이니, 이것이 두번째 어려움이오. 마지막으로, 만인들은 누차에 걸쳐 자신들의 왕을 폐하고 죽여버렸는데, 이렇듯 서로 시기하고 의심이 많은 터라 외지인을 끝내 믿지 못할 것이니, 이것이 세번째 어려움이오. 지금 내가 이곳에 관리를 두지 않고 양식을 운반하지 않으면 서로 무사히 지낼 수 있을 것이오."

듣고 있던 사람들 모두 깊이 탄복했다.

그후로 남만 사람들은 공명의 은덕을 기리기 위해 생사당(生祠堂, 살아 있는 사람을 받들어 모시는 사당)을 지어 사시사철 제사를 지내고 공명을 '자부(慈父)'라 불렀다. 그리고 각기 진주와 금은보화, 붉은 옷칠 염료와 약재, 소와 말을 보내 군용에 쓰게 하고, 다시는 반역하지 않겠노라 굳게 맹세하였다. 이로써 남방은 완전히 평정되었다.

공명은 잔치를 열어 군사들을 배불리 먹인 후 철수하여 촉으로 돌아가기로 하고 위연을 선봉으로 삼아 본부군을 거느리게 했다. 그들이 노수가에 이르렀을 때였다. 홀연히 사방에서 검은 구름이 모여들고 물위에 일진광풍이 일더니, 모래와 돌이 날아와 군사들이 한걸음도 전진할 수 없었다. 위연이 군사를 물려 공명에게 아뢰자 공명은 맹획을 불러 그 원인을 물었다.

변경의 만인들 겨우 항복받았거늘   塞外蠻人方帖服
물가에서 원귀들이 또 미쳐날뛰누나   水邊鬼卒又猖狂

맹획은 과연 무어라 대답할 것인가?

91

출사표

승상은 노수에 제를 올린 후 회군하고
중원을 정벌하고자 출사표를 올리다

공명이 군사를 거두어 본국으로 돌아가려 하자 맹획은 크고작은 고
을의 동주와 추장들, 그 고장사람들을 거느리고 나와 절하며 전송했
다.

선봉이 된 위연의 군사들이 노수에 이르렀다. 때는 9월 가을이었는
데 갑자기 검은 구름이 몰려오면서 광풍이 휘몰아쳐 군사들이 강을
건널 수 없었다. 위연은 돌아가 공명에게 이 사실을 고했다. 공명이
그 까닭을 묻자 맹획이 대답한다.

"본래 노수에는 미친 귀신이 있어서 재앙을 일으키니, 그곳을 건너

려면 반드시 제사를 지내야 합니다."

공명이 묻는다.

"무엇으로 제사를 지내야 하오?"

맹획이 설명한다.

"옛날에 미친 신이 재앙을 일으킬 때 칠칠(七七) 하여 49개의 사람 머리와 검은소, 흰양을 잡아 제사를 지냈습니다. 그랬더니 자연히 바람이 잦아들고 물결이 고요해졌으며, 나아가 해마다 풍년이 들었습니다."

공명이 탄식한다.

"내 이제 대사를 마쳤는데 어찌 다시 귀중한 목숨을 하나라도 없앨 수 있겠소?"

공명은 몸소 노수 강변으로 가보았다. 과연 음산한 바람이 세차게 불고 물결이 거칠게 일어 인마가 모두 놀라고 있었다. 공명이 의아한 마음에 그 고장사람을 불러 물으니 그곳 사람이 대답한다.

"지난번에 승상께서 이곳을 건너신 뒤로 밤마다 강가에서 귀신들이 울부짖는데, 황혼 무렵부터 동이 틀 때까지 울음소리가 끊이질 않습니다. 또 짙게 낀 안개 속에서 무수한 음귀(陰鬼)들이 해코지를 하여 그후로 아무도 이 강을 건너지 못했습니다."

공명이 말한다.

"이 모든 것이 나의 죄로다! 지난번에 마대가 거느린 촉군 1천여명이 이 물을 건너다 죽었고, 그후 남만 사람들을 죽여 이곳에 버렸으니 미친 혼령과 원귀가 한을 풀지 못하였을 것이다. 내 오늘밤 물가에서 이들을 위해 제를 올리리라."

그곳 사람이 다시 말한다.

"옛법에 따라 사람머리 49개를 바쳐 제사를 지내면 원귀들이 스스로 물러갈 것입니다."

"사람이 죽어서 원귀가 되었는데 어떻게 또 사람을 죽일 수 있겠는가? 내게 좋은 방도가 있도다."

공명은 즉시 음식을 맡아보는 군사를 불러 명한다.

"소와 양을 잡고 밀가루를 반죽해 사람머리 모양을 만들되 그 속에 쇠고기와 양고기를 채워넣도록 하라."

그리고 이것을 이름하여 만두(饅頭)라고 했다.

그날밤 노수 기슭에 향안(香案)을 차려놓고 제물을 올린 다음 49개의 등불을 밝히고 깃발을 세워 혼을 부르며 만두를 땅에다 늘어놓았다. 3경(밤 12시)이 되었다. 공명은 금관을 쓰고 학창의(鶴氅衣)를 입은 뒤 몸소 제를 올리기 시작했다. 동궐(董厥)을 시켜 제문을 읽으니, 그 내용은 다음과 같다.

대한(大漢) 건흥(建興) 3년 9월 1일 무향후 익주목(武鄕侯 益州牧) 승상 제갈량은 삼가 제의를 갖추어, 지난날 왕사(王事)를 위해 죽은 촉의 군사와 남쪽 사람들의 어두운 혼령들에게 고하노라.

우리 대한 황제께서는 위엄이 오패(五霸, 춘추시대의 이름 높은 다섯 제후 제환공 齊桓公·송양왕 宋襄王·진문공 晉文公·진목공 秦穆公·초장왕 楚莊王)보다 높으시고, 그 밝음은 삼왕(三王, 하우왕 夏禹王·은탕왕 殷湯王·주문왕 周文王)을 이으셨거늘, 지난날 원방(遠方)이 경계를 침범하고 풍속이 다른 사람들이 군사를 일으켜 독수를 뻗쳐 요사한 짓을 일삼으며, 방자하게도 못된 마음을 드러내어 난을 일으키니, 내 왕명을 받들어 멀고 거친 남만땅에 와서 그 죄를 물었노라. 대군을 일으켜 개미

떼 같은 무리를 깨끗이 멸하고자 용감한 군사들이 구름처럼 모이니, 미친 무리들이 얼음 녹듯 사라지고 우리 대군의 파죽지세에 원숭이 같은 무리가 풍비박산나고 말았노라. 군사들은 모두 9주의 호걸들이요, 관료와 장교들은 모두 사해의 영웅으로 무예를 익혀 전장에 나왔도다. 공명정대함으로 주상을 섬겨 한결같이 지성을 다해 일곱번 만왕을 사로잡아 다같이 나라를 받드는 정성을 굳게 지켰고 임금께 충성하고자 했도다.

뜻하지 않게 그대들에게 전운(戰運)이 없어 적의 간계에 빠졌으니 난데없이 날아온 화살에 맞아 저승길을 떠나거나 칼과 창에 찔려 불귀의 객이 되었구나. 살아서는 용맹스러웠고 죽어서는 이름을 남겼도다. 이제 개가를 부르면서 돌아가 종묘에서 포로를 바쳐 승전 보고를 올릴 것이로다.

그대들 영령이 있다면 이 간절한 기도를 들으라. 바라건대 나의 깃발을 따르고 대오를 좇아 본국 고향으로 돌아가 골육지간이 모시는 제사를 받도록 하라. 타향 귀신이 되지 말며 부질없이 이역을 떠도는 외로운 넋이 되지 말지어다. 내 마땅히 황제께 고하여 그대들의 집집마다 나라의 은혜가 미치도록 하고, 해마다 옷과 양식을 보내며 달마다 녹봉을 내려 그대들의 충정에 사례하고 그대들의 마음을 위로할 것이다.

이 지방 토신과 남방 혼령에게는 혈식(血食, 신에게 바치는 제물. 고대에 이를 날것으로 쓴 데서 유래한 말)이 항상 있을 것이며, 머지않아 의지할 곳이 생기도록 할 것이다. 산 자들도 이미 황제의 위엄에 복종했으니 죽은 자들도 왕화(王化)에 귀의하라. 이제 원한을 거두고 다시는 울부짖지 말라. 여기에 보잘것없으나 지극한 정성으로 삼가 제사를 올리니, 아 슬프고 애달파라〔嗚呼哀哉〕, 엎드려 흠향하기를 바라노라〔伏惟尙饗〕.

제문을 다 읽고 나자 공명은 목놓아 통곡하며 애통해했다. 군사들도 모두 감동하여 눈물을 흘리지 않는 자가 없었고, 맹획을 비롯한 남만 사람들도 모두 통곡했다. 그러자 음산한 구름과 원한이 서린 안개 속에서 수천 혼령들이 바람결에 흩어져갔다. 공명이 좌우에게 명하여 노수에 제물을 뿌렸다.

이튿날 공명은 대군을 거느리고 노수 남안에 이르렀다. 구름이 흩어지고 안개는 걷혔으며, 바람은 자고 물결도 잔잔하여 촉군들은 마음놓고 강을 건널 수 있었다.

| 말채찍 날리고 금등자 울리며 | 鞭敲金鐙響 |
| 사람들 개선가를 부르며 돌아간다 | 人唱凱歌還 |

촉의 대군은 영창(永昌)에 당도했다. 공명은 왕항과 여개로 하여금 그곳에 남아 4군을 지키도록 하고, 그곳까지 사람들을 이끌고 전송하러 온 맹획과 작별하면서 당부했다.

"정사에 힘써 아랫사람을 잘 돌보고, 부디 백성들을 보살펴 농사지을 시기를 놓치지 마오."

맹획 등은 공명에게 울면서 절하고 떠나갔다.

공명은 대군을 거느리고 성도로 돌아왔다. 후주가 난가를 타고 성 밖 30리까지 나와 기다리고 있었다. 공명은 황망히 수레에서 내려 길에 엎드려 아뢴다.

"남방을 평정하는 데 너무 오래 시일을 끌어 주상께 근심을 끼쳤으니, 이는 신의 죄이옵니다."

후주는 몸소 공명을 부축해 일으키고 함께 수레를 타고 돌아와, 태평연회를 성대히 벌이고 전군에게 큰 상을 내렸다. 이때부터 먼 변방의 나라에서까지 조공을 바쳐왔는데, 그 수가 무려 2백여 곳에 이르렀다. 공명은 후주에게 아뢰고, 남방 평정에서 목숨을 잃은 군사들의 집을 일일이 찾아가 보살펴주었다. 이에 많은 사람들이 기뻐하고 조정과 백성이 모두 평안하였다.

한편 위왕 조비가 제위에 오른 지 7년이 되었다. 촉한으로는 건흥 4년(226)이다. 조비가 처음으로 맞이한 부인 견(甄)씨는 원래 원소(袁紹)의 둘째 아들 원희(袁熙)의 아내였는데, 지난날 업성을 점령했을 때 빼앗아 자기 아내로 삼았던 것이다. 뒤에 아들 하나를 낳으니, 이름은 예(睿)요 자는 원중(元仲)으로, 어렸을 때부터 총기가 뛰어나 조비가 매우 사랑했다. 그후 조비는 안평(安平) 광종(廣宗) 사람인 곽영(郭永)의 딸을 거두어 귀비(貴妃)를 삼았다. 곽귀비는 그 용모가 매우 아름다워서 그의 아비는 일찍이 딸을 자랑하여 말하곤 했다.

"내 딸은 여자 중에서 왕이니라."

이때부터 사람들은 곽영의 딸을 '여왕'이라 불렀다. 그뒤로 견씨 부인은 조비의 총애를 잃었다. 곽귀비는 조비의 총애를 차지한 것만으로는 성이 차질 않아서 황후가 되고자 조비의 심복인 장도(張韜)와 함께 은밀히 일을 꾸미기에 이르렀다. 이무렵 조비는 병을 앓고 있었다. 하루는 장도가 오동나무 인형을 바치며 거짓으로 아뢴다.

"견부인이 거처하는 궁전 뜰에서 파냈는데 폐하의 생년월일과 태어난 시가 적혀 있는 것으로 보아 폐하를 주살하려는 음모로 보입니다."

조비는 격노하여 즉시 견부인을 죽이고 곽귀비를 황후로 세웠다. 아들이 없는 곽귀비는 조예를 매우 사랑했으나, 세자로 책봉하려 하지는 않았다. 조예가 15세가 되어서는 활쏘기와 말타기에도 능했다. 그해 봄 2월에 조비는 아들을 데리고 사냥을 나갔다. 두 사람이 골짜기를 지나는데, 마침 어미사슴과 새끼사슴 두 마리가 나타났다. 조비가 날렵하게 화살 한 대로 어미사슴을 넘어뜨리고 돌아보니, 새끼사슴이 조예의 말 앞으로 달려가고 있었다. 조비가 소리 높여 외쳤다.

"어서 쏘지 않고 뭣하느냐?"

조예는 끝내 활을 당기지 않았다. 조비가 큰소리로 꾸짖었다.

"사슴이 가까이 있는데 왜 쏘지 않았느냐?"

조예는 말 위에서 울며 고했다.

"폐하께서 이미 어미를 잡으셨는데, 어떻게 차마 그 새끼마저 죽이겠사옵니까?"

조비는 이 말을 듣고 활을 땅에 던지며 말했다.

"내 아들은 참으로 어질고 덕이 있는 임금이 되겠구나!"

그뒤 조비는 아들 예를 평원왕(平原王)에 봉했다.

그해 5월 조비는 한질(寒疾, 감기)에 걸렸는데 백약을 써도 낫지 않았다. 조비는 드디어 중군대장군(中軍大將軍) 조진(曹眞), 진군대장군(鎭軍大將軍) 진군(陳群), 무군대장군(撫軍大將軍) 사마의(司馬懿) 세 사람을 침궁(寢宮)으로 불러들였다. 그리고 아들 조예를 가까이 오게 하여 조진 등 세 사람에게 부탁한다.

"이제 짐은 병이 위중하여 다시 일어나기 어렵게 되었소. 아직 이 아이가 어리니, 경들 세 사람은 잘 보좌하여 짐의 마음을 저버리지 않도록 하오."

세 사람이 깜짝 놀라 한입으로 아뢴다.

"폐하께서는 어찌하여 그런 말씀을 하십니까? 신 등은 오로지 천추만세(千秋萬歲)에 이르도록 폐하를 섬기고자 하옵니다."

조비가 말한다.

"금년 들어 허도의 성문이 까닭없이 무너지니 이는 불길한 조짐이오. 짐은 스스로 더 살지 못할 것을 잘 알고 있소."

이때 내시가 침궁으로 들어와 아뢴다.

"정동대장 조휴가 입궁하여 문안을 드리고자 하옵니다."

조비는 조휴를 들라 이르고 그에게도 부탁한다.

"경들은 모두 이 나라의 기둥이며 주춧돌 같은 신하들이오. 그대들이 힘을 다해 이 아이를 도와준다면 짐은 죽어서도 편히 눈을 감을 수 있겠소."

조비는 말을 마치고 눈물을 흘리며 숨을 거두었다. 이때 조비의 나이 40세, 재위 7년 만의 일이었다.

조진·진군·사마의·조휴 등 중신들은 국상(國喪)을 알리는 한편 조예를 옹립해 대위(大魏) 황제로 삼았다. 조예는 부친 조비에게 문황제(文皇帝)라는 시호를, 모친 견씨에게는 문소황후(文昭皇后)라는 시호를 바쳤다. 그리고 종요(鍾繇)를 태부로 삼고, 조진을 대장군으로 삼았으며, 조휴를 대사마로 삼고, 화흠을 태위로 삼았다. 왕랑을 사도로 삼고, 진군을 사공(司空)으로 삼았으며, 사마의를 표기대장군으로 삼았다. 나머지 문무관료들도 각각 벼슬을 높이고, 천하에 대사면령을 내렸다. 이때 옹주(雍州)와 양주(涼州) 두 고을을 지키는 관원이 비어 있었다. 사마의가 표문을 올려 서량 일대를 지키겠노라 자원하자 조예는 그 뜻을 받아들여 사마의를 제독(提督)으로 봉하고 그곳의 병마를 거느리게 했다. 사마의는 칙명을 받고 곧 임지로 떠나갔다.

이 소식은 곧 정탐꾼에 의해 서천에 있는 공명의 귀에 들어갔다. 공명이 몹시 놀라며 말한다.

"조비가 죽고 어린 아들 조예가 즉위했다니 달리 염려할 것은 없으나 다만 지모가 뛰어난 사마의가 옹주와 양주 두 고을의 제독이 되었으니 그게 걱정이오. 사마의가 군사들을 훈련시키면 반드시 우리 촉의 큰 우환이 될 터, 우리가 선수를 쳐서 군사를 일으키고 위를 공격하는 편이 낫겠소."

참군 마속이 말한다.

"승상께서는 남방을 평정하고 돌아오신 지 얼마 되지도 않으셨으며 군마가 모두 피로하여 잘 쉬고 힘을 길러야 하거늘, 어찌 다시 원정길에 오르려 하십니까. 제게 한 가지 계책이 있으니, 사마의로 하여금 조예의 손에 죽게 하겠습니다. 허락해주시겠습니까?"

"그 계책이란 무엇이오?"

"사마의는 비록 위의 대신이지만 조예가 본래부터 의심하여 꺼리는 인물입니다. 이제 멀리 낙양이나 업군 등지로 사람을 보내 사마의가 모반을 꾀한다고 헛소문을 퍼뜨리고, 그가 천하에 알리는 것처럼 방문을 만들어 곳곳에 갖다붙인다면 반드시 조예의 마음에 의심이 생겨 그를 죽일 것입니다."

공명은 마속의 말에 따랐다. 곧 은밀하게 사람을 여러 곳으로 보내 계책대로 행하게 했다.

드디어 어느날 업군 성문 위에는 난데없는 방문이 나붙었다. 문지기가 이를 발견하고 즉시 떼어다가 조예에게 바쳤다. 조예가 보니 그 내용은 다음과 같았다.

옹주와 양주 등의 병마를 총괄하는 표기대장군 사마의는 삼가 신의로써 천하에 포고하노라. 지난날 태조(太祖) 무황제(武皇帝, 조조)께서 나라를 세우시고, 진사왕(陳思王) 자건(子建, 조식)을 세워 사직의 주인으로 삼고자 하셨으나, 불행히 간사한 신하들이 모략하여 오래도록 잠룡(潛龍, 제위에 오르기 전의 황제)의 처지가 되었도다. 황손 조예는 본래 덕행도 없으면서 망령되게 스스로 높은 자리에 올라 태조의 유의(遺意)를 저버렸도다.

내 이제 하늘의 뜻에 따르고 사람의 마음에 순종하여 군사를 일으켜 만백성이 바라는 바를 이루려 하노니, 이 방문을 보는 즉시 모두 새 임금의 명을 받들도록 하라. 만약 순종하지 않는 자는 9족을 멸할 것이다. 먼저 이를 알리나니 삼가 명심하라.

방문을 읽은 조예는 대경실색하여 급히 모든 신하들을 불러들여 의논했다. 태위 화흠이 아뢴다.

"사마의가 표문을 올려 옹주와 양주를 지키겠다 자원한 것은 바로 이런 뜻을 품고 있었기 때문입니다. 전에 태조 무황제께서 신에게 이르시기를 '사마의는 매처럼 노려보고 이리처럼 돌아다보니 병권(兵權)을 주어서는 안된다. 그가 만일 병권을 쥐는 날에는 반드시 나라에 큰 화가 미칠 것이다'라고 하셨습니다. 이제 그가 모반의 뜻을 품었으니 당장 없애야 합니다."

옆에 있던 왕랑이 거든다.

"사마의는 육도삼략(병법)에 밝으며 군사를 부리는 수완이 뛰어나 본래부터 큰뜻을 품고 있었습니다. 일찍이 없애지 않으면 나중에 반드시 큰 화를 입을 것입니다."

마침내 조예는 군사를 일으켜 친히 사마의를 치러 가려고 했다. 이때 반열에서 대장군 조진이 나오며 아뢴다.

"안됩니다. 문황제께서 신을 비롯한 몇사람에게 후사를 부탁하신 것은 사마중달(司馬仲達, 중달은 사마의의 자)에게 두 마음이 없음을 믿으셨기 때문입니다. 지금 그 진위 여부도 가리지 않고서 그를 치기 위해 군사를 일으킨다면 오히려 그의 반역을 재촉하는 일이 될 것입니다. 이는 어쩌면 오나 촉의 간사한 첩자들이 반간계(反間計)로 우리 군신(君臣)을 어지럽히고, 그 틈을 타서 쳐들어오기 위해 꾸민 일인지 알 수 없습니다. 폐하께서는 깊이 살피십시오."

조예가 묻는다.

"사마의가 정말 모반했다면 어찌하겠소?"

"폐하께서 그리 의심이 나시거든 한고조가 거짓으로 운몽(雲夢)에 놀러 가셨던 것처럼(초나라왕 한신韓信의 모반을 의심한 한고조 유방이 거짓으로 놀러 나간 체하고 영접나온 한신을 사로잡은 고사) 안읍(安邑)으로 행차하소서. 사마의가 반드시 나와 영접할 것이니, 그때 잘 살피시다가 수레 앞에서 그를 사로잡으면 되지 않겠습니까?"

조예는 대장군 조진의 말에 따라 그에게 나랏일을 감찰하게 한 다음, 친히 10만 어림군을 이끌고 안읍으로 향했다. 아무것도 모르는 사마의는 다만 황제께 그동안 훈련시킨 군사들의 위세를 보여주고 싶은 마음에 군마를 정비해 갑옷 입은 군사 수만명을 거느리고 어가를 맞으러 나왔다. 측근 신하가 이를 보고 조예에게 아뢴다.

"사마의가 군사 10만여명을 이끌고 나왔습니다. 진정 모반의 뜻을 품은 듯하옵니다."

조예는 황급히 조휴에게 군사를 이끌고 앞서 나아가 대처하도록 명했다. 한편 사마의는 한무리의 군마가 달려오는 것을 보고 임금의 어가가 친히 오는 줄 알고 급히 말에서 내려 길가에 엎드려 맞이했다. 그런데 조휴가 와서 큰소리로 외친다.

"중달은 어찌하여 선제께서 부탁하신 중임을 저버리고 감히 모반을 꾀하는가?"

사마의는 아연실색하여 온몸에 땀을 흘리며 반문한다.

"모반이라니 무슨 말씀이오?"

조휴가 지금까지의 일을 말하니 사마의는 펄쩍 뛴다.

"이는 필시 동오와 촉의 간사한 반간계가 틀림없소. 정탐꾼을 이용해 우리 군신을 이간하고 그 틈을 노려 공격하려는 것이니, 마땅히 제가 황제를 뵙고 아뢰겠소이다."

사마의는 군마를 물리고 어가 앞에 엎드려 울며 아뢴다.

"신은 선제께서 맡기신 중임을 받들었으니 어찌 감히 딴마음을 품겠사옵니까? 이는 필시 오와 촉의 간계이니, 청컨대 얼마간의 군사들을 이끌고 먼저 촉을 격파한 후에 오를 무찔러 선제와 폐하께 보답함으로써 신의 마음을 밝히게 해주소서."

조예는 의심이 풀리지 않아 선뜻 마음을 정하지 못했다. 곁에서 지켜보던 화흠이 아뢴다.

"사마의에게 병권을 주시면 안됩니다. 즉시 파직한 뒤 고향으로 돌려보내소서."

그 말에 따라 조예는 사마의의 관직을 삭탈하고 고향으로 돌려보낸 다음 조휴에게 옹주·양주의 병마를 총독하도록 하고 낙양으로 돌아갔다.

한편 이 소식은 곧 정탐꾼에 의해 공명에게 전해졌다. 공명이 크게 기뻐하며 말한다.

"내 위를 치려 한 지 오래였으나 사마의가 옹주·양주의 군사를 총독하는 탓에 거사하기 어려웠다. 이제 우리의 계교로 사마의가 쫓겨났으니 더 무엇을 근심하겠느냐?"

다음날 모든 관료들이 모인 가운데 후주가 조회를 하는 중에 문득 공명이 반열에서 나와 출사표(出師表)를 올렸다.

신 제갈량은 아뢰옵니다. 선제께서 창업하신 뜻의 절반도 이루지 못한 채 중도에 붕어하시고, 이제 천하는 셋으로 나뉘어 익주(서촉)가 매우 피폐하니, 참으로 나라의 존망이 위급한 때입니다. 하오나 폐하를 모시는 신하들이 안에서 게으르지 않고 충성스런 무사들이 밖에서 목숨을 아끼지 않음은 선제께서 특별히 대우해주시던 은혜를 잊지 않고 오로지 폐하께 보답하고자 하는 마음 때문입니다. 폐하께서는 마땅히 충언에 귀를 크게 열어 선제의 유덕(遺德)을 빛내시며, 지사(志士)들의 의기를 드넓게 일으켜주소서. 스스로 덕이 박하고 재주가 부족하다고 여기셔서 그릇된 비유를 들어 대의를 잃으셔서는 안되며, 충성스럽게 간하는 길을 막지 마소서. 또한 궁중(宮中, 황제)과 부중(府中, 신하들)이 다 함께 한뜻이 되어 잘한 일을 상주고 잘못한 일을 벌하는 데 다름이 있어서는 안될 것이옵니다.

출사표를 올리는 공명

만일 간악한 짓을 범하여 죄 지은 자와 충성스럽고 착한 자가 있거든 마땅히 각 부서에 맡겨 형벌과 상을 의논하시어 폐하의 공평함과 명명백백한 다스림을 더욱 빛나게 하시고, 사사로움에 치우쳐 안팎으로 법을 달리하는 일이 없게 하소서.

시중(侍中) 곽유지(郭攸之)와 비의(費禕), 시랑(侍郎) 동윤(董允) 등은 모두 선량하고 진실하며 뜻과 생각이 고르고 순박하여 선제께서 발탁해 폐하께 남기셨으니, 어리석은 신이 생각건대 궁중의 크고작은 일을 모두 그들에게 물어보신 후에 시행하시면 반드시 허술한 곳을 보완하는 데 널리 이로울 것입니다. 장군 향총(嚮寵)은 성품과 행실이 맑고 치우침이 없으며 군사(軍事)에 밝은지라 지난날 선제께서 그를 시험삼아 쓰신 뒤에 능력이 있다 말씀하셨습니다. 그리하여 여러 사람의 뜻을 모아 그를 도독으로 천거했으니, 어리석은 신의 생각으로는 군중(軍中)의 크고작은 일은 그에게 물어 결정하시면 반드시 군사들간에 화목할 것이며, 뛰어난 자와 부족한 자가 모두 적재적소에서 맡은바 임무를 다할 것입니다.

전한(前漢)이 흥한 것은 현명한 신하를 가까이하고 소인배를 멀리했기 때문이며, 후한(後漢)이 무너진 것은 소인배들을 가까이하고 현명한 신하를 멀리한 때문이니, 선제께서는 생전에 신들과 이런 이야기를 나누시면서 일찍이 환제(桓帝)와 영제(靈帝) 때의 일에 대해 통탄을 금치 못하셨습니다. 시중과 상서, 장사와 참군 등은 모두 곧고 밝은 사람들로서 죽기로써 절개를 지킬 신하들이니, 원컨대 폐하께서는 이들을 가까이 두시고 믿으소서. 그리하시면 머지않아 한실은 융성할 것입니다.

신은 본래 하찮은 포의(布衣, 벼슬하지 않은 사람)로 남양땅에서 논밭을 갈면서 난세에 목숨을 보존하고자 했을 뿐, 제후를 찾아 영달을 구할 생각은 없었습니다. 하오나 선제께서는 신을 비천하게 여기지 않으시고 세번씩이나 몸을 낮추어 몸소 초려를 찾아오시어 신에게 당세의 일을 자문하시니, 신은 이에 감격하여 마침내 선제를 위해 몸을 아끼지 않으리라 결심하고 응하였습니다. 그후 국운이 기울어 싸움에 패하는 어려움 가운데 소임을 맡아 동분서주해온 지 어언 스무해 하고도 한해가 지났습니다.

선제께서는 신이 삼가고 신중한 것을 아시고 돌아가실 때 대사를 맡기셨나이다. 신은 선제의 명을 받은 이래 조석으로 근심하며 혹시나 그 부탁하신 바를 이루지 못하여 선제의 밝으신 뜻을 손상하지 않을까 두려워하던 끝에, 지난 5월에 노수를 건너 불모의 땅으로 깊이 들어갔습니다. 이제 남방은 평정되고 병기와 갑옷도 넉넉하니, 마땅히 삼군을 거느리고 북쪽으로 나아가 중원을 평정해야 할 것입니다. 노둔하나마 있는 힘을 다해 간흉한 무리를 제거하고 한실(漢室)을 다시 일으켜 옛 도읍으로 돌아가는 것만이 바로 선제께 보답하고 폐하께 충성하는 신의 직분입니다. 손익(損益)을 헤아려 폐하께 충언 드릴 일은 이제 곽유지·비의·동윤 등의 소임이옵니다.

원컨대 폐하께서는 신에게 역적을 토벌하고 한실을 부흥시킬 일을 명하시고, 만일 이루지 못하거든 신의 죄를 다스리시어 선제의 영전에 고하소서. 또한 한실을 다시 일으키는 데 충언이 올라오지 않거든 곽유지·비의·동윤의 허물을 책망하시어 그 태만함을 세상에 드러내소서. 폐하께서도 마땅히 스스로 헤아리시어 옳은 방도를 취하시고, 신하들의 바른말을 잘 살펴 들으시어 선제께서 남기신 뜻을 좇으소서.

　신이 받은 은혜에 감격을 이기지 못하옵나이다! 이제 멀리 떠나는 자리에서 표문을 올리며 눈물이 앞을 가려 무슨 말씀을 아뢰어야 할지 모르겠나이다.

후주가 표문을 읽어보더니 말한다.

"상보께서는 멀고 먼 남방 정벌에 온갖 어려움을 겪으시다 방금 도읍에 돌아와 아직 편안히 쉬지도 못하셨소. 그런데 이제 또다시 북벌을 떠나려 하시니, 너무 노심초사하시는 게 아닌가 하여 걱정입니다."

공명이 대답한다.

"신은 선제께서 당부하신 중임을 맡은 이래 한시도 게을리한 적이 없었습니다. 이제 남방이 평정되고 안으로 다른 근심이 없사오니, 이때 역적을 토벌하여 중원을 회복하지 않는다면 다시 어느 때를 기다리겠습니까?"

이때 갑자기 반열 중에서 태사(太史) 초주(譙周)가 앞으로 나서며 아뢴다.

"신이 밤에 천문을 보니 북방의 정기가 왕성하며 별들이 더욱 밝게 빛나고 있었사옵니다. 지금은 때가 아닌 듯하옵니다."

이어 공명을 향해 말한다.

"누구보다도 천문에 밝으신 승상께서 어찌하여 무리하게 일을 도모하려 하십니까?"

공명이 말한다.

"천도(天道)란 원래 덧없이 변하는 것이니 어찌 그에 얽매이겠는가? 내 한중(漢中)에 군마를 주둔해두고 저들의 움직임을 보아가며 행할 것이니 너무 염려하지 마시오."

공명은 애써 간하는 초주의 만류를 끝내 물리쳤다. 공명은 곽유지·동윤·비의 등을 시중으로 삼아 남아서 대궐의 일을 총괄하도록 하고 또한 향총을 대장으로 삼아 어림군을 총독하게 했다. 또 장완(蔣琬)을 참군으로 삼고 장예(張裔)를 장사(長史)로 삼아 승상부의 일을 맡아보게 했다. 두경(杜瓊)을 간의대부(諫議大夫)로, 두미(杜微)와 양홍(楊洪)을 상서(尙書)로, 맹광(孟光)과 내민(來敏)을 좨주(祭酒)로, 윤묵(尹默)과 이선(李譔)을 박사(博士)로, 극정(郤正)과 비시(費詩)를 비서(秘書)로, 초주(譙周)를 태사로 삼는 등, 내외 문무관료 1백여명이 함께 촉의 정사를 맡아서 처리하게 했다.

조서를 받들고 승상부로 돌아온 공명은 다시 여러 장수를 불러모아 영을 내렸다. 전독부(前督部)는 진북장군(鎭北將軍) 승상사마(丞相司馬) 양주자사(涼州刺史) 도정후(都亭侯) 위연이 맡게 하고, 전군도독(前軍都督)은 부풍태수(扶風太守) 장익이, 아문장(牙門將)은 비장군(裨將軍) 왕평이 맡게 했다. 후군영병사(後軍領兵使)는 안한장군(安漢將軍) 건녕태수(建寧太守) 이회(李恢)에게 맡기고, 부장(副將)에는 정원장군(定遠將軍) 한중태수(漢中太守) 여의(呂義)를 임명했다. 관운량(管運糧) 및 좌군영병사(左軍領兵使)는 평북장군(平北將軍) 진창후(陳倉侯) 마대에게 맡겼으며, 그 부장으로는 비위장군(飛衛將軍) 요화(廖化)를 임명했다. 우군영병사(右軍領兵使)는 분위장군(奮威將軍) 박양정후(博陽亭侯) 마충과 무융장군(撫戎將軍) 관내후(關內侯) 장의(張嶷)가 맡았다. 행중군사(行中軍師)는 거기대장군(車騎大將軍) 도향후(都鄕侯) 유염(劉琰)이, 중감군(中監軍)은 양무장군(揚武將軍) 등지가, 중참군(中參軍)은 안원장군(安遠將軍) 마속이 맡았다. 또한 전장군(前將軍)으로 도정후(都亭侯) 원침(袁綝)을 임명하고, 좌장군(左將軍)은 고양후(高陽侯) 오의(吳懿)를, 우장군(右將軍)은 현도후(玄都侯) 고상(高翔)을, 후장군(後將軍)은 안락후(安樂侯) 오반(吳班)을 임명했다. 영장사(領長史)는 수군장군(綏軍將軍) 양의(楊儀)가 맡았고, 전장군으로는 정남장군(征南將軍) 유파(劉巴)를 임명했으며, 전호군(前護軍)은 편장군(偏將軍) 한성정후(漢城亭侯) 허윤(許允)이 맡았고, 좌호군(左護軍)은 독신중랑장(篤信中郞將) 정함(丁咸)이 맡았으며, 우호군(右護軍)은 편장군 유민(劉敏)이, 후호군(後護軍)은 전군중랑장(典軍中郞將) 관옹(官離)이, 행참군(行參軍)은 소무중랑장(昭武中郞將) 호제(胡濟)와 간의장군(諫議將軍) 염안(閻晏), 편장군 찬습(爨習), 비장군(裨將軍) 두의(杜義), 무략중랑장(武略中郞將) 두기(杜祺), 수융도위(綏戎都尉) 성발(盛教) 등이 맡았다. 종사(從事)는 무략중랑장 번기(樊岐)로, 전군서기(典軍書記)는 번건(樊建)으로, 승상영사(丞相令史)는 동궐(董厥)로, 장전좌호위사(帳前左護衛使)는 용양장군(龍驤將軍) 관흥으로, 우호위사(右護衛使)는 호익장군(虎翼將軍) 장포로 각각 임명하였다. 이상의 관원들이 모두 평북대도독(平北大都督) 승상(丞相) 무향후(武鄕侯) 익주목(益州牧) 지내외사(知內外事) 제갈량을 따라 출정하게 되었다. 이렇게 중원정벌을 위한 각자의 소임을 정한 뒤 공명은 이엄 등에게 격문을 보내 천구(川口)를 굳게 지켜 동오를 막도록 지시했다.

마침내 건흥 5년(227) 춘삼월 병인일(丙寅日)을 택해 위를 치기 위해 출정하기로 했다. 이때 문득 장하에서 한 노장이 소리를 버럭 지르며 나온다.

"내 비록 늙었다 하나 오히려 염파(廉頗, 전국시대 조나라의 명장) 같은 용맹이 있고, 마원(馬援, 한무제 때의 맹장) 같은 영웅의 기개가 있소이다. 이들 옛사람도 모두 늙어서까지 싸웠거늘, 어찌하여 나를 쓰지 않는 거요?"

모든 사람들이 보니 바로 조자룡이었다. 공명이 부드러운 어조로 말한다.

"내 남방을 평정하고 돌아온 이래 마맹기(馬孟起, 마초의 자)가 병으로 죽어서 마치 한쪽 팔이 떨어져나간 듯 애석하오. 장군은 연세가 많으시니 만일 무슨 일이라도 생기면 일세의 영용한 이름이 하루아침에 흔들릴 것이며, 나아가 촉중의 사기가 꺾이지 않겠소?"

조자룡은 더욱 언성을 높인다.

"나는 선제를 따른 이래로 싸움에서 단 한번도 물러선 적이 없으며, 적을 만나 선봉에 서지 않은 적이 없었소. 대장부가 싸움터에서 죽으면 그만이지 무슨 한이 있겠소이까. 원컨대 승상께서는 나를 선봉으로 삼아주소서!"

공명이 거듭 간곡하게 만류했으나 조자룡은 끝내 듣지 않았다.

"승상께서 나를 선봉으로 삼지 않겠다면 이 자리에서 섬돌에다 머리를 박고 죽고 말겠소."

공명이 말한다.

"장군께서 굳이 선봉에 서시겠다면 다른 한 장수와 함께 가도록 하시오."

이때 한 사람이 나선다.

"제가 비록 재주는 없으나, 노장군을 도와 먼저 군사를 거느리고 가서 적을 무찌르겠습니다."

공명이 바라보니 바로 등지(鄧芝)였다. 공명은 크게 기뻐하며 즉시 정예병 5천명과 부장 10명을 내주고 조자룡과 등지를 따르게 했다. 드디어 공명은 출정길에 올랐다. 후주는 문무백관을 거느리고 북문 밖 10리까지 나와 전송했다. 공명은 후주께 하직하고, 깃발이 들판을 뒤덮고 창날 칼날이 숲을 이룬 가운데 군사를 거느리고 한중을 향해 진군했다.

한편 변방에 있던 위의 정탐꾼들은 이 소식을 탐지해 즉시 낙양에 보고했다. 그때 조예는 조회를 열고 있었는데 근신이 나서며 아뢴다.

"변방으로부터 보고가 들어왔사옵니다. 제갈량이 30만 대군을 거느리고 한중에 주둔하고, 조자룡과 등지를 선봉으로 삼아 국경으로 쳐들어오고 있다 합니다."

조예는 깜짝 놀라 신하들을 향해 묻는다.

"누가 나가서 촉군을 물리치겠는가?"

이때 한 사람이 썩 나서며 말한다.

"신의 아비가 한중땅에서 세상을 떠났건만 아직 원한을 갚지 못해 이를 갈고 있던 터이옵니다. 이제 촉군이 경계를 범했다 하니, 폐하께서 관서의 군사들을 내리신다면 신이 본부 맹장과 더불어 군사들을 거느리고 나가 촉군을 격파하겠사옵니다. 그리하여 위로는 나라에 충성하고 아래로는 부친의 원수를 갚을 수만 있다면 신은 만번 죽어도 여한이 없겠사옵니다."

사람들이 일제히 바라보니, 그는 바로 하후연의 아들 하후무(夏侯楙)였다. 하후무의 자는 자휴(子休)로 성질이 매우 급하고 몹시 인색했다. 어렸을 때 하후연의 양자로 들어갔는데, 하후연이 황충에게 칼을 맞고 죽자 조조가 불쌍히 여겨 자신의 딸 청하공주(淸河公主)와 맺어주어 부마로 삼았다. 이로부터 조정에서는 그를 공경했다.

하후무는 비록 병권을 잡고 있었으나 아직까지 싸움터에 나간 적은 한번도 없었다. 그런 그가 출정하겠다고 자청하니, 조예는 이를 허락하여 대도독으로 삼고, 관서 여러 곳의 군마를 거느리고 가서 적군을 물리치라는 칙명을 내렸다. 사도 왕랑(王朗)이 나서며 간곡히 만류한다.

"부마 하후무는 일찍이 전투를 해본 경험이 없는데 갑자기 큰 임무를 맡기면 안됩니다. 게다가 제갈량으로 말하자면 지모가 도저하고 육도삼략에도 능통하니 경솔히 대적할 수 없습니다."

이 말을 들은 하후무가 대로하여 소리친다.

"혹시 사도는 제갈량이란 놈과 결탁하여 내응하려는 게 아니오? 나는 어려서부터 부친에게 육도삼략을 배워 병법에 통달했거늘, 그대는 어찌하여 나를 어린애 취급하며 업신여기는 게요? 제갈량을 생포하지 못한다면 내 맹세코 황제를 뵈러 돌아오지 않을 것이오."

그 말에 왕랑을 비롯해 아무도 감히 입을 열지 못했다. 하후무는 위주에게 하직인사를 올리고 밤낮을 쉬지 않고 장안으로 달려갔다. 그곳에서 관서 일대의 군마 20만명을 뽑아서 공명과 대적하려는 것이었다.

흰 대장기 잡고 장병을 거느리는데　　　　欲秉白旄麾將士
어찌하여 어린애에게 병권을 맡기는가　　　却敎黃吻掌兵權

이들의 승부는 과연 어떻게 날 것인가?

92

조자룡의 노익장

조자룡은 전력을 다해 다섯 장수를 베고
제갈량은 계략을 써서 세 성을 빼앗다

　한편 공명은 군사를 거느리고 면양(沔陽)에 이르러 그곳에 있는 마초의 무덤을 지나게 되자, 그의 아우 마대에게 상복을 입게 하여 친히 제사를 지내고 영채로 돌아왔다. 앞으로 진병할 일을 의논하는데, 문득 파발꾼이 보고한다.

　"위주 조예가 부마 하후무를 보내서 관서 일대의 군마를 이끌고 우리와 대적하기 위해 지금 이곳으로 달려오고 있습니다."

　위연이 장막 가운데 올라와 계책을 올린다.

　"하후무는 귀한 집 자제로 유약하고 무능합니다. 원컨대 제게 정예병 5천을 내주십시오. 포중(襃中)으로 가서 진령(秦嶺)을 따라 동쪽으로 가다가 자오곡(子午谷)으로 하여 북쪽으로 올라가면 열흘 안에 장안에 당도할 수 있습니다. 하후무는 제가 군사를 몰고 갑자기 나타났다는 소식을 들으면 필시 성을 버리고 저각(邸閣) 횡문(橫門)으로 달아날 것입니다. 이때 제가 동쪽에서 쳐들어가고 승상께서 대군을 몰아 야곡(斜谷)에서 진군해오시면 함양(咸陽)의 서쪽 지방은 단숨에 평정할 수 있습니다."

공명이 웃으며 말한다.

"그것은 완전한 계책이 아니오. 그대는 중원에 인물이 없다고 여기는 모양인데, 누군가 계책을 내어 산속 외진 곳에 매복해 길을 끊고 친다면 군사 5천명이 상할 뿐만 아니라 전군의 사기도 크게 꺾일 터이오. 그러니 그 계책은 결코 쓸 수 없소."

위연은 굽히지 않고 다시 말한다.

"승상께서 큰 길을 따라 진군하시면 적들은 반드시 관중의 군사를 모두 일으켜 길을 막고 대적할 것입니다. 그러면 싸움이 길어질 터인즉, 어느 세월에 중원을 평정하겠습니까?"

공명은 웃으며 말한다.

"내가 농우(隴右)로부터 평탄대로를 따라 병법에 의거해 나아간다면 어찌 이기지 못하겠소?"

공명은 끝내 위연의 계책을 받아들이지 않았다. 위연은 심기가 편치 않았다. 공명은 조자룡에게 사람을 보내 즉시 진군하도록 명했다.

한편 하후무는 장안에서 각 방면의 군사를 모으고 있었다. 그때 서량땅의 대장 한덕(韓德)이 서강(西羌) 군사 8만을 거느리고 하후무를 찾아왔다. 한덕은 큰도끼 개산대부(開山大斧)를 잘 쓰기로 유명하고, 장정 1만명 정도는 혼자서 거뜬히 당해낼 수 있을 만큼 용맹스러웠다. 하후무는 한덕에게 큰 상을 내리고 그를 선봉장으로 삼았다. 한덕에게는 네명의 아들이 있었는데, 하나같이 무예가 뛰어났으며 활쏘기와 말타기에 능했다. 맏아들은 한영(韓瑛)이요, 둘째는 한요(韓瑤)이고, 셋째는 한경(韓瓊)이며, 넷째는 한기(韓琪)였다. 한덕은 이들 네명의 아들과 함께 서강병 8만을 거느리고 봉명산에 도착했다. 한덕의 군사는 봉명산에서 촉군과 만나 양군이 진을 벌여세우고 대치했다. 한덕이 네 아들을 좌우에 거느리고 나와 큰소리로 꾸짖는다.

"나라를 배반한 역적아, 어찌 감히 우리 경계를 범하는 게냐!"

조자룡은 대로하여 창을 휘두르며 달려나가 한덕에게 싸움을 걸었다. 한덕의 곁에 있던 맏아들 한영이 마주 달려나온다. 조자룡이 휘두른 창을 한영이 장창으로 한번 막아내면서 찌르고 들어오는 것을 조자룡은 가볍게 걷어낸다. 서로 엇갈렸다가 다시 달려들며 창봉과 창날이 부딪친 지 겨우 세번째다. 조자룡이 한영의 옆을 스치고 지나는 순간 창날이 한번 번뜩였다. 조자룡이 창을 거두면서 말머리를 돌리자, 목줄기를 꿰뚫린 한영은 빈 자루처럼 스르르 말 위에서 무너져내린다. 말은 진을 향해 달아나는데 박차에 발이 걸린 한영의 시체는 먼지를 일으키며 질질 끌려가버렸다.

둘째아들 한요가 이것을 보고 칼을 휘두르며 말을 달려나왔다. 조자룡이 지난날의 범 같은 위엄을 되살려 대번에 창봉으로 휘돌려 막고 찌르는데 한요는 두어 차례나 아슬아슬하게 피하고는 칼을 허공에 휘두를 뿐 다가서지 못한다. 셋째아들 한경이 방천극을 거머쥐고 나는 듯이 달려나와 협공한다. 조자룡은 전혀 흔들림없이 한경의 방천

力斬五將

칠순의 조자룡은 적장을 다섯이나 베다

극을 받아치는 한편으로 한요의 칼을 쳐내면서 찔러들어가는데 창 쓰는 법에 한점 흐트러짐이 없다. 한요는 어느결에 어깨를 창에 찔렸고 한경은 갑옷이 찢겨나갔다.

두 형이 조자룡에게 쩔쩔매는 꼴을 지켜보던 넷째아들 한기마저 일월도 쌍검을 휘두르며 달려들었다. 조자룡은 한기의 쌍검을 창봉으로 휘둘러 막아내면서 한경의 방천극은 몸을 숙여 위로 흘러가게 하고, 한요의 칼을 창끝으로 퉁겨낸다. 세명의 장수에게 둘러싸여 싸움을 계속하는 조자룡의 말과 몸은 바람개비처럼 휘돌아가는 창봉과 창날에 가려져 보이지 않고 먼지 속에서 챙경대는 쇳소리만 들릴 뿐이다. 한기가 쌍검을 번쩍 치켜들고 달려드는 순간을 놓치지 않고 조자룡의 창끝은 먹이를 쪼는 매의 부리처럼 날카롭게 한기의 겨드랑이로 파고든다. 조자룡의 창끝이 한번 쑤시고 순식간에 빠져나가자 한기는 피를 뿜으며 말 아래로 굴러떨어졌다.

한덕의 진영에서 편장(偏將) 하나가 한기를 구하기 위해 급히 달려나왔다. 조자룡은 이때를 틈타 진영으로 돌아가기 위해 얼른 말머리를 돌렸다. 이를 본 한경이 재빨리 방천극을 안장에 끼우고 뒤를 쫓으며 활을 잡아 연거푸 화살 세대를 날렸으나, 조자룡은 시윗소리를 듣자마자 상반신을 돌리면서 창대를 휘둘러 화살 세대를 모두 가볍게 창으로 쳐내버린다. 화가 치밀어오른 한경은 방천극을 치켜들고 조자룡을 맹렬히 추격했다. 조자룡은 뒤를 힐끔 보고는 반원을 그리며 비스듬히 말을 몰아나가면서 재빨리 살을 메긴 활을 한요에게 겨누어 그대로 몸만 뒤로 돌린 채 시위를 놓았다. 한경은 얼굴에 정통으로 화살을 맞고 말에서 떨어져 죽었다.

순간 한요가 보검을 휘두르며 잽싸게 조자룡에게 덤벼들었다. 조자룡은 창을 땅에 내던지더니 한요의 측면으로 파고든다. 한요가 휘두르는 칼끝을 번개같이 피한 조자룡은 몸을 숙여 한요의 옆구리를 껴안아 사로잡아버렸다. 본진으로 달려가 한요를 내려놓은 조자룡은 순식간에 다시 창을 주워들고 말을 달려 적진을 향해 뛰어들었다. 한덕은 네 아들이 모두 조자룡에게 당하는 것을 보고는 간담이 서늘해져 뒤도 돌아보지 않고 진중으로 달아나버렸다. 조자룡의 명성을 익히 알고 있던데다 그 영용함을 직접 목격한 서량 군사들은 누구도 감히 맞서려는 자가 없었다. 조자룡이 이르는 곳마다 뿔뿔이 흩어져 달아나기에 바빴다. 조자룡은 필마단창으로 적진을 휩쓸어 무인지경 드나들 듯했으니, 후세 사람이 시를 지어 찬탄했다.

그리웁구나, 그 옛날 상산의 조자룡	憶昔常山趙子龍
일흔 나이에 뛰어난 공훈 세웠네	年登七十建奇功
혼자 네 장수 베고 적진을 휩쓰니	獨誅四將來沖陣
바로 당양에서 주인 구하던 그 영웅일세	猶似當陽救主雄

등지는 조자룡이 크게 이기는 모습을 지켜보다가 촉군을 휘몰아 적진으로 마구 엄살해들어갔다. 크게 패한 서량 군사들은 정신없이 달아났고, 하마터면 조자룡에게 사로잡힐 뻔했던 한덕은 가까스로 위기에서 벗어나 갑옷을 벗어던지고 걸어서 달아났다. 조자룡은 등지와 함께 군사를 거두어 영채로 돌아왔다. 등지가 치하한다.

"장군의 연세가 벌써 칠순이신데 영용하기가 예나 다름없습니다. 오늘 싸움에서 장군께서 혼자 힘으로 네명의 장수를 베었으니, 참으로 세상에 흔치 않은 일입니다."

조운이 말한다.

"승상께서 나를 나이 들었다고 쓰시려 하지 않아 내 전력을 다해 실력을 보였을 뿐이오."

이어 조자룡은 공명에게 사로잡은 한요를 압송하게 하고 승전보도 함께 올렸다.

한편 패잔병을 이끌고 본진으로 돌아간 한덕이 하후무에게 울면서 보고하자 하후무는 몸소 군사를 이끌고 조자룡과 싸우기 위해 나섰다. 정탐꾼이 나는 듯이 촉군의 영채로 달려가 이 사실을 고했다. 조자룡은 즉시 창을 들고 말에 올라 군사 1천여명을 이끌고 봉명산 앞에 진을 벌였다. 촉군과 맞닥뜨린 하후무는 황금 투구를 쓰고 손에는 대감도(大砍刀)를 들고서 백마 위에 올라 문기 앞에 버티고 섰다. 촉진 앞에서 조자룡이 말을 타고 창을 잡고 왔다갔다 하는 모습을 발견하고는 당장 나가 싸우려 했다. 이때 한덕이 나서며 말한다.

"내 아들을 넷이나 죽인 놈이니 내가 나가 원수를 갚겠소!"

말을 끝내기가 바쁘게 개산대부를 바퀴처럼 휘두르며 말을 달려 곧장 조자룡에게 덤벼들었다. 크게 노한 조자룡이 창을 거머쥐고 맞서니 두 사람이 싸운 지 불과 3합에 한덕은 조자룡의 창에 찔려 말 아래로 떨어져 죽고 말았다. 조자룡은 급히 말머리를 돌려 하후무에게로 달려들었다. 하후무는 혼비백산하여 황망히 본진으로 돌아가버렸다. 이에 등지가 군사를 휘몰아 마구 엄살하며 무찌르니, 위군은 또한번 크게 패해 10여리를 물러나 진을 쳤다. 그날밤 하후무는 여러 장수들과 더불어 밤새도록 상의했다.

"내 조자룡의 이름은 익히 들었으나 한번도 본 적은 없었소. 오늘 보니 비록 늙었다고는 하지만 그 영용함은 그대로라 과연 지난날 당양 장판교에서의 일을 믿을 만합디다. 그를 대적할 사람이 없으니, 장차 어찌하면 좋겠소?"

이때 정욱의 아들 참군 정무(程武)가 나서며 간한다.

"조자룡은 용맹스럽기는 하나 꾀가 없으니 과히 걱정하실 것 없습니다. 도독께서는 내일 다시 나가 싸움에 임하시되 먼저 좌우에 군사들을 매복해두십시오. 도독께서 나가 싸우시다가 짐짓 패퇴하는 척하며 조자룡을 복병이 있는 곳으로 유인하고는 산으로 올라가 사면의 군사를 지휘해 포위해버리면 능히 조자룡을 사로잡을 수 있습니다."

하후무는 정무의 계책에 따르기로 했다. 곧 군사 3만을 동희(董禧)에게 주어 왼쪽에 매복해 있으라 명하고 설칙(薛則)에게도 3만 군사를 내주어 오른쪽에 매복해 있으라 지시하니, 두 사람은 즉시 움직였다.

다음날 하후무는 징과 북을 울리며 기치를 가지런히하여 군사를 이끌고 나왔다. 촉군 진영에서는 조자룡과 등지가 나와서 하후무의 위군과 맞섰다. 등지가 조자룡에게 말한다.

"어젯밤 대패하고 달아난 위군들이 이렇게 다시 온 것을 보면 무슨 계책이 있는 것이 분명합니다. 노장군께서는 조심하십시오."

조자룡은 대수롭지 않게 들어넘긴다.

"저따위 젖내나는 어린놈을 근심할 게 있겠는가? 내 꼭 사로잡고 말 터이니 두고 보시게."

그러고는 쏜살같이 말을 몰고 나갔다. 위장 반수(潘邃)가 달려나와 맞섰으나 겨우 3합이 못 되어 말을 돌려 달아나기 시작했다. 조자룡이 맹렬히 뒤쫓는데, 위군 진영에서 여덟 장수가 달려나와 막아서더니 먼저 하후무를 도망치게 하고, 자신들도 뒤따라 달아났다.

조자룡이 승세를 타고 마구 짓쳐죽이며 뒤쫓아가니, 등지도 군사를 몰고 그 뒤를 따랐다. 어느덧 조자룡과 등지는 적진 깊숙이까지 들어오게 되었다. 그때 난데없이 사방에서 함성이 터져나왔다. 등지는 깜짝 놀라 황급히 군사를 거두려 하는데 왼쪽에서는 동희가, 오른쪽에서는 설칙이 거느린 군사들이 일제히 쏟아져나왔다. 조자룡은 적들에게 완전히 포위되고 말았다. 뒤따르던 등지는 수하군사들이 너무 적어 포위된 조자룡을 구할 수 없었다. 순식간에 적의 포위망 한가운데로 몰린 조자룡은 포위를 뚫기 위해 동쪽을 치고 서쪽을 뚫으며 안간힘을 썼으나, 겹겹이 에워싼 위군의 수는 점점 늘어만 갔다. 게다가 조자룡이 거느린 군사라야 1천여명에 불과했다.

조자룡은 막아서는 위군을 베고 또 베며 산기슭으로 향했다. 그러나 산위에는 이미 하후무가 버티고 서서 조자룡이 동쪽으로 가면 동쪽을 가리키고, 서쪽으로 향하면 서쪽을 가리키면서 군사를 지휘하고 있었다. 조자룡은 군사를 이끌고 산위로 오르려 했으나 산허리에서 돌과 거대한 통나무들이 쏟아져내려오니 올라갈 수가 없었다. 진시 (辰時, 오전 8시)부터 유시(酉時, 오후 6시)까지 힘껏 싸웠음에도 도무지 위군의 포위를 벗어날 길이 없었다. 달이 뜨고 나서 싸울 요량으로 조자룡은 말에서 내려 갑옷을 벗고 잠시 숨을 돌렸다.

곧 달이 훤하게 떠올랐다. 그때 갑자기 사방에서 불길이 치솟으며 북소리가 요란하게 울리고 화살이 빗발치듯 날아왔다. 동시에 위군들이 고함을 지르며 몰려온다.

"조자룡은 빨리 항복하라!"

조자룡은 급히 말에 올라 적군을 맞았다. 사방에서 적군이 새까맣게 몰려들어 포위망을 좁혀오며 팔방에서 화살을 쏘아댄다. 사람이나 말이나 모두 한치도 나아갈 수가 없었다. 조자룡은 하늘을 우러러 길게 탄식했다.

"내 늙지 않았다고 버티다가 여기서 죽는구나!"

바로 이때였다. 홀연히 동북쪽에서 함성이 크게 일며 위군들이 사방으로 흩어져 달아나기 시작했다. 한떼의 날쌘 군사들이 쳐들어오는데, 대장은 장팔점강모(丈八點鋼矛)를 높이 들고 말머리에 사람 목을 매달고 있었다. 조자룡이 보니 바로 장포였다. 장포는 곧장 조자룡에게로 달려왔다.

"승상께서 혹시라도 노장군께 실수가 있을까 하여 제게 군사 5천명을 내주며 후원하라 하셔서 달려온 길입니다. 오던 길에 노장군께서 몹시 위급한 상황에 처하셨다는 소식을 듣고 포위망을 뚫고 오다가 적장 설칙을 만나 이렇게 목을 베어가지고 왔습니다."

조자룡은 크게 기뻐했다. 곧 장포와 더불어 서북쪽으로 길을 뚫고 나가기 시작하다가 문득 보니, 위군들이 창과 칼을 버리고 사방으로 달아나는데 바로 그 뒤를 한무리의 군사들이 밖에서부터 공격하고 있었다. 앞선 장수는 청룡언월도를 휘두르며 손에 사람 목을 들고 있는데, 조자룡이 보니 바로 관흥이었다. 관흥이 말한다.

"승상의 분부를 받들고 혹시 노장군께 실수나 있지 않을까 하여 5천 군사를 이끌고 도우러 오는 길에 위장 동희를 만나 단칼에 목을 베어왔습니다. 승상께서도 곧 뒤따라오실 겁니다."

조자룡이 말한다.

"두 장군이 이미 놀라운 공을 세웠는데, 어찌 이 길로 하후무를 사로잡아 대사를 정하려 하지 않는가!"

조자룡의 말에 장포가 즉시 군사를 몰고 하후무의 뒤를 쫓기 시작했다. 관흥도 앞으로 나서며 말한다.

"저도 공을 세우러 가겠습니다."

조자룡은 두 장수를 먼저 떠나보내고 나서 좌우를 돌아보며 말한다.

"저 두 사람이 모두 내 조카뻘이고 자식뻘이건만 앞다투어 공을 세우러 떠나는데, 나는 국가의 상장(上將)이요 조정의 옛 신하로서 어린 장수들만 못해서야 되겠는가? 내 마땅히 늙은 목숨을 버려 선제의 은혜에 보답하리라."

조자룡도 마침내 군사를 이끌고 하후무를 잡으러 달려갔다.

그날밤 촉의 군사들은 세 길로 협공하여 위군을 크게 격파했다. 등지까지 군사를 거느리고 와서 도우니, 들판은 온통 위군의 시체로 뒤덮이고 피는 흘러 냇물을 이루었다. 지모가 모자란데다 나이도 어리고 전투경험마저 없는 하후무는 혼란에 빠진 군사들을 수습할 엄두도 내지 못한 채 부하 장수 1백여명만을 거느리고 남안군(南安郡)을 향해 달아나기 바빴다. 주인을 잃은 위군들은 뿔뿔이 흩어져 달아나버렸다.

하후무가 남안성으로 달아났다는 소식을 들은 관흥과 장포 두 장수는 말을 재촉하여 밤새도록 추격했다. 그러나 하후무는 성으로 들어가더니 성문을 굳게 닫고 철통같이 지키기만 할 뿐 움직이려 하지 않았다. 관흥과 장포 두 장수는 남안성을 포위했다. 뒤를 이어 조자룡의 군사들이 도착하자 이들 촉군은 삼면으로 맹공격을 시작했다. 얼마 후 등지도 군사를 끌고 와 합세했다. 이렇게 남안성을 에워싸고 열흘이 넘도록 공략했지만 촉군은 성을 함락시키지 못했다. 이때 갑자기 보고가 들어왔다. 공명이 후군을 면양에 머물게 하고 좌군은 양평에,

우군은 석성에 주둔시킨 다음 몸소 중군만을 거느리고 이곳으로 왔다는 것이다. 조자룡을 비롯해 등지·관흥·장포 등은 나아가 절하며 공명을 맞이하고 수일간 공격을 계속했음에도 성을 함락시키지 못했다고 보고했다. 공명은 작은 수레를 타고 몸소 성 주위를 한바퀴 둘러본 다음 영채로 돌아와 장막에 올라앉았다. 여러 장수들은 그 주위에 둘러서서 영을 기다렸다. 공명이 말한다.

"남안군은 참호가 깊고 성이 견고하여 공격하기가 어렵소. 우리의 목표는 이 성 하나가 아닌데, 그대들이 오랫동안 이곳에 매달려 있다가 혹시라도 위군이 군사를 나누어 한중을 취한다면 우리는 위태로운 상황에 빠지고 말 것이오."

등지가 말한다.

"하후무는 위나라의 부마이니, 이 사람을 사로잡는 것은 적장 1백 명을 베는 것보다 낫습니다. 더군다나 이곳에 갇혀 급박한 처지에 몰려 있는데 어떻게 그를 그냥 두고 이곳을 떠나겠습니까?"

공명이 말한다.

"내게 계책이 있소. 남안성은 서쪽으로는 천수군(天水郡)에 접해 있고 북쪽으로는 안정군(安定郡)에 닿아 있는데, 그 두곳의 태수가 누군지 아오?"

정탐꾼이 답한다.

"천수 태수는 마준(馬遵)이고, 안정 태수는 최량(崔諒)입니다."

이를 들은 공명은 크게 기뻐했다. 곧 위연을 불러들여 계책을 일러주고, 다시 관흥과 장포를 따로 불러 계책을 지시했다. 그리고 심복군사 두 사람에게도 별도의 지시를 내리니, 그들은 각기 공명의 명에 따라 군사들을 이끌고 떠났다.

공명은 남안성 밖에 머물면서 군사들을 시켜 나무와 건초를 성밑에 높이 쌓아올리게 하고 남안성을 불살라버리겠노라고 큰소리로 떠들게 했다. 성위의 위군들은 이를 듣고 소리내어 웃어댈 뿐 조금도 두려워하지 않았다.

한편 안정 태수 최량은 촉군이 남안성을 포위하고 있고, 하후무가 그 성에 갇혀 있다는 소식을 듣고 몹시 당황하여 즉시 군마 4천명을 골라 안정성을 철저히 지키도록 명했다. 그러던 중에 홀연히 한 사람이 남쪽에서부터 급히 달려와 은밀히 보고할 일이 있다고 아뢰었다.

"나는 하후 도독의 심복장수인 배서(裵緖)라는 사람이오. 도독의 장령을 받들고 특히 천수와 안정 두 고을에 구원을 요청하고자 이렇게 왔소이다. 남안성의 처지가 워낙 급박하여 날마다 성위에서 불을 올려 신호하며 두 고을에서 구원군이 오기만을 기다리고 있는데, 어디에서도 구원군이 오는 기미가 없어 내가 이렇게 포위를 뚫고 달려와 고하는 바이니, 당장 군사를 일으켜 도와주시기 바라오. 두 고을의 원군이 당도하면 도독께서도 즉시 성문을 열어 도우실 것이오."

최량이 묻는다.

"도독의 친서를 가지고 오셨소?"

배서는 품속에서 땀에 젖어 후줄근해진 서신을 꺼내 슬쩍 한번 보여주더니 급히 수하군사에게 영을 내려 말을 바꾸어타고 성을 빠져나가 천수로 향했다. 이틀이 안되어 다시 파발꾼이 와서 고하기를 천수군 태수는 이미 군사를 일으켜 남안을 구하러 떠났으니, 안정에서도 속히 군사를 보내 도우라는 것이었다. 최량이 관원들을 불러 대책을 상의하자 모든 관원들이 입을 모아 말한다.

"만일 구원하러 가지 않았다가 남안군을 잃고 부마 하후무까지 적 군에게 붙잡혀간다면 안정군과 우리 군은 죄를 면할 수 없을 것입니다. 즉시 구원병을 보내십시오."

마침내 최량은 급히 군마를 점검해 남안성을 향해 떠났다. 성에는 오직 문관들만 남아 있었다. 최량은 군사를 거느리고 큰길을 따라 남안을 향해 달려갔다. 멀리서 치솟아오르는 불길이 하늘을 찌르는 듯했다. 최량은 더더욱 군사를 재촉해 밤길을 달렸다. 정신없이 말을 달려 남안성으로부터 50여리쯤 떨어진 곳에 이르렀을 때였다. 갑자기 앞뒤에서 큰 함성이 터져올랐다. 곧 정탐꾼이 와서 아뢴다.

"앞에서는 촉의 장수 관흥이 길을 막고, 뒤에서는 장포가 쳐들어오고 있습니다."

안정군의 군사들은 깜짝 놀라 넋을 잃고 사방으로 달아나기 시작했다. 최량 역시 크게 놀라 1백여명만을 거느리고 죽기로써 싸워 가까스로 적의 포위를 벗어났다. 샛길로 하여 겨우 안정군으로 돌아와 성 밑에 다다랐을 때였다. 갑자기 성위에서 화살이 빗발치듯 쏟아져내리는 가운데 촉장 위연이 모습을 드러내며 소리친다.

"내 이미 성을 빼앗았으니 냉큼 항복하지 않고 뭘 꾸물대느냐?"

원래 위연은 촉군을 안정군의 군사로 꾸며 한밤중에 성문을 열게 하고는 일시에 점령해버린 터였다. 최량은 황망히 말을 돌려 천수군을 향해 달리기 시작했다. 그러나 한마장도 못 가서 한떼의 군사들이 나타나 길을 막았다. 말을 멈추고 보니, 큰 깃발 앞에 한 사람이 윤건에 깃털부채를 들고 학창의를 입은 채 수레 위에 단정히 앉아 있었다. 최량이 공명을 알아보고는 급히 말머리를 돌려 달아나려 했다. 이때 관흥과 장포가 양쪽에서 쫓아오며 소리친다.

"속히 항복하라!"

촉군에 의해 완전히 포위된 최량은 하는 수 없이 항복하여 촉군의 영채로 끌려갔다. 공명은 끌려온 최량을 상빈으로 대접하며 묻는다.

"그대는 남안 태수와 평소 가깝게 지내시는 사이요?"

최량이 대답한다.

"남안 태수는 양부(楊阜)의 집안 아우 되는 양릉(楊陵)입니다. 고을이 접해 있어서 서로 교분이 매우 두텁습니다."

"수고스럽지만 그대가 성으로 들어가 하후무를 사로잡자고 양릉을 설득할 수 있겠소?"

"승상께서 저를 보내실 작정이면 잠시 군마를 물려주십시오. 그러면 제가 성으로 들어가 설득해보겠습니다."

공명은 그 말에 따라 모든 군사들에게 즉시 영채를 20리씩 물려 세우라고 명했다. 이렇게 조처한 뒤 최량은 혼자서 말을 달려 남안성 밑에 이르렀다. 소리쳐 성문을 열게 하여 부중으로 들어가서 양릉과 인사를 나눈 다음, 자기가 온 까닭을 상세히 설명했다. 최량의 말을 듣더니 양릉이 말한다.

"우리들이 위주의 큰 은덕을 입었는데 어찌 그리할 수 있겠소? 오히려 장계취계(將計就計)하여 제갈량의 계책을 역이용하는 편이 낫겠소이다."

양릉은 하후무에게 최량을 데리고 가서 자초지종을 설명했다. 양릉의 말을 듣고 나서 하후무가 묻는다.

"그대는 무슨 계책을 쓰려는 것이오?"

양릉이 말한다.

"성을 바치겠다고 속여서 일단 촉군을 끌어들인 다음 성안에서 모두 처없애도록 합시다!"

최량은 그 계략대로 하기로 하고, 곧장 공명에게로 돌아가 미리 꾸민 대로 보고했다.

"양릉은 승상께 성을 바치기로 하고 승상께서 대군을 이끌고 들어가 하후무를 사로잡을 수 있도록 성문을 열어주겠다고 했습니다. 자기 손으로 하후무를 사로잡고 싶어도 수하군사가 많지 않아 경솔히 움직일 수가 없다고 하더이다."

공명이 반갑게 말한다.

"그것은 어려운 일이 아니오. 그대가 거느리던 항병(降兵) 1백여명들 속에 촉장을 몰래 숨겨 안정군 군사처럼 성으로 들여보낸 다음 하후무의 부중에 매복해두고, 양릉과 비밀리에 약속했다가 한밤중에 성을 열고 안팎에서 호응하면 될 것이오."

최량은 멈칫하여 급히 생각을 가다듬는다.

'만일 촉장을 데려갈 수 없다고 하면 공명이 의심할 터이니 우선 촉장을 성으로 데려가 죽이고 나서 불을 올려 신호해야겠구나. 공명이 속아 성으로 들어오면 그때 죽이면 되겠지.'

생각 끝에 최량은 응낙했다. 공명이 당부한다.

"내가 믿는 두 장수 관흥과 장포를 그대와 함께 가게 하겠소. 그대는 구원병이 왔다고 하고 성안으로 들어가 먼저 하후무의 마음을 안심시키도록 하시오. 그리고 나서 불을 들어 신호를 보내면, 내 친히 군사를 이끌고 성으로 들어가 하후무를 사로잡을 것이오."

황혼녘이 되었다. 공명의 밀계를 받고 갑옷과 투구를 쓰고 말에 오른 관흥과 장포는 안정군 군사들 속에 섞여 최량을 따라 남안성 아래 이르렀다. 양릉이 성위에 현공판(懸空板, 성루에 세워진 긴 판자로, 버팀목으로 들어올려 바깥을 살핌)의 버팀목을 들어올리고 호심란(護心欄, 적의 화살로부터 보호할 수 있게 성루에 세운 난간)에 의지해 성 아래를 내려다보며 큰 소리로 묻는다.

"어디서 온 군마들인가?"

최량이 소리쳐 답한다.

"안정군에서 온 구원병이오."

그러고는 먼저 신호의 화살을 성위로 쏘니, 화살은 양릉이 기대고 있는 호심란에 날아가 꽂혔다. 양릉이 화살을 뽑으니 밀서가 묶여 있었다.

지금 제갈량이 두 장수를 먼저 보내 성안에 매복시켜두었다가 안팎으로 호응하려 하니, 부디 경솔히 움직이지 말라. 계책이 누설될까 두려우니, 내가 부중에 들기를 기다렸다가 일을 도모하라.

밀서를 보고 나서 양릉은 즉시 하후무와 의논했다. 하후무가 말한다.

"제갈량이 이미 우리의 계책에 말려들었으니 이제는 근심하지 마시오. 우선 도부수 1백여명을 부중에 매복시켜두고, 두 장수가 최량 태수를 따라들어와 말에서 내리는 즉시 성문을 닫아걸고 그 두 놈부터 처없앱시다. 그런 다음 불을 올려 제갈량을 성으로 끌어들여서 매복해둔 도부수들로 하여금 일을 처리하게 하면 쉽게 사로잡을 수 있을 것이오."

양릉은 하후무의 말대로 준비를 마친 다음 성위로 올라가 아래를 내려다보며 말했다.

"안정군 군사라니 성문을 열어주겠다. 성안으로 들어오도록 하라."

입성하는데, 관흥은 최량을 따라 먼저 가고 장포는 그 뒤를 따랐다. 양릉이 성위에서 내려와 일행을 영접했다. 갑자기 최량 옆에 있던 관흥이 큰 칼을 번쩍 들어 내려치니 양릉의 목은 그대로 말 아래로 굴러 떨어졌다. 깜짝 놀란 최량이 급히 말을 돌려 조교(弔橋) 쪽으로 달아났다. 장포가 기다리고 있다가 막아서며 큰소리로 꾸짖는다.

"도적아, 게 섰거라! 네놈들의 계략에 승상께서 속아넘어갈 줄 알았더냐?"

말이 떨어지기가 무섭게 장포의 창날이 허공에서 번쩍 빛나는가 싶더니 최량이 창에 찔려 말 아래로 고꾸라졌다. 관흥이 성위로 올라가 불을 올렸다. 이를 신호삼아 사방에서 촉군들이 함성을 올리며 쏟아져들어왔다. 하후무는 미처 손 써볼 엄두도 내지 못하고 남쪽 성문을 열고 죽을 힘을 다해 달아났다. 그러나 얼마 못 가 한무리의 군사들이 앞을 가로막으니, 앞장선 장수는 바로 왕평이었다. 왕평은 말위에서 단번에 하후무를 사로잡았다. 이 싸움에서 하후무의 군사들은 떼죽음을 당했다.

공명은 곧 성으로 들어가 백성들을 위무하고 추호라도 민폐를 끼치는 일이 없도록 군사들에게 엄명을 내렸다. 또한 모든 장수들로부터 각기 세운 공로를 보고받고 하후무를 수레 속에 가두어두게 하였다. 등지가 묻는다.

"승상께서는 어떻게 최량이 속임수를 쓰리라는 걸 아셨습니까?"

공명이 말한다.

"나는 최량에게 항복할 마음이 전혀 없는 것을 알고 있었소. 그래서 일부러 성안으로 들여보내 하후무에게 모든 것을 고하게 한 것이오. 그러면 그들이 반드시 내 계략을 역이용하려 들 것이라, 관흥과 장포 두 장수를 따라가게 하여 저들을 안심시켰소. 최량이 진심으로 항복할 마음이었다면 이를 거절했을 터인데 흔쾌히 함께 간 것은 혹시 내가 저를 의심할까 두려웠기 때문이오. 일단 두 장수를 데려가 성에서 죽이더라도 늦지 않고, 또 그래야만 우리 군사들이 안심하고 들어오리라 판단했던 것이오. 내가 은밀히 두 장수에게 성으로 들어가는 즉시 최량과 양릉을 해치우라 명했으니, 적들이 성안에서 무슨 준비를 할 수 있었겠소? 그때 우리가 불시에 들이닥쳤으니, 이는 저들이 생각지도 못한 일이었을 게요."

모든 장수들은 감복하여 일제히 절을 올렸다. 공명이 말을 잇는다.

"최량을 속일 수 있었던 것은 심복 한 사람이 배서(裵緖)라는 이름의 위군 장수로 변장하고 안정군에 잠입해들어갔기 때문이오. 그를 다시 천수군으로 보냈는데 아직도 돌아오지 않으니 그 까닭을 모르겠소이다. 이러고 있을 것이 아니라 승세를 몰아 이제 천수군을 취해야 하오."

공명은 오의(吳懿)에게 남안을 지키게 하고, 유염(劉琰)에게는 안정을 지키게 한 다음 위연에게 군마를 이끌고 가서 천수군을 공격하라고 명했다.

한편 천수 태수 마준은 하후무가 남안성에서 포위되어 위태로운 처지에 있다는 소식을 듣고 즉시 문무관원들을 모아 대책을 의논했다. 공조(功曹) 양서(梁緖)와 주부(主簿) 윤상(尹賞), 주기(主記) 양건(梁虔) 등이 말한다.

"하후 부마로 말하면 황실의 금지옥엽이십니다. 만일 무슨 변이라

도 있는 날에는 앉아서 구경만 한 죄를 면하기 어려울 것입니다. 태수
께서는 어서 군사를 이끌고 나가 도우셔야 합니다."

마준은 쉽게 결단을 내리지 못하고 망설이고 있었다. 그때 갑자기
사람이 와서 고한다.

"하후 부마께서 심복장수 배서를 보내왔습니다."

배서는 부중으로 들어와 마준에게 공문을 바치며 말한다.

"도독께서 안정과 천수 양군의 군사들은 밤새 달려와서 도우라고
하셨습니다."

그러고는 급히 말을 몰아 돌아가버렸다. 이튿날 다시 파발꾼이 달
려와서 고한다.

"안정군의 군사들은 이미 떠났습니다. 태수께서도 급히 합류하라
하십니다!"

마준은 더이상 지체할 수 없어 군사를 일으키려 했다. 그때 한 사람
이 밖에서 들어오며 말한다.

"태수께서는 제갈량의 계략에 말려들지 마십시오."

사람들이 보니 그는 천수군 기(冀)땅 사람으로 성명은 강유(姜維)
요 자는 백약(伯約)이었다. 강유의 부친은 강숙(姜驌)이란 사람으로
지난날 천수군 공조를 지내다 강인(羌人)들이 난을 일으켰을 때 평정
하다가 전사했다. 강유는 어려서부터 온갖 서적을 두루 읽고 병법과
무예에 능했으며, 어머니를 지극정성으로 섬겨 고을사람들이 모두 그
를 공경했다. 그때 벼슬은 중랑장으로 본부의 군무를 맡아보고 있었
다. 강유가 마준에게 말한다.

"들리는 말에 의하면 제갈량이 남안성 안에 갇힌 하후무를 포위한
채 물샐틈 없이 공격하고 있다 합니다. 그러니 하후무가 무슨 수로 포

위를 뚫고 나올 수 있겠습니까? 또한 배서라는 사람도 이름을 들어본 적이 없는 장수이고, 안정에서 왔다던 파발꾼 또한 공문 한장 없이 다녀갔습니다. 이로 미루어보건대 이는 필시 촉장을 위장으로 꾸며 태수를 성밖으로 나오게 하려는 속임수입니다. 촉군이 인근에 매복해 있다가 성안에 방비가 없는 틈을 타서 일시에 쳐들어와 천수성을 빼앗으려는 계책임에 틀림없습니다."

마준이 크게 깨닫고 무릎을 치며 말한다.

"백약이 말해주지 않았더라면 내가 적의 간특한 계략에 빠질 뻔했소그려!"

강유가 웃으며 말한다.

"태수는 마음을 놓으십시오. 제게 한 가지 계교가 있으니 가히 제갈량을 사로잡아 남안의 위태로움을 구할 것입니다."

| 계책을 쓰다가 또 강한 적수 만나고 | 運籌又遇强中手 |
| 지혜를 다투는데 뜻밖의 사람 만나네 | 鬪智還逢意外人 |

강유의 계책이란 무엇일까?

93

공명이 강유를 얻다

강유는 공명에게 투항하고
제갈량은 왕랑을 꾸짖어 죽이다

강유가 마준에게 계책을 설명한다.

"제갈량은 반드시 우리 고을 뒤에 군사를 매복해두고 속임수를 써서 우리로 하여금 성을 비우게 한 다음 그 틈을 노려 공격할 것입니다. 제게 정예병 3천만 주시면 요처에 군사를 매복시키겠습니다. 태수께서는 뒤따라 출병하시되 멀리 가지 말고 한 30리쯤 갔다가 되돌아와, 불이 오르는 것을 신호삼아 앞뒤로 협공한다면 대승을 거둘 수 있습니다. 제갈량이 몸소 오는 날이면 반드시 그를 사로잡고야 말겠습니다."

마준은 그 계책대로 강유에게 정예병 3천명을 주어 먼저 떠나보냈다. 그리고 양건과 함께 군사를 거느리고 성밖으로 나서면서 양서와 윤상에게 성을 지키도록 했다. 강유의 짐작대로 원래 공명은 조자룡에게 한무리의 군사들을 거느리고 나가 산골에 매복하고 기다리다가 적의 군사들이 성밖으로 나온 틈을 타서 성을 공격하도록 지시해두었다. 이때 정탐꾼이 급히 달려와 조자룡에게 소식을 전한다.

　"천수 태수가 군사를 일으켜 성밖으로 나왔고, 문관들만 남아서 성을 지키고 있습니다."

　조자룡은 크게 기뻐하며 곧 장익과 고상에게 사람을 보내 길목을 지키고 있다가 마준이 오거든 즉시 죽여버리도록 영을 내렸다. 그 두 사람 역시 공명이 미리 내보내 매복시켜두었던 것이다.

　조자룡은 5천 군사를 이끌고 천수성 아래 이르러 소리 높여 외쳤다.

　"상산 조자룡이 여기 있다! 너희는 우리 계교에 빠졌으니 속히 성을 바치고 죽음을 면하라!"

　그 말에 성위에서 양서가 크게 웃는다.

　"네놈이 오히려 우리 강백약(姜伯約, 강유의 자)의 계교에 빠진 줄을 모르는구나!"

　조자룡은 성을 공격하기 시작했다. 그때 난데없이 함성이 크게 일면서 사방에 불길이 치솟으며 한 젊은 장수가 창을 비껴들고 말을 달려나오며 외친다.

　"네 눈에는 천수의 강백약이 보이지 않느냐?"

　조자룡이 창을 고쳐잡고 강유를 맞이해 싸움이 수합에 이르렀다. 싸울수록 강유의 창 다루는 솜씨는 점점 날카로워졌다. 조자룡은 내심 놀랐다.

'내 여기서 이런 인물을 만날 줄은 몰랐구나……'

이렇게 한창 싸우고 있는데 마준과 양건이 군사를 이끌고 나타나 들이치며 협공해왔다. 앞뒤를 동시에 막아내기가 버거워진 조자룡은 겨우 길을 열어 군사를 이끌고 달아났다. 강유가 그 뒤를 바싹 추격하는데, 때마침 장익과 고상이 나타나 조자룡을 구해 영채로 돌아갔다.

조자룡은 돌아와 공명에게 이쪽에서 오히려 적의 계교에 말려든 정황을 상세히 고했다. 공명이 크게 놀란다.

"대체 누가 나의 계책을 알아챘단 말인가?"

마침 곁에 있던 남안 사람이 말한다.

"강유일 것입니다. 그는 자가 백약이고 천수군 기땅 사람으로 모친에 대한 효성이 지극할 뿐만 아니라, 문무를 겸비하고 지혜와 용기가 뛰어난 당세의 영걸(英傑)입니다."

조자룡이 한마디 덧붙인다.

"강유의 창법이 보통사람과 달리 아주 뛰어나더이다."

공명이 길게 탄식한다.

"내가 이제 천수를 취하려는 참에 이런 인물이 있을 줄은 미처 몰랐구나!"

그러고는 대군을 일으켜 앞으로 나아갔다.

한편 강유는 성으로 돌아와 마준에게 말한다.

"조자룡이 패하고 갔으니, 반드시 공명이 몸소 올 것입니다. 공명은 필시 아군이 성안에만 있는 줄 알 것이니, 우리는 군사를 네 갈래로 나누고 제가 한무리의 군사를 거느리고 성 동쪽에 매복했다가 촉군이 오면 무찌르겠습니다. 태수께서는 양건·윤상과 함께 각각 한무리의 군사를 거느리고 성밖에 매복하시고, 양서는 백성들을 거느리고 성위에서 지키도록 하십시오."

마준은 강유의 말에 따라 군사를 배치했다.

한편 공명은 강유의 비범함에 마음이 쓰여 몸소 선봉이 되어 천수군을 향해 출발했다. 성 가까이 이르러 공명이 영을 내린다.

"무릇 성을 취하려면 도착한 바로 그날 전군을 독려해 북을 치며 맹렬히 공격하는 것이 상책이다. 시간을 끌면 군사들의 예기가 꺾여 적을 무찌르기 어려워질 뿐이다."

공명의 영에 따라 대군은 성 아래까지 곧장 진격했다. 막상 와서 보니 성위의 깃발들이 자못 엄정한 것이 경솔하게 공격하기 어려울 듯해 밤이 되기를 기다렸다. 이윽고 밤이 이슥해져 사위가 고요한데, 갑자기 사방에서 불길이 하늘로 치솟으며 함성이 땅을 울렸다. 적군이 어느 쪽에서 쳐들어오는지도 가늠하기 어려운데, 성위에서도 북소리와 함성이 울리며 호응했다. 촉군은 제대로 싸워보지도 못하고 어지럽게 흩어지며 달아나기 시작했다. 공명은 황급히 말에 뛰어올랐다. 관흥과 장포 두 장수가 공명을 호위해 겹겹이 에워싼 적군을 가까스로 뚫고 나왔다. 문득 고개를 돌려보니, 바로 동쪽에 한떼의 군마가 주둔해 있는데, 불빛을 안고 늘어선 것이 긴 뱀과 같았다. 공명은 관흥에게 누구의 군사인지 알아오게 했다. 관흥이 돌아와서 아뢴다.

"바로 강유의 군사입니다."

공명이 탄식한다.

"군사가 많다 해서 능사가 아니니 사람이 쓰기에 달린 것, 과연 이 사람은 훌륭한 인재로다!"

공명은 군사를 거두어 영채로 돌아와서 한동안 골똘히 생각에 잠겨 있었다. 얼마 뒤 안정 사람을 불러 묻는다.

"강유의 모친은 지금 어디에 있느냐?"

안정 사람이 대답한다.

"아직 기현에 살고 있습니다."

공명은 즉시 위연을 불러 분부한다.

"그대는 한무리의 군사를 이끌고 허장성세로 기현을 취하려는 것처럼 하시오. 그리고 강유가 오거든 그냥 입성하도록 내버려두오."

공명은 다시 안정 사람에게 물었다.

"이 근방에서 가장 요충지가 어딘가?"

안정 사람이 대답한다.

"천수의 돈과 식량이 모두 상규(上邽)에 있습니다. 상규를 치면 천수의 양도(糧道, 군량 운송로)가 저절로 끊어질 것입니다."

이를 들은 공명은 크게 기뻐했다. 즉시 조자룡에게 한무리의 군사를 거느리고 상규를 치게 하고 자신은 천수성에서 30리쯤 떨어진 곳에 영채를 세웠다. 이 일은 정탐꾼에 의해 즉시 천수군에 보고되었다.

"촉군이 셋으로 나뉘어 한무리의 군사는 그대로 천수성을 지키고, 다른 한무리의 군사는 상규를 치고, 나머지 군사는 기현으로 달려갔다 합니다."

이 소식을 듣고 강유는 울면서 마준에게 청한다.

"제 어미가 지금 기성에 있는데 촉군이 그곳을 친다면 제 노모께서 어찌 무사하시겠습니까? 제게 한무리의 군사를 주신다면 기성도 구하고 더불어 노모도 구하겠습니다."

마준은 강유에게 3천 군사를 주고 기성으로 가도록 허락했다. 그리고 양건에게도 3천 군사를 내주어 상규를 지키게 했다.

강유는 군사를 재촉해 기현 가까이 이르렀다. 문득 앞쪽에서 한떼의 군사들이 나타나 길을 막는데, 바로 촉의 장수 위연이었다. 위연은 급히 당도한 강유를 맞아 몇합 싸웠으나 점차 칼쓰는 솜씨가 무뎌지더니 문득 말머리를 돌려 달아나기 시작했다. 강유는 위연을 추격하지 않았다. 군사를 몰아 곧장 성으로 들어가더니 성문을 굳게 닫아걸고는 어머니부터 찾아뵈었다. 그뒤로 강유는 성을 굳게 지킬 뿐 나와 싸우려 하지 않았다. 그무렵 조자룡 역시 군사를 이끌고 온 양건에게 길을 내주어 상규성으로 들어가게 했다. 이때 공명은 남안군으로 사람을 보내 감금해두었던 하후무를 데려오게 했다. 공명이 하후무에게 말한다.

"너는 죽는 것이 두려우냐?"

하후무는 황망히 땅에 엎드리더니 목숨을 구걸했다. 공명이 말을 잇는다.

"지금 천수의 강유가 기현을 지키고 있다. 사람을 시켜 편지를 보내왔는데 오로지 부마만 살려준다면 투항하겠다는구나. 내 너를 살려 보낼까 하는데, 네가 강유를 설득해 데려올 수 있겠느냐?"

하후무는 기뻐 어쩔 줄 모르며 대답한다.

"반드시 설득해 데려오겠소이다."

공명은 하후무에게 새옷 한벌과 말안장을 내주었다. 그리고 아무도 함께 가지 못하게 하고 혼자 가도록 놓아주었다.

하후무는 촉의 영채를 나왔다. 그대로 달아나고 싶었지만 길을 몰라서 도리없이 앞만 보고 달리는데, 바쁘게 마주 달려오는 몇몇 사람들을 만났다. 하후무가 묻는다.

"어디로 가는 사람들이냐?"

그중 한 사람이 대답한다.

"저희는 기현 백성들입니다. 강유가 제갈량에게 성을 바쳐 항복한 뒤로 촉장 위연이 성으로 들어와 함부로 불을 지르고 노략질을 일삼아서 집을 버리고 상규땅으로 달아나는 길입니다."

하후무가 다시 묻는다.

"천수군은 누가 지키고 있느냐?"

그 고장사람이 대답한다.

"마태수가 지키고 있습니다."

하후무는 말을 몰고 천수성을 향해 달려갔다. 그런데 도중에 사내아이는 걸리고 계집아이는 품에 안고 몰려오는 백성들을 만나 다시물으니, 그들 역시 앞서간 사람들과 똑같은 대답을 했다. 천수성에 다다른 하후무가 성문을 두드리며 소리치자 성위에 있던 사람이 그를 알아보고 재빨리 문을 열고 영접했다. 마준은 하후무를 보더니 몹시놀라 절하며 그간의 안부를 물었다. 하후무는 강유에 관한 일과 오던중에 백성들에게서 들은 말을 그대로 전했다. 마준이 크게 한숨을 내쉬며 한탄한다.

"강유가 제갈량에게 항복할 줄은 몰랐구나!"

양서가 말한다.

"아마도 도독을 살려내기 위해 거짓항복을 했을 겁니다."

하후무가 반박한다.

"강유가 이미 항복을 했다는데 그대는 무얼 보고 거짓투항이라는 겐가?"

이들이 결론을 내리지 못한 채 이야기를 나누고 있는 동안에 어느덧 초경(밤 8시)이 지났다. 그때였다. 갑자기 성밖에서 촉군들이 몰려오는데 저마다 손에 횃불을 들고 있었다. 불빛에 보니, 강유가 성 아래서 창을 든 채 말을 세우고는 큰소리로 외치고 있었다.

"하후 도독은 어디 계신가!"

하후무는 마준 등과 함께 성위로 올라갔다. 강유가 결기를 세워 소리친다.

"나는 도독을 위해 항복했거늘, 어찌하여 도독께서는 먼저 약속을 어기시오?"

기가 막힌 듯 하후무가 대답한다.

"네 위의 은혜를 태산같이 입었으면서 어찌하여 촉에 항복했느냐? 그리고 약속을 하다니 그게 무슨 소리냐?"

강유가 맞받아쳐 말한다.

"도독이 내게 항복하라는 서신을 보내놓고 지금 무슨 말을 하시는 게요? 그래 제 한몸 벗어나기 위해 남을 모함할 수가 있소? 그러나 나는 이미 항복해 촉의 상장이 되었으니, 어찌 위로 돌아갈 수 있겠소?"

강유는 말을 마치더니 군사를 휘몰아 밤새도록 성을 공격하다가 새벽녘에야 돌아갔다. 사실 그는 진짜 강유가 아니라 공명의 계교에 따라 강유처럼 변장한 촉군이었다. 공명은 군사들 중에서 강유와 비슷하게 생긴 자를 내세워 일부러 밤중에 성을 공격하게 하여 불빛 때문에 눈이 부셔서 그가 진짜 강유인지 아닌지 아무도 분간하지 못하도록 한 것이었다.

한편 공명은 군사를 이끌고 기성을 공격하고 있었다. 성안에는 양식이 넉넉지 않아 군사들이 제대로 끼니를 잇기 어려웠다. 강유가 성위에서 보니, 촉군들이 크고작은 수레 가득히 군량과 마초를 싣고 위연의 영채로 나르고 있었다. 급히 군사 3천명을 이끌고 성을 나선 강유는 촉의 군량을 빼앗기 위해 싸움을 벌였다. 촉군은 견디지 못하고 군량을 버리고 달아났다. 강유가 군량을 빼앗아 성으로 돌아오는데, 난데없이 한무리의 날쌘 군사들이 앞을 가로막았다. 바로 촉장 장익이 거느린 군사들이었다. 강유와 장익이 맞서싸운 지 몇합 안되어 왕평이 또 한무리의 군사를 거느리고 와 협공하기 시작했다. 강유는 버티지 못하고 겨우 길을 뚫고 성을 향해 달아났다. 그런데 강유가 성으로 돌아와보니, 어느덧 성위에는 촉의 깃발이 꽂혀 바람에 나부끼고 있었다. 촉군의 군량을 빼앗으러 성을 비운 사이에 위연이 손쉽게 점령해버렸던 것이다.

할수없이 강유는 혈로를 뚫고 천수성을 향해 달아났다. 수하에는 겨우 10여기만이 뒤따르고 있었는데, 도중에 또다시 장포를 만나 한판 싸움을 벌인 탓에 이제 그를 따르는 군사는 한명도 없었다. 강유는 필마단창(匹馬單槍)으로 천수성 아래 이르러 큰소리로 문을 열라고 외쳤다. 성위의 군사들이 강유를 알아보고 마준에게 아뢰니, 마준이 말한다.

"저자가 나를 속여 성문을 열게 하려는 것이다."

마준은 영을 내려 사정없이 화살을 쏘도록 했다. 당황한 강유의 뒤로는 촉군들이 쫓아오고 있었다. 강유는 급히 말머리를 돌려 상규성을 향해 달리기 시작했다. 그러나 강유가 상규성 아래 다다르자 또 양건이 성위에서 내려다보며 욕설을 퍼부었다.

"나라를 배반한 역적놈이 여기는 웬일이냐? 감히 나를 속여 우리 성을 빼앗으려고 온 모양인데, 나는 이미 네놈이 촉에 항복한 사실을 알고 있다!"

양건은 군사들에게 명을 내려 강유에게 마구 화살을 날렸다. 강유는 무어라 변명도 못하고 하늘을 우러러 길게 탄식하고는 눈물을 흘리며 말머리를 돌렸다.

강유는 장안을 향해 말을 달렸다. 몇리 못 가서 수풀이 우거진 큰숲에 다다랐는데, 그 속에서 함성이 터져오르더니 수천명의 군사들이 달려나오며 길을 막는다. 촉장 관홍이었다. 강유는 이미 지칠 대로 지쳤고 말까지 피곤한 터라 싸울 엄두도 내지 못했다. 다시 말머리를 돌려 달아나려는데, 갑자기 작은 수레 한대가 산모퉁이에서 나타났다. 수레 위에는 윤건에 학창의를 입고 손에는 깃털부채를 든 진인(眞人, 참된 도를 깨친 사람)이 앉아 있었다. 바로 공명이었다. 공명이 강유를 향해 말한다.

"백약은 어찌하여 아직도 항복하지 않는가?"

강유는 곰곰이 생각했다. 앞에는 공명이요 뒤에는 관홍이 버티고 있어 도저히 빠져나갈 길이 없었다. 마침내 말에서 내리더니 땅에 엎드려 항복했다. 공명이 황급히 수레에서 내려 손수 강유를 일으키며 말한다.

"내가 초려를 나온 이래 현자를 구해 평생의 배운 바를 전하려 했으나 지금껏 사람을 얻지 못해 자못 초초(悄悄, 근심으로 시름겨움)하던 터에, 이제 백약을 만났으니 내 소원을 이룬 것이나 마찬가지로다."

강유는 감격하여 그 자리에 엎드려 절하며 사례했다.

공명은 강유와 함께 영채로 돌아와 천수군과 상규군을 취할 계책을 의논했다. 강유가 말한다.

"천수성에 있는 양서와 윤상은 저와 친분이 두터운 사이입니다. 밀서 두 통을 써서 화살에 매어 성안으로 쏘아보내면 필시 성안에서는 내분이 일어날 터이니 앉아서도 성을 얻을 수 있을 것입니다."

공명은 강유의 계책을 받아들였다. 강유는 두 통의 밀서를 작성해 화살 끝에 매고는 말을 달려 성 아래 이르자 화살을 성안으로 쏘아보냈다. 성안의 군사가 강유의 밀서를 주워 즉시 마준에게 바쳤다. 마준은 불현듯 의심스런 생각이 들어 급히 하후무와 더불어 의논했다.

"아무래도 양서와 윤상이 강유와 내통한 듯합니다. 어찌해야 좋을지 도독께서 결정해주십시오."

하후무가 잘라 말한다.

"그렇다면 둘 다 죽여버립시다."

이 사실을 알게 된 윤상은 곧장 양서를 찾아갔다.

"이렇게 하후무에게 죽느니, 차라리 촉에 성을 바치고 항복하여 크게 쓰이는 것이 낫지 않겠소?"

그날밤 하후무는 여러 차례 사람을 보내 두 사람을 불렀다. 두 사람은 사태가 급박함을 깨닫고 즉시 갑옷과 투구를 갖추어입고 각기 무기를 들고서 말에 올랐다. 그러고는 군사를 이끌고 성문을 활짝 열어젖혔다. 열린 성문으로 촉군들이 물밀듯이 밀려들어갔다. 혼비백산한 하후무와 마준은 수하에 수백명의 군사를 거느리고 서문으로 나가 성을 버리고 강인들의 성채를 향해 달아났다. 양서와 윤상이 공명을 영접해 성으로 들어왔다. 공명은 먼저 성안 백성들을 위무하고 나서 두 사람에게 묻는다.

"그대들에게 상규를 취할 계책이 있는가?"

양서가 말한다.

"상규는 바로 저의 친동생 양건이 지키고 있으니, 가서 항복하도록 타이르겠습니다."

공명은 크게 기뻐했다. 그날로 양서를 상규에 보내니, 양서는 양건을 설득해 성문을 열게 하고 공명을 맞이했다. 공명은 양서 등의 공로에 후한 상을 내린 다음 양서를 천수 태수로 삼고, 윤상을 기성 현령으로, 양건을 상규 현령으로 삼았다. 그러고 나서 공명은 다시 군마를 정비해 떠나려 했다. 이때 여러 장수들이 한결같이 묻는다.

"승상께서는 어찌하여 하후무를 사로잡으러 가지 않으십니까?"

공명이 웃으며 답한다.

"하후무 한 사람을 놓아준 것은 오리 한 마리 놓아보낸 것에 지나지 않소. 그러나 이제 백약을 얻었으니 이는 바로 한 마리 봉황을 얻은 격이오."

이로써 공명이 천수·기성·상규 세 성을 얻으니 그 위엄과 명성은 더욱 높아져서 멀고 가까운 주군(州郡)들이 풍문만 듣고도 귀순해왔다. 공명은 한중의 군사를 정비해 거느리고 기산(祁山)을 거쳐 위수(渭水) 서쪽에 다다랐다. 이 소식은 위의 정탐꾼에 의해 빠르게 낙양에 전해졌다.

위 태화 원년(227), 위주 조예는 대전에 나와 조회를 열고 있었다. 근신이 황망히 들어와 급박한 사태를 아뢴다.

"부마 하후무가 이미 세 곳의 성을 잃고 강인들에게로 달아났다 하오며, 촉군은 기산을 지나 위수 부근에 이르렀다 하옵니다. 속히 군사를 보내 적을 무찌르시옵소서."

조예가 크게 놀라 여러 신하들을 돌아보며 묻는다.

"누가 짐을 위해 촉군을 물리치겠느냐?"

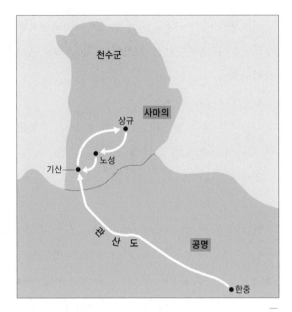

사도(司徒) 왕랑이 반열에서 나와 아뢴다.

"신이 알기로 선제께서는 항상 대장군 조진을 쓰셨으니 그는 가는 곳마다 반드시 이기셨습니다. 폐하께서는 어찌하여 그를 대도독으로 삼아 촉군을 물리치지 않으십니까?"

조예는 왕랑의 말을 듣고 조진을 불러 말한다.

"선제께서 경에게 모든 일을 부탁하셨거늘, 이제 촉군이 중원을 침범했는데 경은 어찌하여 앉아 구경만 하시는 게요?"

조진이 아뢴다.

"신은 재주가 적고 지혜도 부족한데 어찌 그런 중임을 맡을 수 있겠습니까?"

왕랑이 곁에서 말한다.

"장군께서는 사직지신(社稷之臣, 나라의 안위를 책임진 중신)이오. 사양해서는 아니 되십니다. 노신이 비록 늙었으나 원컨대 장군을 따라 앞장서리다."

조진이 다시 말한다.

"신은 큰 은혜를 입었으니 어찌 감히 사양하겠습니까? 다만 부장 한 사람이 있었으면 합니다."

조예가 말한다.

"경이 천거해보시오."

조진이 즉시 한 사람을 천거하니 그는 태원(太原) 양곡(陽曲) 사람으로 성명은 곽회(郭淮), 자는 백제(伯濟)였고, 그때 벼슬은 사정후(射亭侯) 옹주(雍州) 자사였다. 조예는 이를 받아들여 마침내 조진을 대도독으로 삼아 절월(節鉞)을 내리고, 곽회를 부도독으로 삼았다. 그리고 왕랑을 군사로 삼으니, 이때 왕랑의 나이 76세였다. 조예는 동서(東西) 2경(二京, 낙양과 장안)에서 선발한 군사 20만명을 조진에게 내주었다. 조진은 종제(宗弟) 조준(曹遵)을 선봉으로 삼고, 탕구장군(蕩寇將軍) 주찬(朱贊)을 부선봉으로 삼아 그해 11월에 출정했다. 조예는 서문 밖까지 나와 군사들을 전송했다.

조진은 대군을 이끌고 장안에 이르러 위수 서쪽에 진을 쳤다. 그러고는 왕랑과 곽회를 불러 적을 물리칠 계책을 상의했다. 왕랑이 말한다.

"내일 우리 군사의 대오를 정비해 깃발을 벌여세운 다음 내가 직접 담판을 짓겠소이다. 제갈량이 두 손 모아 항복하게 할 것이며, 촉군이 싸우지 않고 저절로 물러나도록 하겠소이다."

조진은 크게 기뻐하며 그날밤으로 전령을 내렸다.

"내일은 4경(새벽 2시)에 밥을 지어먹고 날이 밝으면 대오를 정비해 군마는 위의를 갖추고, 깃발과 북과 뿔피리를 질서있고 위엄있게 배치한 다음 군령을 기다리라."

그러고는 사람을 시켜 촉 진영에 전서(戰書)를 보냈다.

다음날, 촉군과 위군은 기산 앞에 대치하여 포진했다. 촉군이 보니 위군의 기세가 어찌나 웅장한지 하후무 따위와는 비할 바가 아니었다. 군의 위세를 돋우는 북소리·뿔피릿소리가 멎더니 사도 왕랑이 말을 타고 나왔다. 위쪽은 도독 조진이고 아래쪽은 부도독 곽회, 두 선봉이 진 모퉁이에 버티고 섰고, 전령이 앞으로 나서며 큰소리로 외친다.

"청컨대 적장은 나와서 대화를 나누라."

순간 촉군의 문기가 열렸다. 관흥과 장포가 좌우로 나뉘어 말을 달려나오고, 그 뒤로 일대의 용맹한 장수들이 따라나오며 양쪽으로 벌여섰다. 뒤를 이어 문기의 그림자를 가르며 중앙에 한 채의 사륜거가 나타났다. 그 위에는 공명이 윤건을 쓰고 깃털부채를 든 채 흰 도포에 검은 띠를 두르고 표연히 앉아 있었다. 공명이 적진을 바라보니 앞에 세개의 산개(傘蓋)가 늘어서 있고, 산개에 딸린 기(旗)에는 장수들의 이름이 커다란 글씨로 적혀 있는데 그중 한가운데에 수염이 하얀 노장군이 유난히 눈에 띄었다. 바로 사도 왕랑이었다. 공명은 왕랑을 보며 생각한다.

'왕랑은 필시 말솜씨로 나를 설복하려 들 터이니, 내 임기응변으로 대응하리라.'

곧장 수레를 몰아 앞으로 나가며 호위하는 군졸을 통해 말을 전하게 했다.

"한나라 승상께서 사도 왕랑과 대화를 나누겠다고 하신다."

왕랑이 말을 몰고 앞으로 나섰다. 공명이 수레 위에서 손을 맞잡아 예를 갖추자 왕랑도 말 위에서 몸을 굽혀 답례한 후 입을 열었다.

"공의 크신 이름을 들은 지 오래나 만나뵙지 못하다가 뒤늦게나마 이렇듯 뵙게 되니 참으로 다행입니다. 공께서는 이미 하늘의 뜻을 알고 시무(時務)에 밝으신 몸이거늘, 어찌하여 명분 없이 군사를 일으키셨소이까?"

공명이 대답한다.

"황제의 조서를 받들어 역적을 치려 하는데 어찌하여 명분이 없다 하시오?"

"천수(天數)는 변하는 것이고 제위(帝位) 또한 바뀌는 것, 덕있는 사람에게 돌아감이 자연의 이치일 것이오. 지난날 환제·영제 이래로 황건적이 난을 일으켜 천하가 어지러워지니, 초평·건안 때에 이르러서는 동탁이 반역하고, 이각과 곽사가 포악하게 굴었으며, 원술이 수춘땅에서 황제를 자칭하기에 이르렀소. 또한 원소는 업땅에서 스스로를 영웅이라 하며, 유표가 형주를 점령하고, 여포가 서주를 집어삼키는 등 그야말로 도적들이 벌떼처럼 일어나고 간웅들이 활개치는 바람에 사직이 누란의 위기에 처하고 백성들이 도탄에 빠졌소이다. 그때 우리 태조 무황제(武皇帝, 조조)께서는 천하의 간사한 무리들을 깨끗이 없애고 사해를 석권하시어, 만백성들이 공경하고 천하 사람들이 그 덕을 우러렀으니, 이는 권세로써 취함이 아니라 그야말로 하늘의 뜻에 따름이오. 세조 문제(文帝, 조비)께서는 신문성무(神文聖武, 문무에 통달함. 임금의 덕을 칭송하는 관용구)하시어 대통을 이어받았소. 이는 하늘의 뜻에 따르고 사람의 마음에 합당한지라, 요임금이 순임금에게 제위를 물려준 옛법을 본받아 중원에 자리잡고 만방을 다스리니, 이야 말로 천심에 응함이며 인의에 따름이 아니고 무엇이겠소이까? 지금 귀공께서는 큰 재주와 큰 뜻을 품고 스스로를 관중(管仲)과 악의(樂毅)에 비하면서, 어찌하여 천리(天理)를 거역하고 인정을 배반하는 일을 행하신단 말이오? 공께서는 '하늘에 순종하는 자는 창성하고 하늘을 거역하는 자는 망한다(順天者昌 逆天者亡)'는 옛말도 들어보지 못하셨소이까? 지금 우리 대위(大魏)는 갑옷 입은 군사가 1백만이요 훌륭한 장수가 1천명에 달하오. 그런데 어찌 썩은 풀더미 속의 한낱 반딧불로 하늘의 밝은 달빛과 견주려 하시오? 귀공이 지금이라도 창을 거꾸로 잡고 갑옷을 벗고 항복한다면 봉후(封侯)의 지위를 잃지 않을 것이며, 더구나 나라와 백성이 안락하리니 이보다 아름다운 일이 어디 있겠소이까?"

다 듣고 나서 공명이 한바탕 크게 웃고는 입을 연다.

"그대는 한나라의 원로 대신이라 무슨 고견이라도 있을 줄 알았더니, 말씀이 참으로 비루하기 짝이 없구려. 이제 내가 말할 게 있으니, 모든 군사들은 조용히 들으라. 지난날 환제·영제 때에 한나라 법통이 흐려지니 환관의 무리가 재앙을 일으켜 나라가 어지럽고 해마다 흉년이 들어 천하가 소란하였다. 또한 황건적이 난을 일으켜 동탁과 이각, 곽사 등이 연이어 일어나 황제를 핍박하고 백성들에게 잔악하게 굴었다. 이는 조정에 썩은 나무 같은 관리들만 있고, 조정에서는 금수(禽獸) 같은 자들이 녹을 받아먹으며, 이리 같은 심사와 개 같은 행실을 하는 무리들이 뒤를 이어 정사를 좌우하고, 아첨하는 무리들이 정권을 잡은 탓에 사직은 폐허가 되고 창생이 도탄에 빠지게 된 것이다. 내 너의 소행을 진작부터 알고 있다. 대대로 동해 가까이 살다

공명은 매서운 말로 왕랑을 꾸짖어 죽이다

가 효렴(孝廉)으로 벼슬길에 들었으면 마땅히 임금을 받들고 나랏일을 도와 한나라를 평안케 하고 유씨를 일으켜야 마땅했거늘, 그대는 오히려 역적을 도와 찬위를 도모했을 뿐이로다. 그 죄 깊고 무거워 천지가 용납하지 않으며, 천하 사람들이 네 고기 씹어먹기를 원한다. 다행히 하늘의 밝은 뜻으로 한실이 끊기지 않았으니, 소열황제(昭烈皇帝, 유비)께서는 서천에서 한나라 대통을 이으셨다. 내 이제 사군(嗣君, 뒤를 이은 왕. 곧 후주 유선)의 뜻을 받들어 군사를 일으켜 도적을 치려 하니, 너는 아첨하는 신하가 되었으면 그저 몸을 숨기고 머리를 숙여 구차히 목숨이나 이어갈 일이지 어찌 감히 황제의 군사 앞에 나타나 망령되이 천수를 논하느냐? 이 머리 센 필부야, 수염 푸른 늙은 도적아! 네 머지않아 황천에 갈 터인데 무슨 얼굴로 스물네 분 역대 황제를 뵈려 한단 말이냐? 네 늙은 도적은 속히 물러가고, 즉시 역적의 무리를 내보내 나와 승부를 겨루게 하라!"

공명의 말을 듣고 있던 왕랑은 그만 기가 치솟고 숨이 턱 막혀 외마디 비명을 지르고는 말에서 떨어져 죽고 말았다.

후세 사람이 시를 지어 공명을 찬탄했다.

군마 거느려 서진으로 나가니	兵馬出西秦
걸출한 재주 만인을 대적하네	雄才敵萬人
세치 혀 가볍게 움직여	輕搖三寸舌
늙은 간신 꾸짖어 죽게 하네	罵死老奸臣

공명은 깃털부채를 들어 조진을 가리키며 말한다.

"내 지금은 너를 공격하지 않을 것이니, 너는 군마를 정돈해 내일 다시 나와 결전하라!"

말을 마치고는 수레를 돌려 영채로 돌아갔다. 양쪽에 진을 치고 있던 군사들도 모두 물러났다. 조진은 좋은 관을 마련해 왕랑의 시체를 거두어 장안으로 운구해 보냈다. 이때 부도독 곽회가 나서며 계책을 말한다.

"공명은 우리가 왕랑의 초상을 치를 줄 알고 반드시 오늘밤 우리 영채를 습격할 것입니다. 군사를 네 방면으로 나누어 먼저 두 방면의 군사는 산골짜기 소로로 해서 비어 있을 촉의 영채를 급습하고, 나머지 두 방면의 군사는 본채 밖에 매복해 있다가 좌우에서 협공하는 것이 어떻겠습니까?"

조진이 크게 기뻐하며 말한다.

"그 계책이 바로 내 생각과 같소."

조진은 곧 조준과 주찬 두 선봉장군을 불러 영을 내린다.

"너희 두 사람은 각각 군사 1만명을 이끌고 기산 뒤로 가서 매복해 있다가, 촉군이 우리 영채를 향해 오거든 군사를 몰아 촉의 영채를 공격하라. 만일 촉군의 움직임이 눈에 띄지 않으면 경솔히 군사를 움직이지 말고 회군하라!"

조준과 주찬 두 장수는 조진의 계교를 받고 물러갔다. 조진이 곽회에게 말한다.

"우리 두 사람은 각기 군사들을 이끌고 영채 밖에 매복해 있고, 영채 안에는 장작과 마른풀을 쌓아두고 몇사람만 남겨두었다가 촉군이 쳐들어오거든 불을 놓아 신호하도록 합시다."

여러 장수들은 좌우로 나뉘어 각자 준비를 하러 흩어졌다.

한편 공명은 장막으로 돌아와 조자룡과 위연을 불러 명한다.

"두 장군께서는 각기 군사를 이끌고 위의 영채를 공격하시오."

위연이 진언한다.

"조진은 병법에 밝은 자입니다. 우리가 그들이 초상을 치르는 틈에 기습하러 올 줄 미리 알고 방비해두지 않았겠습니까?"

공명이 가볍게 웃으며 답한다.

"조진에게 우리가 기습하러 간다는 걸 보여주어야 하오. 저들은 필시 기산 뒤에 매복해 있다가 우리 군사들이 나가면 곧 영채를 덮칠 것이오. 그러니 두 분 장군은 군사를 이끌고 영채를 나서서 위군을 유인하고는 산 뒤 멀리 떨어진 곳에 진을 치시오. 위군이 공격해오고 불길이 오르거든 그것을 신호삼아 군사를 두 방면으로 나누되, 먼저 문장(文長, 위연의 자)은 산 입구를 막고, 자룡은 군사를 이끌고 돌아오시오. 오는 길에 위군을 만날 터이니 일단 달아날 길을 열어주었다가 승세를 타고 추격하면 적들은 저희끼리 죽고 죽일 것이니 승리는 반드시 우리에게 돌아올 것이오."

두 장수는 계교를 받고 군사를 이끌고 떠났다. 공명은 이어 관흥과 장포를 불렀다.

"그대 두 사람은 각각 군사들을 이끌고 기산의 요로에 매복해 있다가 위군이 우리를 치러 나오거든 그대로 놓아보내고 위군이 온 길로 해서 위의 영채를 습격하라."

관흥과 장포도 계교를 받고 물러갔다. 이번에는 마대와 왕평, 장익과 장의 네 장수를 불러 영채 밖 사방에 매복해 있다가 위군이 오거든 나가 싸우라고 지시했다. 군사 배치를 끝낸 뒤 공명은 빈 영채를 세우고 그 안에 장작과 마른 풀을 가득 쌓아올려 불을 질러 신호를 보낼 수 있도록 준비했다. 그러고 나서 여러 장수를 거느리고 영채 뒤쪽으로 물러나 적군이 오기를 기다렸다.

한편 위의 선봉장 조준과 주찬은 황혼 무렵 영채를 떠나 촉의 진지를 향해 유유히 전진하기 시작했다. 2경 무렵이 되어 멀리 바라보니, 산앞에 촉군이 움직이는 모습이 어슴푸레하게 눈에 들어왔다. 조준은 속으로 감탄한다.

'곽도독은 과연 신기묘산(神機妙算)이로다!'

그러고는 군사를 재촉해 서둘러 전진했다. 조준의 위군이 촉의 영채에 이르렀을 때는 어느덧 3경이 다 되어 있었다. 조준은 앞장서서 촉의 영채로 쳐들어갔다. 그런데 영채 안은 텅 비어 있고 사람이라고는 그림자도 찾아볼 수가 없었다. 조준이 그제서야 적의 계교에 빠졌음을 깨닫고 급히 군사를 물리려 하는데 그때 영채 안에서 불길이 치솟으면서 주찬의 군사가 들이닥쳤다. 어둠 속에서 서로를 알아보지 못한 위군은 저희들끼리 서로 죽고 죽이니, 그야말로 아수라장이었다. 조준은 주찬과 더불어 싸우다가 한참만에야 비로소 아군끼리 싸우고 있음을 알았다. 조준과 주찬이 급히 군사를 한데 모아 수습하는데, 갑자기 사방에서 함성이 일며 왕평·마대·장익·장의 등 네 촉장들이 일시에 쳐들어왔다. 조준과 주찬 두 장수는 겨우 심복 1백여기만을 이끌고 대로를 향해 달아났다. 이번에는 갑자기 북소리 뿔피릿소리가 터져오르더니, 한떼의 군사들이 쏟아져나오며 길을 막았다. 보니 대장은 상산 조자룡이었다. 조자룡이 큰소리로 외친다.

"적장은 어디로 가느냐, 빨리빨리 죽음을 받아라!"

조준과 주찬 두 장수는 혈로를 뚫고 사력을 다해 달아났다. 또다시 함성이 일면서 위연이 한무리의 날쎈 군사를 이끌고 쇄도해왔다. 조준과 주찬 두 장수는 대패하여 겨우 길을 뚫고 본채로 돌아갔다. 이때 본채를 지키고 있던 위의 군사들은 한무리의 군사들이 내달려오는 소리를 듣고는 드디어 촉군이 공격해오는 것이라 생각해 급히 불을 놓아 신호를 올렸다. 순간 왼쪽에서는 조진이, 오른쪽에서는 곽회가 쳐들어오니, 또 한바탕 아군끼리 처절한 싸움이 벌어졌다.

이렇게 위군들이 저희끼리 난장판을 벌이고 있을 때 촉군이 세 방면으로 나뉘어 짓쳐들어왔다. 중앙에는 위연이요, 왼쪽에는 관흥, 오른쪽에는 장포였다. 이 한바탕 싸움으로 위군은 크게 패하여 10리 밖으로 달아났고 위의 장수들도 무척 많이 죽었다. 마침내 공명은 크게 승리하고 군사를 거두었다. 조진과 곽회는 패군을 수습해 영채로 돌아와 앞일을 상의했다. 조진이 길게 탄식한다.

"우리 군사의 형세는 외롭고 촉군의 세력은 크니, 장차 무슨 수로 적을 물리친단 말인가!"

곽회가 말한다.

"이기고 지는 것은 병가상사(兵家常事)니 크게 근심할 일은 아니오. 내게 한 가지 계책이 있는데, 촉군이 수미상응(首尾相應)하지 못하게 한다면 그들 스스로 물러가게 될 것이오."

불쌍타 위나라 장수, 성사하기 어려움에	可憐魏將難成事
겨우 서쪽에 대고 구원병을 청하누나	欲嚮西方索救兵

과연 곽회의 계책이란 무엇일까?

돌아온 사마중달

제갈량은 눈을 이용해 강병을 격파하고
사마의는 기한을 당겨서 맹달을 사로잡다

곽회가 조진에게 말한다.

"서강(西羌) 사람들은 태조(太祖, 조조) 때부터 조공을 바쳤고, 문황
제(文皇帝, 조비)께서도 또한 그들에게 은혜를 베푸셨소이다. 그러니
우리가 험준한 지세를 의지해 그대로 싸움을 계속하는 한편으로 소로
를 통해 사람을 서강에 보내 구원을 청하고 화친을 허락한다면, 서강
사람들은 반드시 군사를 일으켜 촉군의 배후를 공격할 것이오. 그때
우리가 대군을 일으켜 앞뒤로 촉군을 협공한다면 어찌 승리하지 않겠
소이까?"

조진은 곽회의 계책에 따르기로 하고 당장 글을 써서 사신에게 주어 밤을 새워 서강으로 가게 했다.

한편 서강 국왕 철리길(徹里吉)은 조조 때부터 해마다 조공을 바쳐왔다. 그 수하에는 문관 한 사람과 무관 한 사람이 있었는데, 문관은 곧 아단(雅丹) 승상이고, 무관은 월길(越吉) 원수였다. 위의 사자는 금은보화와 조진의 서신을 가지고 서강에 당도하여, 먼저 승상 아단에게 예물을 바치고 구원 요청의 뜻을 전했다. 아단이 사신을 국왕에게 안내하고 그가 가져온 서신과 예물을 바치자 국왕 철리길은 서신을 받아 읽고 나서 즉시 여러 사람과 함께 상의했다. 아단이 말한다.

"우리와 위는 예로부터 서로 왕래가 있던 처지로, 지금 조도독이 구원을 요청하며 화친을 허락한다 하니 윤허하심이 마땅할 줄로 아옵니다."

철리길은 그 말에 따라 즉시 아단과 월길에게 명해 강병 15만을 일으켰다. 이들은 대부분 쇠뇌와 창·칼·질려(蒺藜, 마름쇠 모양의 무기)·비추(飛錘) 등의 병기를 능숙하게 다루었다. 또 서강에는 특별한 무기가 있었으니, 바로 전차(戰車)의 일종인 철거(鐵車)였다. 철거는 철판조각에 못을 박아 만든 수레로, 그 안에 양식을 비롯해 무기와 군대에 필요한 물품들을 싣고 다니는데 낙타나 노새를 시켜 끌었다. 이들을 철거병(鐵車兵)이라고 했다.

아단과 월길은 국왕에게 하직하고 군사를 일으켜 서평관을 향해 진격했다. 관을 지키고 있던 촉장 한정(韓禎)은 급히 사람을 보내 공명에게 이 사실을 보고했다. 공명이 보고를 듣고 장수들에게 말한다.

"누가 가서 강병을 물리치겠는가?"

장포와 관흥이 기다렸다는 듯이 나선다.

"저희들이 가겠습니다."

공명이 말한다.

"그대들이 가는 것은 좋으나, 길을 잘 모르는 게 문제로구나."

곧 마대를 부르더니 분부한다.

"그대는 일찍이 강인들의 성질을 잘 알고 또 그곳에 오래 있었으니, 함께 가서 길을 안내하도록 하오."

공명은 즉시 정예병 5만명을 관흥과 장포에게 내주었다. 관흥과 장포는 군사를 이끌고 출발한 지 며칠 만에 드디어 월길이 이끄는 강병을 만났다. 관흥이 먼저 기병 1백여명을 이끌고 산위로 올라가 살펴보았다. 강병들은 철거를 길게 연결해 그 안에 영채를 세우고, 철거 위에 무기를 두루 배치해놓았는데 그 모양이 마치 단단한 성곽 같았다. 관흥은 한참을 지켜보았으나 적을 물리칠 마땅한 계책이 떠오르지 않자 영채로 돌아와 장포·마대와 더불어 의논했다. 마대가 말한다.

"내일 대진하여 적진을 살펴보고 그 허실을 찾아낸 후에 계책을 정하는 것이 좋겠소."

다음날 촉 진영은 군사를 셋으로 나누어 가운데는 관흥이, 왼쪽에는 장포가, 오른쪽에는 마대가 버티고 서서 일제히 진격했다. 이에 맞서 강병의 진영에서는 원수 월길이 허리에 보조궁(寶雕弓, 보석 박은 활)을 차고 손에 철추를 든 채 용감하게 말을 몰고 나왔다. 관흥이 호령하며 앞장서니, 촉군은 일제히 적의 영채를 향해 진군했다. 그런데 갑자기 강병이 양쪽으로 갈라지더니 그 가운데서 철거가 파도처럼 몰려나오면서 동시에 화살이 빗발치듯 날아오기 시작했다. 관흥이 이끄는 촉군은 제대로 싸워보지도 못하고 크게 패하였다. 뒤따르던 마대와 장포의 군사들은 먼저 후퇴했으나 앞장섰던 관흥의 군사들은 강병들에게 포위당한 채 서북쪽으로 밀려나 곤경에 빠지고 말았다.

관흥은 좌충우돌 힘을 다해 적을 쳐부수며 포위를 벗어나려 했으나 쉽게 뚫을 수가 없다. 철거가 물샐 틈 없이 포위하니, 그 견고함이 마치 성과 같아서 촉군은 피차간에 다른 사람을 돌볼 여력이 없었다. 관흥은 간신히 포위망을 뚫고 길을 찾아 산골짜기로 달아났다. 얼마 못 가서 해가 기울자 관흥의 마음은 더욱 다급해졌다. 이때 검은 깃발과 함께 강병들이 벌떼같이 밀려들면서 그중의 한 장수가 손에 쥔 철추를 휘두르며 큰소리로 외친다.

"젊은 장수는 꼼짝마라! 내가 바로 원수 월길이다!"

관흥은 말을 힘껏 채찍질하여 죽어라 하고 달아났다. 그러나 곧 길이 끊어지고 발밑은 깊은 낭떠러지였다. 이제 말머리를 돌려 월길 원수와 맞서싸울 수밖에 없었다. 그러나 관흥은 이미 기가 질린 터라 월길과 맞서싸우기보다 계곡을 뛰어넘어 달아나는 쪽을 택했다. 어느새 뒤쫓아온 월길의 철추가 관흥의 머리를 향해 날아들었다. 관흥은 날쌔게 피했으나 그만 말의 넓적다리가 철퇴에 맞고 말았다. 말이 펄쩍 뛰어 낭떠러지 아래 계곡으로 처박히는 바람에 관흥도 그대로 물속으로 곤두박질치고 말았다.

그때 문득 외마디 비명에 이어 관흥을 뒤쫓던 월길 또한 말과 함께 물속으로 곤두박질쳤다. 관흥이 물속에서 몸을 일으켜 보니, 언덕 위에서 한 장수가 강병들을 종횡무진으로 쳐죽이고 있었다. 기운을 얻은 관흥은 곧 칼을 들어 월길을 내려쳤다. 그러나 월길은 잽싸게 몸을 피하더니 물에서 뛰쳐나가 달아났다. 그제서야 관흥은 월길의 말을 이끌고 계곡 위로 올라갔다. 안장과 고삐를 바로한 다음 말에 올라 좌우를 살펴보니 그 장수는 그때까지도 강병을 뒤쫓으며 시살하고 있었다. 관흥이 생각한다.

'저 장수가 내 생명을 구해주었으니 마땅히 가서 인사를 올리고 사례하리라.'

관흥이 말을 몰고 강병들이 어지럽게 흩어지고 있는 싸움판 가까이 다가가니 구름과 안개 속에서 한 장수의 모습이 어렴풋이 드러났다. 얼굴은 무르익은 대춧빛이요, 누에눈썹에 녹색 전포, 황금갑옷을 입고는 청룡도를 든 채 적토마를 탄 그 장수가 한 손으로 아름다운 수염을 쓰다듬는데 관흥은 그만 깜짝 놀라고 말았다. 그 장수는 분명 자신의 부친 관운장이 아닌가. 관운장이 손으로 동남쪽을 가리키며 말한다.

"내 아들아, 어서 이 길로 가거라. 내 너를 보호해 영채로 돌아갈 수 있게 해주마!"

이 말을 남기고 관운장의 모습은 어디론가 사라졌다. 그때부터 관흥은 오직 동남쪽만을 바라고 급히 말을 달려갔다. 한밤중이 다 되어갈 무렵 한무리의 군사들과 마주쳤다. 바로 장포의 군사였다. 장포가 급히 묻는다.

"너 혹시 둘째백부님을 뵙지 못했느냐?"

관흥이 되묻는다.

"형님은 그 일을 어찌 아시오?"

장포가 이야기한다.

"내가 적의 철거에 쫓기고 있는데, 백부님께서 홀연히 공중에서 내려오시더니 강병들을 순식간에 물리치시고는 이 길을 가리키며, '너는 이 길로 가서 내 아들을 구하라' 하시질 않겠느냐. 그래 이렇게 달려 오는 길이다."

관흥도 자신이 겪은 일을 이야기하니 두 장수는 그 기이함에 감탄하며 함께 영채로 돌아왔다. 마음을 조이며 기다리던 마대가 두 사람을 반갑게 맞이해 장막으로 들어갔다. 마대가 말한다.

"아무래도 우리 힘으로는 강병을 당해낼 수 없을 것 같소. 내가 남아서 영채를 지킬 터이니 두 장수는 본채로 돌아가 승상을 뵙고 계책을 세워 돌아오시오."

장포와 관흥 두 사람은 밤새 말을 달려 본채로 가서 공명에게 자세히 고했다.

보고를 들은 공명은 조자룡과 위연을 불러 각각 군사들을 거느리고 가서 매복하라 이른 다음, 군사 3만명을 이끌고 강유·장익·관흥·장포를 거느리고 친히 마대가 지키고 있는 영채에 당도했다. 이튿날 공명은 높은 언덕에 올라 적진을 살폈다. 철거가 빈틈없이 이어져 있고 군마가 모두 기운차게 오가는 것을 보다가 한참 만에 공명이 말한다.

"격파하기 과히 어렵지 않도다."

공명은 즉시 마대와 장익을 불러 이러저러한 계책을 일러주고, 강유를 불러 묻는다.

"백약은 적을 깨칠 진법을 알겠는가?"

강유가 말한다.

"강인들은 힘만 믿고 날뛰는 자들인데 어찌 승상의 묘한 계책을 알겠습니까?"

공명이 웃으며 말한다.

"그대가 내 마음을 꿰뚫어보는구나. 바야흐로 검붉은 구름이 빽빽하게 밀려오고 삭풍이 세차게 부니 곧 눈이 내릴 터, 가히 내 계책을 쓸 만할 것이다."

공명은 관흥과 장포 두 사람에게 군사를 이끌고 가서 매복하라 일렀다. 그리고 강유에게 나가 싸우라 이르면서 당부한다.

"만일 철거병이 공격해오거든 퇴각하고, 영채 어귀에는 거짓으로 정기만 꽂아두고 군마는 두지 말게나."

이렇게 해서 준비는 다 끝났다.

바야흐로 때는 12월 하순, 공명이 예상한 대로 하늘이 흐려지더니 큰눈이 내리기 시작했다. 강유가 군사를 거느리고 나가자 월길은 기다렸다는 듯이 철거병을 이끌고 나왔다. 강유는 철거병을 보자마자 즉시 군사를 돌려 달아났다. 강병은 그 뒤를 쫓아 촉군의 영채 앞까지 추격해왔다. 강유는 영채마저 버리고 뒤쪽으로 내쳐 달아나버렸다. 강병들이 영채 안을 살펴보니 텅 비어 있었다. 그때 갑자기 난데없는 북소리 거문고소리가 은은히 들려오는데, 주위에는 정기들만 무수히 나부낀다. 강병들은 의심스런 생각이 들어 급히 돌아가 월길에게 보고했다. 월길 역시 의심이 들어 함부로 움직이지 못했다. 이때 아단 승상이 한마디 한다.

"장군께서는 뭘 두려워하시오? 이 모두 제갈량의 계략 아니겠소? 거짓으로 정기를 세워 군사들이 있는 것처럼 눈속임했을 뿐이니 당장 공격하시오."

아단의 말에 따라 월길은 군사를 이끌고 촉의 영채로 쳐들어갔다. 문득 보니 공명이 거문고를 안은 채 수레에 올라 몇명의 기병을 거느리고 영채 뒤로 도망치고 있었다. 강병들은 곧장 영채를 지나쳐 뒷산 어귀까지 공명을 뒤쫓았다. 공명을 태운 자그마한 수레는 어느새 멀리 숲속으로 가물가물 사라지고 있었다. 아단이 월길에게 말한다.

"비록 촉군이 매복해 있다 한들 무엇이 두렵겠소?"

한껏 고무된 월길은 강병들을 이끌고 거침없이 공명의 뒤를 쫓아갔다. 한참 뒤쫓다보니, 앞쪽에서는 강유의 군사들이 눈보라 속을 분주히 달아나고 있었다. 월길은 벼락치듯 소리를 지르며 철거병들을 휘몰아 촉군을 추격했다. 그동안 쉬지 않고 내린 눈이 쌓여 산길은 멀리까지 평탄하게 뻗어 있었다. 월길이 한참을 달리는데 산 뒤쪽에서 촉군이 나타났다는 보고가 들어왔다. 아단이 가볍게 말한다.

"그까짓 복병쯤이야 무엇이 두렵겠느냐?"

월길은 군사를 재촉해 눈보라를 헤치며 계속 추격해갔다. 그때 갑자기 산이 무너지고 땅이 꺼지는 듯한 소리와 함께 맹렬한 기세로 추격하던 강병들은 한꺼번에 함정 속으로 빠지고 말았다. 뒤따르던 철거들도 갑자기 멈출 수가 없어 함정 속으로 떨어지며 돌진하여 저희 군사들을 깔아뭉개니 주위는 순식간에 아수라장이 되어버렸다.

급히 퇴각하는 월길의 후군을 노리고 왼쪽에서는 관흥이, 오른쪽에서는 장포가 한떼의 군사들을 이끌고 비오듯 화살을 쏘아대며 쳐들어왔다. 또한 뒤에서는 장익·강유·마대의 세 부대가 덮쳐오니 철거병들은 속수무책으로 무너지며 일대 혼란에 빠져버렸다. 월길은 뒤쪽 산골짜기로 달아나다가 관흥과 마주쳤다. 관흥이 우레처럼 소리치며 칼을 휘두른다.

"이놈 월길아, 내 칼을 받아라!"

월길은 관흥의 칼을 막아내지 못하고 단 1합에 말 아래로 떨어져 죽어버렸다. 아단은 이미 마대에게 생포되어 결박당한 채 대채로 끌려갔다. 대장들이 이러하니, 강병들은 사방으로 흩어져 달아나고 숨기에 바빴다.

공명이 장막의 윗자리에 앉자, 마대가 아단을 끌고 나왔다. 공명은 아단을 보더니 당장 무사들에게 호령해 결박을 풀어주게 했다. 그러고는 술을 내려 놀란 가슴을 진정시키게 하고 좋은 말로 위로하자 아단은 공명의 처사에 깊이 감동했다. 공명이 말한다.

"나의 주인은 대한(大漢)의 황제이시다. 나는 황제의 명을 받들어 역적을 토벌하려 하는데 너는 어찌하여 도리어 역적을 돕는단 말이냐? 내 이제 너를 놓아보내줄 터이니, 네 주인에게 너희는 우리와 이웃해 있으니 서로 길이 우호관계를 맺고 이제 반적의 말을 듣지 말라고 전하여라."

공명은 생포한 강병들을 비롯해 수레와 말, 병기 등을 모두 내주고 아단을 본국으로 돌려보내주었다. 그들은 모두 절하여 사례하고 돌아갔다. 공명은 전군을 거느리고 밤을 새워 기산 영채를 향해 출발했다. 관흥과 장포에게 군사를 주어 먼저 떠나보내고, 한편으로는 사람을 시켜 성도로 표문을 올려 황제에게 승전보를 전했다.

한편 조진은 서강의 소식을 초조하게 기다리고 있었다. 하루는 복로군(伏路軍, 길목에 매복한 군사)이 달려와 고한다.

"촉군들이 영채를 거두어 떠나고 있습니다."

곽회가 매우 기뻐하며 말한다.

"강병의 공격을 견디지 못하고 퇴각하는 게 틀림없소."

위군은 즉시 군사를 두 길로 나누어 퇴각하는 촉군을 추격해갔다. 보니 과연 앞에서 촉군들이 어지럽게 달아나고 있었다. 선봉장 조준이 앞장서서 촉군의 덜미를 잡기 위해 한창 뒤를 쫓는데, 갑자기 큰 함성과 함께 한떼의 군사들이 쏟아져나왔다. 선봉에 선 장수는 위연이었다. 위연이 큰소리로 호령한다.

"이 역적놈아, 게 섰거라!"

깜짝 놀란 조준은 그대로 말을 몰고 달려나와 위연을 맞아 싸웠으나 불과 3합도 되기 전에 위연의 칼에 맞아죽었다. 부선봉 주찬도 군사를 이끌고 뒤쫓다가 홀연히 내달려오는 한무리의 군사들과 마주쳤다. 앞선 대장은 조자룡이었다. 주찬은 손 한번 놀려보지 못하고 조자룡의 창에 찔려 그 자리에서 죽고 말았다.

두 선봉장이 어이없이 당하자 조진과 곽회는 놀라 군사를 수습해 퇴각하려 했다. 그때 등뒤에서 함성이 일며 북소리 뿔피릿소리가 요란하게 울리더니 두 길로 나뉜 관흥과 장포의 군사들이 덮쳐와 곽회와 조진을 포위하며 맹공격을 퍼부었다. 곽회와 조진은 패잔병을 이끌고 겨우 길을 뚫고 달아났다. 촉군은 완승을 거두고, 내쳐 위수까지 쳐들어가 위의 영채를 점령해버렸다. 조진은 일시에 두명의 선봉장을 잃고 슬퍼하며 조정에 표문을 올려 원병을 청했다.

한편 위주 조예가 조회를 하는 중에 근신이 아뢴다.

"대도독 조진이 촉군에게 수차례 패한데다 두 선봉장까지 잃고 강병 또한 무참히 패하여 그 형세가 매우 급박하게 되었습니다. 원병을 요청하는 표문을 보내왔으니, 폐하께서는 결단을 내리소서."

조예는 크게 놀라 여러 관료들에게 촉군을 물리칠 계책을 물었다. 화흠이 말한다.

"이번에는 폐하께서 몸소 정벌에 나서시고 제후들을 크게 모으십시오. 그래야만 모두들 목숨을 걸고 싸워 적을 물리칠 것입니다. 그렇게 하지 않으면 장안을 잃는 것은 물론 관중도 위태롭습니다."

태부 종요가 아뢴다.

"무릇 장수는 지혜가 남보다 앞서야 능히 상대를 제어할 수 있습니다. 손자(孫子)도 이르기를 '남을 알고 나를 알면 백전백승(知彼知己百戰百勝)'이라 했습니다. 신의 생각으로는 조진이 비록 용병한 지 오래 되었다 하나 제갈량의 적수는 못 됩니다. 이제 신이 제 식구의 목숨을 걸고서라도 한 사람을 천거해 촉군을 물리치고자 하는데, 다만 폐하께서 윤허하실지 그것이 걱정입니다."

조예가 대답한다.

"경은 원로대신이 아닌가? 그렇듯 현명한 사람이 있어 촉군을 물리칠 수 있다면, 속히 불러들여 짐의 근심을 덜게 하오."

종요가 말한다.

"지난번에 제갈량이 군사를 일으켜 우리 경계를 범하려다가 이 사람을 두려워하여, 곧 유언비어를 퍼뜨려 폐하께서 그를 의심하여 쫓아버리게 만들었습니다. 그러고는 이렇듯 군사를 일으켜 쳐들어왔으니 이제 폐하께서 그를 다시 불러 쓰신다면 제갈량은 스스로 물러가지 않을 수 없을 것입니다."

조예가 다급히 묻는다.

"누구를 두고 말함인가?"·

종요가 대답한다.

"바로 표기대장군 사마의입니다."

조예는 길게 탄식하며 말한다.

"그 일은 짐 또한 후회하는 바이오. 그래 중달(仲達, 사마의의 자)은 지금 어디 있소?"

종요가 말한다.

"신이 근래에 들으니, 중달은 완성(宛城)에서 한가로운 세월을 보내고 있다 하더이다."

조예는 즉시 조칙을 내려 사자에게 절월을 주어보내 사마의를 복직시키고 더하여 평서도독(平西都督)으로 임명했다. 그러고는 사마의에게 남양 여러 곳의 군마를 동원해 장안으로 진군해오도록 명했다.

"짐도 친히 정벌에 나설 것이니 중달에게 속히 출발해 정한 날짜에 도착하도록 하라."

명을 받은 사자는 완성을 향해 밤낮으로 달렸다.

한편 공명은 출사한 이래 여러 차례 대승을 거두어 내심 매우 흡족해하고 있었다. 하루는 기산 영채에서 여러 사람을 모아놓고 앞일을 의논하는데, 사람이 와서 고한다.

"영안궁을 지키고 있는 이엄이 아들 이풍을 보내왔습니다."

동오가 경계를 침범했다고 생각한 공명은 심히 놀라는 한편 의심이 나서 곧 이풍을 불러들였다. 이풍이 엎드려 절하며 말한다.

"이번에는 특별히 기쁜 소식을 전하러 왔습니다."

공명이 놀라 묻는다.

"기쁜 소식이라니, 어떤 소식인가?"

이풍이 말한다.

"지난날 맹달이 위에 항복한 것은 부득이한 일이었는데, 그때 조비는 맹달의 재주를 아껴 준마와 온갖 보배를 내리고, 함께 수레를 타고 드나들 정도로 총애하였습니다. 조비는 맹달을 산기상시(散騎常侍)에 봉하고 신성(新城) 태수로 삼아, 상용(上庸)과 금성(金城) 등 서남 일대를 지키도록 했습니다. 조비가 죽고 조예가 즉위한 이래로 조정 신하들이 모두 시기하는지라 한시도 마음 편할 날이 없던 맹달은 걸핏하면 여러 장수들에게 '나는 본래 촉의 장수였으나 형세가 잘못되어

이 지경이 되었다'고 탄식하곤 했답니다. 맹달이 근래 심복부하를 시켜 제 부친에게 서신을 보내왔는데 내용인즉 승상께 자신의 뜻을 아뢰어달라는 것입니다. 전에 위군이 다섯 길로 나뉘어 서천을 침범했을 때도 자신의 뜻은 지금과 같았다고 하며, 맹달은 지금 신성에 있는데, 승상께서 위를 친다는 소식을 듣고, 자신이 금성·신성·상용 세 곳의 군사를 일으켜 낙양을 공략할 터이니, 승상께서 장안만 손에 넣으시면 위의 양경(兩京)은 쉽게 평정되리라는 것입니다. 그래서 승상께 맹달이 보낸 심복부하를 데려왔습니다. 그리고 맹달이 그동안 수차에 걸쳐 보내온 서신들을 바칩니다."

공명은 크게 기뻐하며 곧 이풍 등에게 후하게 상을 내렸다. 이때 갑자기 정탐꾼이 들어와 고한다.

"위주 조예가 몸소 군사를 이끌고 장안으로 오고 있다 합니다. 그리고 사마의를 복직시켜 평서도독으로 삼고 군사를 일으켜 장안에서 합류하기로 했답니다."

공명이 크게 놀랐다. 이에 참군 마속이 묻는다.

"승상께서는 그까짓 조예를 두고 무얼 두려워하십니까? 조예가 장안에 온다면 우리가 쳐들어가 사로잡아버리면 될 일 아닙니까?"

공명이 답한다.

"내 어찌 조예를 두려워하겠는가? 내가 근심하는 자는 오직 한 사람 사마의뿐이라. 지금 맹달이 큰일을 도모하려 하는데, 사마의를 만나면 반드시 패할 것이오. 맹달은 적수가 못 되니 필시 사마의에게 사로잡히고 말 텐데, 만일 맹달을 잃으면 중원을 얻기는 쉽지 않을 것이오."

"그렇다면 승상께서는 급히 맹달에게 글을 보내 그러한 사태를 막

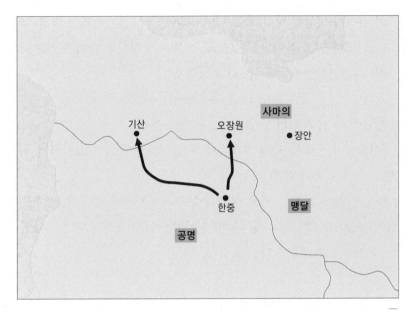

사마의 · 공명 · 맹달의 구도

으시면 되지 않습니까?"

공명은 급히 글을 적어 맹달에게서 온 사람에게 주어 밤낮을 가리지 말고 가서 전하도록 했다.

신성에서 심복부하가 돌아오기만 기다리고 있던 맹달은 드디어 승상의 답신을 받고 급히 펼쳐 보았다. 그 내용은 다음과 같았다.

근래에 서신을 받아보고, 공의 충성과 의리가 높아 옛벗을 잊지 않고 있음을 알게 되어 참으로 기쁘고 위로가 되었소. 만일 대사를 이룬다면 공은 한조(漢朝)를 중흥한 일등공신이 될 것이오. 각별히 조심하여 은밀히 움직여야 하오. 쉽게 사람을 믿지 말고, 더욱 경계를 늦추어서는 아니 되오. 근자에 들으니, 조예가 사마의를 복직시켜 완성과 낙양의 군사를 일으킨다 하니, 공이 거사하려는 것을 알면 반드시 먼저 들이닥칠 것인즉, 모름지기 만반의 준비를 갖추고 절대로 가볍게 생각해서는 안될 것이오.

맹달이 다 읽고 나서 한바탕 웃으며 말한다.
"사람들이 공명을 일러 지나치게 마음쓰는 일이 많다고들 하더니, 과연 이 글을 보니 알겠구나."
맹달은 즉시 회신을 써서 심복에게 주어 공명에게 보냈다. 공명은 맹달의 사자를 장막으로 불러들이고 이어 맹달의 사자가 바치는 서신을 뜯어보니 그 내용은 다음과 같다.

마침 가르치심을 받았으니 어찌 잠시라도 태만히할 수 있겠습니까? 사마의의 일은 두려워할 것이 없나이다. 완성은 낙양에서 8백리요, 신성까지는 1천2백리라, 만일 사마의가 이몸의 거사에 대해 듣는다 해도 위주에게 표문을 올려 고하려면 왕복 한달은 걸릴 것입니다. 그동안 성지를 튼튼히 하고 여러 장수와 군사들과 함께 지세가 험한 요충지를 지킬 것이니, 사마의가 온다 한들 무엇이 두렵겠습니까? 승상은 마음을 놓으시고 오직 승전보만을 기다리소서.

공명은 맹달의 편지를 땅에 내던지고 발을 구르며 한탄한다.
"맹달이 필시 사마의의 손에 죽고 말겠구나!"
마속이 묻는다.
"승상은 어째서 그리 말씀하십니까?"
"병법에 이르기를 '준비 없는 곳을 치고 뜻하지 않은 곳으로 나간다(攻其不備 出其不意)'했으니 사마의가 어찌 한달의 기한을 기약하겠는가? 조예가 이미 적을 만나면 물리치라 명한 터에 사마의가 무엇하러 일일이 조예에게 표문을 올리겠으며, 만일 맹달이 배반했다는 소식을 들으면 사마의는 불과 열흘이 못 되어 당도할 것이니 어느 틈에 손을 쓸 수 있겠는가!"

여러 장수들이 공명의 말에 모두 탄복했다. 공명은 즉시 글을 써서 사자에게 내주며 맹달에게 이르도록 했다.

"아직 거사하지 않았다면 뜻을 같이할 사람이라 할지라도 절대로 이 일을 알려서는 안된다고 전하라. 이 일이 누설되면 반드시 패하고 말 것이다."

사자는 절을 올려 사례하고 신성으로 돌아갔다.

한편 사마의는 완성에서 하는 일 없이 세월만 보내던 중에 하루는 위군이 촉군에게 여러 차례 패했다는 소식을 듣고 하늘을 우러러 깊이 탄식했다. 사마의에게는 두 아들이 있었다. 맏아들 사마사(司馬師)의 자는 자원(子元)이요, 둘째아들 사마소(司馬昭)의 자는 자상(子尙)으로, 두 아들 모두 어려서부터 큰뜻을 품고 있었으며 병서를 익혀 통달했다. 마침 두 아들이 아버지 곁에 있다가 묻는다.

"아버님께서는 어찌하여 그리 탄식하십니까?"

사마의가 대답한다.

"너희들이 어찌 대사를 알겠느냐?"

사마사가 묻는다.

"혹시 위주께서 다시 써주지 않음을 탄식하시는 것입니까?"

둘째아들 사마소가 웃으면서 한마디 한다.

사마의와 두 아들

"아버님께서는 과히 심려 마소서. 조만간 반드시 사람을 보내 아버님을 부르실 것입니다."

사마소의 말이 채 끝나기도 전에 칙사가 절(節)을 가지고 왔다는 보고가 들어왔다. 사마의는 조칙을 받은 즉시 완성 일대의 군마를 불러모으고 정비했다. 바로 그러한 때 금성 태수 신의(申儀)가 집안사람을 보내왔다. 특별히 전할 기밀사항이 있다는 것이다. 사마의가 급히 밀실로 불러들여 물으니 신의의 집안사람은 맹달이 모반하려고 하며, 맹달의 심복 이보(李輔)와 처남 등현(鄧賢)이 이 사실을 고하는 문서를 가지고 왔음을 전했다. 사마의는 듣고 나서 이마에 손을 얹고 말한다.

"이는 황제 폐하의 크나크신 복이로다! 바야흐로 제갈량이 기산에 주둔해 있고 여러 차례 우리 군사를 무찔러 사람들의 간담이 서늘해져 있는 터라 황제께서 부득이 장안으로 움직이셨는데, 이때 나를 쓰지 않으셨다면 맹달은 일거에 양경을 격파하고 말았을 것 아닌가! 맹달은 필시 제갈량과 내통했을 터이니, 내가 먼저 저를 사로잡아버리면 제갈량은 겁을 먹고 스스로 물러갈 것이다."

맏아들 사마사가 아뢴다.

"아버님께서는 어서 표문을 써서 황제께 올리소서."

사마의는 손을 내저으며 말한다.

"황제께 표문을 올려 허락을 얻자면 최소한 왕복 한달은 걸릴 터인데, 그리하다가는 큰 낭패를 볼 것이다."

사마의는 말을 마치기가 무섭게 영을 내린다.

"모든 군마는 길 떠날 차비를 하라. 하루에 이틀길을 달리도록 하고, 만일 늦는 자가 있으면 그 자리에서 목을 베겠다!"

또한 참군 양기(梁畿)에게 격문을 주어 밤낮으로 말을 달려 신성으로 가도록 했다. 맹달에게 기병할 준비를 갖추라 하여 의심을 사지 않도록 하려는 것이었다.

양기를 떠나보낸 뒤 사마의는 드디어 군사를 일으켰다. 행군을 시작한 지 이틀째 되는 날이었다. 사마의는 산 언덕 아래에서 한무리의 군사를 만났다. 우장군 서황이었다. 서황은 말에서 내려 사마의에게 묻는다.

"황제께서 촉군을 맞아 싸우기 위해 친히 장안으로 나아가셨는데, 지금 도독께서는 어딜 가십니까?"

사마의는 목소리를 낮추어 서황에게 말한다.

"맹달이 모반하여 그를 사로잡으러 가는 길이오."

서황이 말한다.

"그렇다면 내가 선봉을 맡겠소이다."

사마의는 크게 기뻐하며 군사를 합쳐 곧 서황을 전군으로 삼고, 자신이 중군을 맡았으며, 두 아들에게는 후군을 맡겨 계속 진군했다. 또다시 이틀이 지났다. 전군의 척후병이 맹달의 심복부하를 사로잡아 사마의에게로 데려왔다. 품속에서 맹달에게 보내는 공명의 답신이 나왔다. 사마의가 문초한다.

"너를 죽이지 않을 테니, 숨기지 말고 모든 걸 자백하라."

맹달의 심복은 그동안 맹달과 공명이 서로 서신을 주고받은 사실을 세세히 고했다. 사마의는 공명의 답신을 뜯어보고는 몹시 놀랐다.

"세상에서 뛰어난 자는 생각하는 바가 모두 같아, 공명이 이미 내 능력을 간파하고 있었구나. 그러나 내가 도리어 모든 내막을 알게 되었으니, 황제께서는 복이 많으신 분이다. 맹달은 이제 내게 꼼짝없이 당하게 되었다."

사마의는 군사를 재촉해 밤낮을 가리지 않고 전진했다.

한편 맹달은 신성에서 금성 태수 신의, 상용 태수 신탐(申耽)과 함께 거사하기로 맹약하고 그날이 오기를 기다리고 있었다. 신의와 신탐 두 사람은 이에 거짓으로 응해놓고, 날마다 군마를 조련하며 위군이 당도하면 지원할 준비를 갖추느라 바빴다. 그러면서 맹달에게는 군기와 양초를 아직 갖추지 못해 약속한 날에 거사하기는 어려울 것 같다고 딴소리를 했다. 맹달은 조금도 의심하지 않았다. 그러한 때 신성의 맹달에게 참군 양기가 찾아왔다. 맹달이 성안으로 맞아들이니, 양기가 사마의의 명을 전한다.

"사마 도독께서 황제의 조칙을 받들고 여러 지방의 군마를 일으켜 촉을 물리치시려 하오. 태수는 군사를 조련하며 명을 기다렸다가 떠날 태세를 갖추라 하셨소."

맹달이 초조하게 묻는다.

"도독은 언제쯤 군사를 일으켜 진군하시오?"

양기가 능청맞게 답한다.

"아마 지금쯤은 완성을 떠나 장안을 향하고 계실 것이오."

맹달은 안심하며 기뻐했다.

'드디어 대사를 이루게 되었구나!'

맹달은 잔치를 베풀어 양기를 후하게 대접하고 성밖까지 나가서 전송했다. 그러고 나서 즉시 신의와 신탐에게 사람을 보내 통보했다.

"내일 거사할 것이니, 깃발을 대한(大漢)의 기로 바꾸어달고 군마를 출정시켜 낙양을 취하라."

그때 수하군사가 와서 보고한다.

"성밖에 흙먼지가 자욱한데 어느 편 군사인지는 모르겠습니다."

맹달이 의아해하며 성에 올라가 바라보니, 과연 한무리의 군사들이 나는 듯이 몰려오는데 깃발에 '우장군 서황'이라는 이름이 뚜렷이 적혀 휘날린다. 대경실색한 맹달은 급히 조교를 끌어올렸다. 서황은 말을 멈추지 않고 곧장 성 주변 해자 앞까지 와서 큰소리로 외친다.

"반역자 맹달은 속히 항복하라!"

맹달은 크게 노하여 재빨리 활을 들어 서황을 겨누어 쏘았다. 서황은 이마에 화살을 맞고 그 자리에 쓰러졌다. 곁에 있던 장수들이 서황을 구해 물러나는데 성위에서는 화살을 비오듯이 쏘아댔다. 위군은 결국 더 싸우지 못하고 물러났다. 맹달은 즉시 성문을 열고 위군을 추격하려 했다. 그때였다. 하늘을 뒤덮을 듯 정기를 휘날리며 사마의의 군사가 몰려오고 있는 게 아닌가? 맹달은 하늘을 우러러 길게 탄식했다.

"과연 공명의 생각이 맞았구나!"

맹달은 나가 싸우려던 생각을 접고 성문을 굳게 닫아걸고 지키기만 했다.

한편 맹달의 화살을 맞은 서황은 영채로 옮겨져 화살을 뽑고 의원을 불러 치료를 받았으나 그날밤으로 죽고 말았다. 이때 그의 나이 59세였다. 사마의는 서황의 영구를 낙양으로 보내 장례를 치르도록 했다.

다음날, 맹달은 성위에 올라 사방을 두루 살펴보았다. 위군은 철통같이 성을 포위하고 있었다. 맹달은 앉으나 서나 불안하고 놀라워 어쩔 줄 모르는데, 성밖에서 두 길로 나뉘어 군사들이 몰려오고 있었다. 자세히 보니 깃발에 '신탐' '신의' 두 이름이 크게 적혀 있었다. 맹달은 구원병이 온 줄 알고 그제야 안도의 한숨을 내쉬며 성문을 열어 맞으라고 호령했다. 그러고는 군사를 거느리고 황급히 성을 나서는데, 신탐과 신의 두 장수가 목소리를 가다듬어 큰소리로 맹달을 꾸짖는다.

"반역자 맹달은 속히 나와 죽음을 맞으라!"

맹달은 사태가 뒤바뀐 것을 알고 말머리를 돌려 성을 향해 달렸다. 그러나 어찌 된 일인지 성위에서 화살이 빗발치듯 쏟아지며, 이보와 등현 두 사람이 아래를 내려다보며 크게 꾸짖는 게 아닌가.

"이 역적놈아, 네 감히 어디로 들어오려 하느냐? 우리는 도독께 성을 바친 지 오래다!"

맹달은 다시 말머리를 돌려 달아나기 시작했다. 신탐이 그 뒤를 놓칠세라 바싹 추격해왔다. 맹달은 말을 재촉해 어떻게든 위기에서 벗어나려 했으나 사람과 말이 모두 지친 터라 결국 손 한번 제대로 써보지 못한 채 신탐의 창에 맞아 말 아래로 굴러떨어지고 말았다. 마침내 신탐이 맹달의 머리를 베어들었다. 그와 함께 맹달의 군사들은 모두 항복하고 말았다.

이보와 등현은 성문을 활짝 열고 사마의를 영접해 성안으로 모셨다. 사마의는 먼저 백성들을 위로하고 군사들에게 상을 내리는 한편, 위주 조예에게 승리의 소식을 전했다. 조예는 크게 기뻐하며 맹달의 머리를 낙양성으로 가져와 모든 백성들이 볼 수 있도록 저잣거리에 내걸게 했다. 그리고 신탐과 신의의 벼슬을 높여 사마의를 따라 촉군을 토벌하게 하고, 이보와 등현에게는 신성과 상용을 지키도록 명했다.

드디어 사마의는 장안성 밖에 이르러 영채를 세운 뒤에 성안으로 들어가 위주를 뵈었다. 위주는 몹시 기뻐하며 말한다.

"짐이 지난날 아둔하여 반간계에 빠졌던 일은 참으로 후회스럽소. 이번에 맹달이 반역한 일만 해도, 경의 힘이 아니었다면 무슨 수로 양경을 지킬 수 있었겠소?"

사마의가 아뢴다.

"신의 밀고로 맹달이 모반하려 함을 처음 알았을 때 표문을 올려 폐하께 아뢰고 싶은 마음이 간절했으나 그러지 못했습니다. 오가며 시간을 지체했다가 혹시 일을 그르칠까 두려워 성지(聖旨)를 기다리지 않고 밤낮없이 신성으로 달려간 것이니, 만일 성지를 기다렸다면 필시 제갈량의 계책에 빠졌을 것입니다."

사마의가 공명이 맹달에게 보낸 은밀한 답신을 조예에게 바치자 조예가 읽어보고는 크게 기뻐한다.

"경의 전략은 손오(孫吳, 고대의 유명한 병법가 손무와 오기)를 능가하는도다. 이제 경에게 황금 부월(斧鉞) 한쌍을 내릴 터이니, 앞으로 급박하고 중대한 일을 만나거든 언제나 짐의 뜻을 기다릴 것 없이 알아서 행하시오."

그러고는 사마의에게 다시 출정해 촉을 격파하라고 영을 내렸다. 사마의가 아뢴다.

"신이 대장을 한 사람 천거해 선봉으로 삼고자 하옵니다."

"경은 누구를 천거하려오?"

"우장군 장합(張郃)이 가히 소임을 맡을 만하옵니다."

조예가 웃으며 말한다.

"짐도 그 사람을 쓰려던 참이었노라."

조예는 마침내 장합을 전군 선봉으로 삼고 사마의와 함께 장안성을 떠나 촉군을 무찌르도록 명했다.

이미 모신이 있어 능히 계략을 쓰는데 　　　　　既有謀臣能用智

또 맹장을 구해 위엄을 더하는구나 　　　　　又求猛將助施威

과연 위와 촉의 승부는 어찌 날 것인가?

거문고를 타는 제갈공명

마속은 간언을 듣지 않다가 가정땅을 잃고
공명은 거문고를 타서 중달을 물리치다

위주 조예는 장합을 선봉장으로 삼아 사마의와 함께 진병하도록 했다. 또한 신비(辛毗)와 손례(孫禮) 두 사람에게 군사 5만을 내주고 조진을 도우라 명하니, 두 사람도 조칙을 받들고 떠나갔다.

한편 사마의는 군사 20만을 이끌고 관을 나와 영채를 세웠다. 그리고 선봉장 장합을 장막으로 불러놓고 말한다.

"제갈량은 평생 매사를 조심하여 한번도 일을 소홀히 처리한 적이 없었소. 내가 이번에 촉의 군사를 썼다면 먼저 자오곡으로 해서 곧바로 장안을 취했을 것이니, 그렇게 했다면 장안성은 이미 함락되었을 것이오. 제갈량이 그리 하지 않은 것은 몰라서가 아니오. 다만 실수를 두려워하여 모험하지 않으려 했을 뿐이오. 이번에 제갈량은 반드시 야곡에서 출군해 미성(郿城)을 칠 것이고, 미성을 취하고 나면 다시 군사를 두 길로 나누어 한쪽 군사는 기곡을 취할 것이외다. 내 이미 조진에게 격문을 보내 미성을 굳게 지킬 뿐 절대로 나가 싸우지 말라 영을 내렸고, 손례와 신비로 하여금 기곡으로 가는 길목에 매복해 있다가 촉군이 당도하는 즉시 군사를 일으켜 기습공격을 하라고 일러두 었소."

장합이 묻는다.

"그렇다면 장군께서는 어디로 진군하시렵니까?"

사마의가 말한다.

"진령(秦嶺) 서쪽에 한 가닥 길이 있는데, 그곳으로 가면 가정(街 亭)이라는 곳에 닿고, 또한 가정 옆에는 열류성(列柳城)이 있는데, 이 두 곳 모두 한중을 안전하게 지킬 수 있는 요충지요. 제갈량은 틀림없 이 자단(子丹, 조진의 자)이 아무 방비도 하지 않았으리라 여기고 이쪽 으로 쳐들어올 것이오. 이제 그대와 더불어 가정을 먼저 취한다면 양 평관도 멀지 않을뿐더러, 내가 가정의 중요한 길목을 끊어 저들의 군 량 보급로를 차단한 것을 제갈량이 알게 되면 농서 일대가 위험에 처 하는지라 즉시 밤을 새워 한중으로 돌아갈 것이오. 제갈량이 군사를 돌려 움직일 때를 기다렸다가 내가 군사를 이끌고 소로에서 맞아 싸 운다면 완전히 승리할 수 있소. 또한 설사 제갈량이 군사를 돌리지 않 는다 해도 각 요충지마다 군사를 배치해 보급로를 차단하고 한달만 시일을 끈다면 촉군은 양식이 없어 모두 굶어죽을 테니, 제갈량도 반 드시 내 손에 사로잡히고야 말 게요."

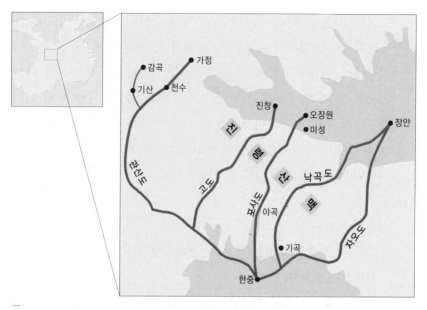

촉의 한중에서 진령산맥을 넘어 위의 관중으로 들어갈 수 있는 다섯 갈래의 길

장합은 사마의의 계책을 듣고 탄복하여 땅에 엎드려 절을 올리며 말한다.

"도독의 계책은 참으로 절묘합니다."

사마의가 다시 입을 연다.

"그러나 내 뜻대로 된다 하더라도 제갈량은 맹달 따위와는 비교도 할 수 없는 인물이니, 장군은 선봉장으로서 경솔히 움직여서는 안되오. 여러 장수들과 긴밀히 연락을 취하면서 산 서쪽으로 나아가되 반드시 먼저 정탐하여 복병이 있는지 확인한 후 진군하도록 하오. 잠시라도 방심했다가는 반드시 제갈량의 계책에 빠지고 말 것이오."

장합은 사마의의 말을 가슴 깊이 새기고 군사를 이끌고 떠나갔다.

한편 공명은 기산 영채에 있었다. 신성의 정세를 살피러 갔던 정탐꾼이 돌아왔다는 보고가 들어왔다. 공명이 급히 불러들여 물으니, 정탐꾼이 고한다.

"사마의가 길을 재촉하여 이틀길을 하루에 움직여 여드레 만에 신성에 도착한지라 맹달은 미처 손쓸 겨를이 없었습니다. 뿐만 아니라 신탐·신의·이보·등현 등이 적과 내통하는 바람에 맹달은 그만 난전 중에 죽고 말았습니다. 사마의는 군사를 거두어 장안성으로 가서 위주를 만나고, 다시 장합과 더불어 관을 나와 우리 촉군을 막기 위해 쳐들어오고 있습니다."

공명은 크게 놀라 말한다.

"맹달이 일을 치밀하게 하지 못했으니 그 죽음은 당연한 일이로다. 이제 사마의가 관을 나섰다 하니 반드시 가정을 취해 우리의 목구멍과 같은 요충지를 끊을 터인데, 누가 군사를 이끌고 가서 가정을 지키겠는가?"

공명의 말이 떨어지기 무섭게 참군 마속이 앞으로 나선다.

"제가 가겠습니다."

공명이 말한다.

"가정은 비록 작지만 우리에게 매우 중요한 곳이니 그곳을 잃는 날에는 우리 대군은 끝장이라 할 수 있소. 그대가 작전에 능하다고는 하나 그곳에는 성곽도 없고 의지할 천험(天險)의 요새도 없으니 지키기가 매우 어렵소."

마속이 말한다.

"제가 어려서부터 병서를 읽어 자못 병법을 아는데 어찌 가정 하나 제대로 지키지 못하겠습니까?"

그래도 공명은 마음을 놓지 못한다.

"사마의는 예사 인물이 아니며 장합 또한 위의 명장이오. 그대가 능히 대적하지 못할까 참으로 두렵도다!"

마속이 단호하게 말한다.

"사마의나 장합 무리가 뭐 그리 대단하다 하십니까? 비록 조예가 온다 해도 놀랄 제가 아닙니다. 만에 하나 제게 실수가 있다면 승상께서는 저의 온가족을 참하십시오."

공명이 꾸짖는다.

"군중(軍中)에서는 농담이란 있을 수 없느니라."

마속의 태도는 더욱 단호했다.

"그렇다면 군령장을 쓰겠습니다."

공명은 머리를 끄덕였다. 마속이 군령장을 써서 바치자 공명이 입을 연다.

"그대에게 2만 5천의 정예병을 주고 또 한 사람의 상장을 딸려보내 그대를 돕도록 하겠소."

그러고는 곧 왕평을 불러 분부한다.

"내 그대가 평소 신중한 것을 아는 터라 이번에 특별히 중임을 맡기고자 하오. 그대는 먼저 가정에 당도하면 조심스럽게 영채를 세우되, 중요한 길목을 장악하여 적들이 절대로 지나가지 못하도록 해야 하오. 영채를 세운 뒤에는 사면팔방의 지형을 자세히 그려 내게 보내시오. 매사를 두 사람이 상의해서 행하되 절대로 경솔히 움직여서는 안되오. 그곳을 굳게 지켜낸다면 그대는 장안을 취하는 데 일등공신이 될 터이니 부디 조심하고 또 조심하오."

마속과 왕평 두 사람은 공명에게 절을 올리고 가정을 향해 군사를 이끌고 떠났다. 공명은 두 사람에게 혹시라도 실수가 있지 않을까 하여 안심이 되지 않았다. 생각끝에 다시 고상(高翔)을 불러 분부한다.

"가정 동북쪽에 성이 하나 있는데, 바로 열류성이오. 이 성은 궁벽한 산골짜기에 있어 길이 좁으니 가히 군사를 주둔하고 영채를 세울 만한 곳이오. 그대에게 군사 1만명을 줄 터이니, 그곳에 주둔해 있다가 만일 가정이 위태로워지면 가서 구원하도록 하오."

공명의 명을 받고 고상도 즉시 군사를 이끌고 떠났다. 고상을 보내고 나서도 공명은 좀체로 불안감을 떨쳐버릴 수가 없었다.

'아무래도 고상은 장합의 적수가 못 된다. 대장을 한 사람 더 보내 가정 오른쪽에 주둔시켜야만 적군을 막아낼 수 있으리라.'

공명은 마침내 위연을 불러 본부군사를 거느리고 가정땅 뒤쪽으로 가서 주둔하게 했다. 위연이 묻는다.

"제가 전군 선봉으로서 마땅히 앞장서 적을 격파해야 할 것인데, 어째서 그런 한가한 곳에 보내십니까?"

공명이 대답한다.

"선봉장이 되어 적을 공격하는 것은 편장(偏將)이나 비장(裨將) 정도도 능히 감당할 일이오. 지금 그대에게 가정땅을 후원하게 하는 것은 양평관으로 가는 길목을 막아 한중을 안전하게 할 요충지를 지키고자 함이니 이보다 더 막중한 책임이 어디 있다고 이 일을 한가하다 하시오? 조금이라도 등한히하여 대사를 그르치지 말고, 부디 조심하고 또 조심하시오."

그제야 위연은 얼굴이 밝아지며 군사를 이끌고 길을 떠났다. 공명은 비로소 조금 마음이 놓이는 듯했다. 그제서야 조자룡과 등지를 불러 영을 내린다.

"지금 사마의가 출병하여 상황이 지난날과는 전혀 다르오. 두 분

장군께서는 각각 군사들을 거느리고 기곡땅으로 가시오. 그곳에서 군사가 많은 것처럼 꾸며 적을 속이되, 위군을 만나거든 때로 싸우기도 하고 물러서기도 하면서 그들을 혼란스럽게 만드시오. 그러는 동안 나는 대군을 이끌고 야곡을 지나 미성을 취하겠소. 만일 미성을 얻게 되면 장안은 쉽게 손에 넣을 수 있을 것이오."

조자룡과 등지 두 사람이 영을 받고 떠났다. 이어 공명도 강유를 선봉으로 삼아 군사를 이끌고 야곡으로 진군했다.

한편 마속과 왕평 두 사람은 가정땅에 이르렀다. 지세를 둘러본 마속이 웃으며 말한다.

"승상께서는 참으로 걱정이 지나치시구려. 이렇게 궁벽한 산골짜기에 어찌 감히 위군이 쳐들어온단 말이오?"

왕평이 대답한다.

"설령 위군이 오지 않는다 해도 이곳에 이르는 다섯 길목에 영채를 세우고 군사들에게 나무를 베어다 목책을 둘러놓게 하여 오래 버틸 수 있을 만한 대비책을 세워두어야 할 것이오."

마속이 말한다.

"어찌 길목에다 영채를 세우려 하시오? 저쪽 산은 사면이 모두 막혀 있는데다 숲이 무성하니, 이는 바로 하늘이 우리에게 내리신 요새라 할 것이오. 그러니 저 산위에 군사를 주둔합시다."

왕평이 힘주어 말한다.

"그건 참군이 잘못 생각하시는 게요. 우리가 이 길목에 영채를 세우고 울타리를 쌓아 지킨다면 적군 10만명이 쳐들어온다 해도 통과하지 못할 것이오. 만일 이 요충지를 버리고 산위에 주둔했다가 위군이 쳐들어와 사면을 포위한다면 장차 어찌하시겠소?"

마속이 크게 웃으며 말한다.

"참으로 아녀자와 같은 소견이시오. 병법에 이르기를 '높은 곳에 의지해 아래를 보면 그 형세가 마치 대나무를 쪼개는 것과 같다(憑高視下 勢如劈竹)' 했소이다. 만일 위군이 온다면 내 한놈도 목숨을 부지해 돌아갈 수 없게 만들 터이니 염려 마시오."

왕평은 끈질기게 마속을 설득하려 한다.

"나는 수차례나 승상을 모시고 싸움에 임하면서 승상께서 진을 벌이시는 것을 보아왔소. 이르는 곳마다 승상께서는 지성으로 가르쳐주셨소. 지금 이 산의 형세를 살펴보니 워낙 외떨어진 곳이라, 만일 위군이 와서 우리가 물을 길어먹을 길을 끊어버린다면 군사들은 변변히 싸움도 못해보고 자중지란에 빠지게 될 게요."

마속은 버럭 역정을 낸다.

"그대는 군심을 어지럽히지 마시오! 손자가 말하기를 '죽을 땅에 들어간 뒤에야 살 수 있다(置之死地而後生)' 하였소. 그대 말대로 만일 위군이 우리의 물길을 끊는다면 우리 군사들은 죽기로써 싸워 일당백(一當百)을 해치울 수 있을 게요. 내 일찍부터 병서를 읽은 터라 승상께서도 모든 일을 오히려 내게 물으셨거늘, 어찌 그대가 감히 내 뜻을 꺾으려는 게요?"

왕평이 마지막으로 말한다.

"참군이 기어코 산위에 영채를 세우겠다면 내게 군사를 나누어주시오. 나는 산 서쪽에 조그맣게 영채를 세워 서로 기각지세(掎角之勢)를 이루었다가 만일 위군이 오거든 호응하도록 합시다."

마속은 왕평의 말을 끝내 듣지 않았다. 그때 갑자기 산속에 살고 있던 백성들이 떼지어 달려오더니 위군이 벌써 가까이 왔다고 전했다.

왕평은 작별을 고하고 떠나려 했다. 그제서야 마속이 말한다.

"내 명령을 따르지 않겠다면 군사 5천을 내줄 테니, 가서 그대 마음대로 하시오. 그러나 내가 위군을 물리치고 승상께 돌아가는 날에는 절대로 공훈을 나누지 않을 것이니 그리 아오."

왕평은 군사 5천명을 이끌고 산에서 10리쯤 떨어진 곳에 영채를 세운 다음 우선 지형도부터 자세히 그렸다. 수하군사에게 이를 주어 밤을 낮 삼아 달려가 승상께 전하도록 명하고, 또한 마속이 산위에 영채를 세웠다는 말도 전하라고 일렀다.

한편 사마의는 성안에 있으면서 둘째아들 사마소를 불러 할 일을 분부한다.

"너는 나가서 앞길을 탐색하되, 만일 가정에 촉의 군사가 지키고 있거든 더 나아가지 말고 멈추어라."

사마소가 나는 듯이 한바퀴 둘러보고 와서 사마의에게 아뢴다.

"수많은 군사들이 가정을 지키고 있었습니다."

사마의가 탄식한다.

"제갈량은 과연 신인이로다. 내가 어찌 그를 당해낼 수 있으랴?"

사마소가 웃으며 말한다.

"아버님께서는 어찌하여 스스로 기운을 꺾으려 하십니까? 제 생각에는 가정을 취하는 일이 그리 어려울 것 같지 않습니다."

사마의가 아들을 나무란다.

"네가 뭘 안다고 큰소리를 치는 게냐?"

사마소가 대답한다.

"제가 살펴본 바로는 길목에는 전혀 영채를 세우지 않았고 군사들은 모두 산위에 주둔해 있었습니다. 그래서 쉽게 무찌를 수 있다고 생각했습니다."

뜻밖의 말에 사마의는 몹시 기뻐한다.

"만일 촉군이 산위에 주둔해 있다면 이는 하늘이 나로 하여금 대사를 이룰 수 있도록 도우시는 것이다!"

사마의는 마침내 갑옷을 갖춰입고 기병 1백여명을 거느리고 몸소 정찰에 나섰다. 그날 따라 밤하늘은 유난히 맑고 달빛도 밝았다. 사마의는 산밑에 이르러 그 주위를 천천히 살펴보고 돌아갔다. 산위에서 이 광경을 지켜보던 마속은 큰소리로 웃으며 말한다.

"제놈들 명이 길다면 결코 이 산을 포위하지는 않을 테지!"

그러고는 여러 장수들에게 전령을 내린다.

"만일 적병이 오면 산위에서 붉은 깃발을 흔들어 보일 것이니, 그것을 신호삼아 즉시 산 아래로 달려내려가 적을 치도록 하라."

한편 영채로 돌아온 사마의는 수하군사에게 명한다.

"어떤 장수가 가정을 지키고 있는지 알아오라!"

얼마 뒤 정탐하러 나갔던 군사가 와서 고한다.

"마량의 아우 마속이 지키고 있습니다."

사마의가 껄껄 웃으며 말한다.

"마속은 그저 허명만 높은 용렬한 장수에 불과하다. 공명이 이 정도의 인물을 쓰니, 어찌 일을 그르치지 않겠느냐?"

웃음을 그치고 사마의가 다시 묻는다.

"가정의 좌우에 다른 군사는 없더냐?"

"산에서 10리쯤 떨어진 곳에 왕평이 영채를 세워 지키고 있습니다."

사마의는 즉시 장합에게 명해 한무리의 군사를 이끌고 가서 왕평을 막도록 했다. 또한 신탐과 신의에게 두 길로 나뉘어 진군해가서 마속이 포진하고 있는 산을 포위하되, 먼저 수로를 차단한 뒤 촉군이 저절로 혼란스러워지는 틈을 타서 공격하도록 명했다. 위군은 그날밤 이에 대한 만반의 준비를 마쳤다.

　다음날 날이 밝기가 무섭게 먼저 장합이 군사를 이끌고 뒤쪽 길로 떠나갔다. 사마의는 무서운 기세로 대군을 이끌고 진격해가서 사면에서 산을 포위해버렸다. 마속이 산위에서 내려다보니 위군들이 산과 들을 온통 뒤덮었는데 정기며 대오가 정연하기 이를 데 없었다. 촉군은 사면을 포위한 위군을 내려다보며 겁을 집어먹고 감히 내려가 싸울 엄두를 내지 못했다. 마속이 아무리 붉은 깃발을 흔들어도 장수고 군졸이고 간에 서로 미루기만 할 뿐 누구 하나 움직이려 하지 않았다. 화가 치밀어오른 마속은 칼을 뽑아 두 장수의 목을 베어버렸다. 그제서야 군사들은 겁에 질린 채 산 아래로 공격해내려갔다. 그러나 위군은 끄떡도 하지 않았다. 촉군은 후퇴하여 다시 산위로 올라왔다. 비로소 사태가 불리한 것을 깨달은 마속은 즉시 군사들에게 명하여 영채문을 굳게 닫고 지키라고 하고 구원병이 오기만을 기다리고 있었다.

　한편 왕평은 위군이 쳐들어오자 군사를 몰고 달려나가 장합과 정면으로 맞붙었다. 장합과 어울려 싸운 지 수십여합에 왕평은 힘이 달리고 군사도 모자라 그만 물러서고 말았다.

　이때 위군들은 마속이 주둔해 있는 산을 에워싼 채 진시(辰時, 오전 8시)에서 술시(戌時, 오후 8시)에 이르도록 꼼짝도 않고 지키고 있었다. 산위에서는 밥을 지어먹기는커녕 마실 물조차 없었다. 촉군의 진영은 혼란스러워졌다. 밤이 깊어지자 산의 남쪽에 있던 촉군들은 영채문을 활짝 열고 산을 내려가 위군에 투항하기에 이르렀다. 마속으로서는 이를 알면서도 막을 수가 없었다. 이에 더해 사마의는 군사들에게 명해 산기슭에 불을 놓게 했다. 산위의 촉군들은 점점 더 혼란에 빠져들었다. 더이상 버티기가 어려워진 마속은 마침내 남은 군사들을 수습해 산 서쪽으로 달아나기 시작했다.

사마의는 길을 열어 달아나는 마속을 지나가게 한 다음, 장합을 시켜 군사를 몰고 추격하도록 했다. 마속이 장합에게 쫓겨 숨가쁘게 30여리쯤 달아났을 때였다. 갑자기 앞에서 북소리와 뿔피릿소리가 요란하게 울리더니, 한무리의 군사들이 나타나 마속을 지나가게 하고 장합을 막아섰다. 장합이 놀라서 보니 바로 촉장 위연이었다. 위연이 칼을 춤추듯 휘두르며 달려들자 장합은 당해내지 못하고 달아났다. 위연은 장합의 뒤를 바싹 쫓아 가정을 탈환하고 나서 다시 50여리쯤 추격해갔다. 그때 문득 함성이 일더니 양쪽에서 복병이 몰려나왔다. 왼쪽은 사마의요 오른쪽은 사마소였다.

사마의와 사마소가 위연의 배후로 돌아 에워싸자 달아나던 장합까지 말머리를 돌려 가세했다. 위연은 세 방면의 군사들에게 둘러싸인 채 좌충우돌 죽기로써 싸웠으나 끝내 적의 포위를 벗어나지 못하여 마침내는 군사를 태반이나 잃고 위급한 처지가 되었다.

바로 그때 갑자기 한무리의 군사들이 위군의 포위망을 깨뜨리며 쳐들어왔다. 왕평이 군사를 이끌고 나타난 것이다. 위연이 기뻐하며 크게 외쳤다.

"이제야 살았구나!"

위연과 왕평이 군사를 합쳐 닥치는 대로 위군을 베기 시작하니 그제서야 위군은 물러갔다. 두 장수는 급히 말을 달려 영채로 돌아갔다.

그런데 영채는 온통 위군의 깃발로 뒤덮여 있었고, 더구나 그 안에서 신탐과 신의가 기세좋게 달려나와 맞섰다. 왕평과 위연은 고상이 지키고 있는 열류성을 향해 말머리를 돌려 달아났다.

그때 열류성을 지키고 있던 고상은 가정이 함락되었다는 소식을 듣고 군사를 일으켜 도우러 나오다가 위연과 왕평을 만났다. 두 장수에게서 그간의 정황을 자세히 듣고 나서 고상이 말한다.

"오늘밤 위군의 영채를 급습해 가정을 되찾도록 합시다!"

세 장수는 산 아래에서 뜻을 정하고 날이 저물기를 기다려서 군사를 세 길로 나누어 진군했다. 위연이 앞서서 가정에 당도해보니 사람이라고는 그림자조차 찾아볼 수 없었다. 위연은 크게 의심이 들어 더나가지 못하고 길목에 군사를 매복하고는 동정을 살폈다. 뒤이어 고상이 군사를 몰고 나타났다. 두 사람은 위군이 보이지 않자 불안해하며 의문에 사로잡혔다. 어찌 된 일인지 왕평의 군사도 도착하지 않는다. 그때였다. 갑자기 포성이 울리고 불길이 치솟는 것과 동시에 북소리가 천지를 뒤흔들며 울려퍼지더니, 위군이 일제히 내달려와 위연과 고상을 에워쌌다.

위연과 고상 두 장수는 좌충우돌하며 포위에서 벗어나려 했으나 도무지 길을 열 수 없었다. 두 사람이 어쩔 줄 몰라하는데, 갑자기 산기슭에서 우레 같은 함성이 일어나더니 한무리 군사들이 나타났다. 바로 왕평의 군사였다. 왕평은 위연과 고상을 구해내서 함께 열류성을 향해 달렸다. 거의 성 부근에 이르렀는데 또다시 난데없는 군사들이 함성을 지르며 쇄도해왔다. 얼른 보니 깃발에 '위도독 곽회'라 씌어 있었다. 원래 곽회는 조진과 상의하고 혹시 사마의가 전공을 모두 차지할까 염려되어 가정을 취하러 왔다가 이미 사마의와 장합이 가정성을 점령했다는 소식을 듣고 급히 군사를 몰아 열류성으로 달려오던 참이었다. 열류성 아래서 세 명의 촉장과 맞닥뜨린 곽회는 군사를 휘몰아 한판 크게 싸움을 치렀다. 여기서도 촉군은 크게 패하여 죽고 상한 자가 부지기수였다. 위연은 양평관마저 잃게 될까 두려워 곧 왕평·고상과 함께 급히 양평관을 향해 달려갔다.

한편 곽회는 군마를 정비하고 나서 좌우를 돌아보며 말한다.

"비록 이번 길에 가정을 얻지는 못했으나 열류성을 얻었으니 이 또한 큰 공이로다!"

곽회는 흡족해하며 군사를 이끌고 성 아래로 가서 성문을 열라고 소리쳤다. 이때였다. 성위에서 포소리가 요란하게 울리며 깃발이 정연히 일어서는데, 그 깃발에 '평서도독 사마의'라고 씌어 있는 게 아닌가. 사마의가 회심의 미소를 지으며 현공판을 쳐들고는 난간에 기대서서 곽회를 내려다보며 크게 웃는다.

"곽백제(郭伯濟, 백제는 곽회의 자)께서는 왜 이리 늦으셨소?"

곽회는 크게 놀라 중얼거렸다.

"중달의 신이한 지모는 내가 도저히 따를 길이 없구나!"

의기소침해진 곽회가 성안으로 들어가 인사를 나누는데 사마의가 말한다.

"제갈량이 이제 가정을 잃었으니 반드시 달아날 것이오. 공은 자단(子丹, 조진의 자)과 더불어 밤새 달려가 그를 추격하시오."

곽회는 그 말에 따라 그대로 군사를 휘몰아 열류성을 떠났다. 사마의가 장합을 불러 말한다.

"자단과 백제는 내가 전공을 독차지할까 두려워 열류성을 취하러 온 것이오. 그러나 이번 일은 요행일 뿐, 내 공이라고 할 게 없소. 내 생각에 위연·왕평·마속·고상 등은 틀림없이 양평관으로 가서 그곳을 지킬 게요. 만일 내가 양평관을 취하러 간다면 반드시 제갈량이 우리 뒤를 습격할 것이고, 그리 되면 제갈량의 계략에 빠지기 십상이오. 병법에서도 말하기를 '돌아가는 군사는 엄습하지 말고, 궁한 도둑은 쫓지 말라(歸師勿掩 窮寇莫追)' 했으니 그대는 소로로 기곡땅으로 가서 물러가는 촉군을 위협하도록 하오. 나는 군사를 이끌고 야곡의 군사를 막을 것이니, 그들이 패하여 달아나더라도 절대 막으려 하지 마시오. 절반쯤 달아나게 두었다가 엄습하면, 촉군의 군수품을 모두 얻을 수 있을 것이오."

장합은 사마의의 계책에 따라 군사 절반을 나누어 거느리고 기곡을 향해 떠났다. 사마의가 다시 영을 내린다.

"우리는 서성(西城)을 경유해 야곡을 취하러 간다. 서성은 비록 궁벽한 작은 고을이지만 촉군의 식량을 저장해둔 곳이며, 또한 남안(南安)·천수(天水)·안정(安定) 세 군으로 통하는 길목이니, 서성을 취하고 나면 세 고을도 모두 탈환할 수 있다."

사마의는 신탐과 신의에게 열류성을 맡기고 몸소 대군을 이끌고 야곡을 향해 출발했다.

한편 공명은 가정을 지키라고 마속 등을 보내고 나서 계속 불안해하고 있었다. 그때 문득 보고가 올라왔다.

"왕평이 사람을 시켜 지형도를 보내왔다 합니다."

공명이 불러들이게 하니, 좌우 사람이 지도를 받아 바쳤다. 서둘러 지형도를 펼쳐본 공명은 책상을 치며 놀란다.

"마속이 무지하게도 우리 군사를 함정 속에 몰아넣었구나!"

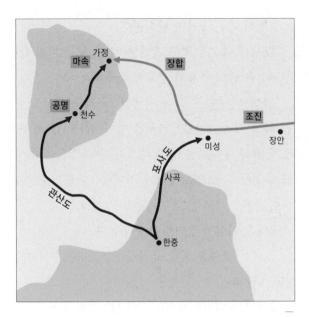

공명·마속의 군사는 장합·조진의 군사와 가정에서 맞붙다

좌우 사람이 놀라 까닭을 묻는다.

"승상께서는 어찌 그리 놀라십니까?"

"이 지형도를 보니 중요한 길목은 모두 버려두고 산위에 영채를 세웠소! 만일 적들이 사방에서 포위하고 물길을 끊는다면 이틀도 못 가 군사들이 저절로 혼란에 빠질 것이오. 가정을 잃게 되면 대체 우리는 어디로 간단 말인가?"

장사 양의가 나서며 말한다.

"비록 재주는 없으나 제가 가서 영채를 보존하겠습니다."

공명이 어느 곳에 영채를 세워야 할지 일일이 양의에게 분부를 내려 떠나보내려는 참에 또 사람이 들어와 고한다.

"가정과 열류성을 모두 잃었다고 합니다."

공명이 발을 구르며 탄식한다.

"대사를 다 그르치고 말았구나! 이 모두 나의 잘못이로다!"

공명은 급히 관흥과 장포를 불렀다.

"그대 두 사람은 각각 정예병 3천씩을 이끌고 무공산(武功山) 소로를 타고 가라. 가다가 위군을 만나더라도 큰 싸움을 벌이지 말고, 북소리 크게 울리고 함성을 내질러 수가 많은 척하여 적을 놀라게 하면 필시 적들은 스스로 물러날 것이니, 절대로 추격해서는 안된다. 모두 놓아보내고 나서 곧장 양평관으로 가라."

공명은 이어서 장익에게 분부한다.

"그대는 군사를 이끌고 검각(劍閣)으로 가서 길을 정비하여 돌아갈 길을 다지라."

그러고는 비밀리에 전군에 영을 내려 행장을 수습하고 길 떠날 준비를 하게 했다. 또한 마대와 강유에게 후미에서 적의 추격을 끊도록 하면서, 먼저 산골짜기에 매복해 있다가 적군이 모두 사라지거든 군사를 거두게 했다. 뿐만 아니라 심복들을 각각 천수·남안·안정으로 보내 그곳에 주둔하고 있는 군사들과 관리·백성 들을 모두 한중으로 옮기도록 하고 기현으로 사람을 보내 강유의 노모를 한중으로 모셔오게 했다.

이렇듯 조처한 뒤 마침내 공명은 몸소 군사 5천명을 거느리고 서성으로 가서 양초를 운반하기 시작했다. 이때 정탐꾼이 10여 차례나 달려와 고했다.

"사마의가 15만 대군을 거느리고 성을 향해 물밀듯이 밀려오고 있습니다."

이때 공명의 주위에는 이렇다 할 장수 한 사람 없었다. 남아 있는 사람이라고는 일반 문관들뿐이었으며, 이끌고 온 군사 5천명 중에서 절반 정도는 벌써 양초를 싣고 떠난 뒤였으니, 성에 남은 군사라고는 나머지 절반인 2천5백명에 불과했다. 모든 관원들은 이 소식에 얼굴빛이 변했다. 공명이 성위에 올라 멀리 바라보니, 과연 흙먼지가 하늘을 뒤덮을 듯이 일어나는 가운데 위군들이 두 길로 나뉘어 서성을 향해 무서운 기세로 짓쳐들어오고 있었다. 이윽고 공명은 영을 내렸다.

"성위에 세운 정기를 일제히 내리도록 하라! 모든 군사들은 성안의 길목을 지키고 함부로 드나들거나 큰소리로 떠들지 않도록 하라. 명을 어기는 자는 그 자리에서 목을 벨 것이다. 성문을 모두 열되, 각 성문마다 군사 20명씩을 백성으로 꾸며 물을 뿌리며 거리를 쓸도록 하라. 내게 묘책이 있으니 위군이 오더라도 동요하지 말고 모두들 침착하게 행동하라!"

당부하고 나서 공명은 학창의에 윤건을 쓰고 두 동자에게 거문고를 들려 적진이 내려다보이는 성루로 올라갔다. 그러고는 난간에 의지하고 앉아 향을 사르며 거문고를 뜯기 시작했다.

한편 성밑에 이른 사마의 전군은 이 광경을 목격하고, 감히 나가 싸우지 못하고 급히 사마의에게 이 사실을 보고했다. 사마의가 처음에는 믿지 못하고 웃기만 하더니, 삼군의 전진을 일단 중지시키고 몸소 말을 달려 행렬 앞으로 나가보았다. 과연 공명이 성루 위에 앉아 향을 피워놓고 웃는 얼굴로 거문고를 뜯고 있었다. 공명의 좌우에는 동자가 두명 시립해 있었는데, 왼쪽에 선 동자는 보검을 들고 있고 오른쪽에 선 동자는 손에 주미(塵尾, 사슴꼬리로 만든 먼지떨이)를 들고 서 있었다. 다시 고개를 돌려 성문 쪽을 보니, 성문 안팎으로 20여명의 백성들이 윗몸을 구부리고 물을 뿌리며 청소를 할 뿐이었다. 15만 대군

공명은 유유자적 거문고를 타서 사마의의 15만 대군을 물리치다

이 이르렀는데도 전혀 개의치 않는 무심한 그 태도는 방자하기까지 했다. 사마의의 마음에 불쑥 의구심이 일었다. 일단 말머리를 돌려 물러나더니 후군을 전군으로 삼고, 전군을 후군으로 삼아 북쪽 산길로 향하도록 명했다. 둘째아들 사마소가 말한다.

"제갈량이 군사가 없어서 일부러 꾸민 짓인데, 아버님께서는 어찌하여 군사를 물리십니까?"

사마의가 아들을 꾸짖는다.

"제갈량은 매사 신중하여 평생에 위험한 일을 하는 법이 없었다. 이제 저렇게 성문을 활짝 열어놓은 것으로 보아 반드시 매복이 있을 터이니 이럴 때 우리가 쳐들어간다면 그의 계책에 말려들 뿐이다. 너희들이 어찌 알겠느냐? 속히 퇴군하라."

사마의의 위군은 소리없이 물러갔다. 이를 지켜보던 공명이 마침내 손뼉을 치며 웃었다. 여러 관원들이 모두 어리둥절하여 공명에게 묻는다.

"위의 명장 사마의가 정예병 15만을 이끌고 여기까지 왔다가 승상을 보고 저렇듯 서둘러 물러가니 무슨 까닭인지 모르겠습니다?"

공명이 웃으며 대답한다.

"사마의는 내가 평소 조심성이 많아 위험한 일을 하지 않음을 아는지라, 우리의 태도를 보고 복병이 있다고 의심하여 물러간 것이오. 내오늘 일 같은 모험은 행하지 않는 바지만, 이제 형세가 급박하니 부득이 이러한 계책을 썼소이다. 이제 사마의는 필시 군사를 이끌고 샛길로 하여 북산으로 갈 것이오. 내 그럴 줄 알고 미리 관흥과 장포 두 사람을 그곳에 매복시켜 지키고 있다가 공격하라 일러두었소."

공명의 말을 듣고 모든 관원들은 깊이 탄복했다.

"승상의 현묘한 계책은 귀신도 헤아릴 수 없습니다. 저희들 같았으면 벌써 성을 버리고 달아났을 것입니다."

공명이 말한다.

"우리 군사는 겨우 2천5백명뿐이오. 달아난다 해도 얼마 못 가서 사마의에게 사로잡히지 않았겠소?"

후세 사람이 이 일을 두고 시를 지어 찬탄했다.

석자 길이 거문고가 대군보다 낫구나	瑤琴三尺勝雄師
제갈량이 서성에서 적을 물리칠 때	諸葛西城退敵時
15만 군사들이 말머리 돌리던 곳	十五萬人回馬處
이 고장 사람들 지금도 그 자리 가리키며 의아해하네	土人指點到今疑

공명은 박장대소하며 한마디 덧붙인다.

"내가 만일 사마의였다면 절대 물러가지 않았을 것이오."

그러고는 영을 내렸다.

"사마의가 반드시 돌아올 터이니 서성의 백성들을 속히 한중으로 떠나게 하시오."

마침내 공명은 인마를 수습하고 서성을 떠나 한중으로 향했다. 천수·안정·남안 세 고을의 군사들과 백성들도 피난짐을 이고 지고 줄을 지어 그 뒤를 따랐다.

한편 사마의는 무공산 소로를 향해 달리고 있었다. 그런데 갑자기 산 뒤쪽에서 함성이 일며 북소리가 천지를 뒤흔들듯 요란하게 울렸다. 사마의가 두 아들을 돌아보며 말한다.

"보아라. 우리가 물러나지 않았더라면 반드시 제갈량의 계략에 빠졌을 것이다.”

이때 한무리의 군사들이 앞으로 쇄도해오는데 그 깃발에는 ‘우호위사 호익장군 장포(右護衛使 虎翼將軍 張苞)’라고 적혀 있었다. 위군들은 크게 두려워하며 갑옷을 벗어던지고 병기를 내팽개친 채 도망치기 시작했다. 그러나 불과 한마장도 못 가서 또다시 산골짜기에서 떠들썩한 함성과 더불어 북소리 뿔피릿소리가 하늘을 찢을 듯이 울리며 큰 깃발이 나타났다. 깃발에는 ‘좌호위사 용양장군 관흥(左護衛使 龍驤將軍 關興)’이라고 적혀 있었다. 골짜기 안에 끝없이 메아리쳐 울리는 함성에 도무지 촉군의 수를 짐작할 수 없는 위군들은 감히 맞서볼 엄두도 내지 못한 채 군수품을 전부 내버리고 달아나기에 바빴다. 관흥과 장포는 공명의 지시대로 함부로 추격하지 않고 위군들이 버리고 간 병기와 양초만 거두어 돌아갔다. 사마의는 산골짜기마다 촉군으로 가득 차 있는 데 놀라 감히 대로로 나오지 못하고 소로를 취해 가정으로 돌아갔다.

이때 조진은 공명이 물러갔다는 소식을 듣고 급히 군사를 이끌고 뒤를 추격하기 시작했다. 한참 달리는데 등뒤에서 포소리가 한번 크게 울리더니, 촉군이 산과 들을 뒤덮으며 몰려왔다. 앞선 대장은 바로 강유와 마대였다. 조진이 크게 놀라 급히 군사를 물리는데, 선봉 진조(陳造)가 어느새 마대의 칼에 맞아 말 아래로 굴러떨어졌다. 조진은 친히 군사를 호령하며 쫓긴 쥐가 쥐구멍 찾듯 살길을 찾아 정신없이 도망쳤다. 촉군은 더이상 위군을 뒤쫓지 않고 말머리를 돌려 밤을 새워가며 한중땅을 향해 치달렸다.

한편 기곡 산중에 군사를 매복해두고 기다리던 조자룡과 등지는 공명의 전령을 받고 회군하기 시작했다. 조자룡이 등지를 보고 말한다.

"위군이 우리가 퇴군하는 줄 알면 반드시 뒤를 추격할 것이오. 내가 한무리의 군사를 이끌고 뒤에 매복해 있을 터이니, 공은 내 기호(旗號)를 앞세우고 군사를 이끌고 천천히 물러가오. 나도 천천히 뒤따르며 호송하겠소."

한편 곽회는 군사를 이끌고 다시 기곡으로 돌아오면서 선봉 소옹(蘇顒)을 불러 분부한다.

"촉장 조자룡으로 말할 것 같으면 참으로 영용한 인물이니 그대는 부디 조심하오. 적들이 후퇴한다 해도 반드시 계교가 있을 게요."

소옹이 큰소리를 친다.

"도독께서 뒤에서 도와주신다면 내 이참에 마땅히 조자룡을 사로잡고야 말겠소이다."

소옹은 서둘러 전군(前軍) 3천을 거느리고 기곡으로 달려가 촉군의 뒤를 추격했다. 문득 보니 산뒤에 홍기가 펄럭이는데, 커다랗게 '조운(趙雲)'이라고 씌어 있었다. 간담이 서늘해진 소옹은 급히 군사를 거두어 물러났다. 얼마 가지 않아 또다시 함성이 요란하게 터져오르더니 한무리의 날쌘 군사들이 들이닥쳤다. 앞선 대장이 창을 휘두르며 말을 달려나와 큰소리로 꾸짖는다.

"네가 조자룡을 모르느냐?"

소옹은 깜짝 놀란다.

"어찌하여 여기에 또 조자룡이 있단 말인가!"

소옹은 손 한번 놀릴 틈도 없이 조자룡의 창에 찔려 말 아래로 굴러 떨어져 죽었다. 남은 군사들은 뿔뿔이 흩어지고 말았다. 조자룡이 앞으로 달려가는데, 한떼의 군사가 추격해왔다. 선봉에 선 장수는 곽회의 부장 만정(萬政)이었다. 조자룡은 위군이 급하게 추격해오자 아예 길 어귀에 말을 세우고 창을 든 채 적이 다가오기를 기다렸다. 그동안 촉군은 벌써 30여리나 퇴각하고 있었다. 만정은 가까이 와서 버티고 서 있는 조자룡을 보더니, 감히 앞으로 나와 싸울 엄두를 내지 못했다. 조자룡은 날이 저물 때까지 그렇게 버티고 서 있다가 천천히 말머리를 돌려 물러갔다. 곽회가 군사를 이끌고 당도하자 만정이 고한다.

"조자룡의 영용함이 옛날과 조금도 다름없는지라 감히 대적할 수 없었습니다."

곽회는 화를 내며 당장 촉군을 추격하라 명하였다. 만정은 다시 기병 수백명을 거느리고 달리기 시작했다. 문득 큰 숲에 이르렀는데 갑자기 등뒤에서 벼락치는 듯한 소리가 울렸다.

"조자룡이 여기 있다!"

조자룡의 호통소리에 위군들은 대경실색했다. 이때 말에서 떨어진 자가 1백여명에 달했고, 나머지는 무기를 버리고 산을 넘어 달아나버렸다. 만정은 군졸들과 함께 달아날 수도 없어 감히 맞서싸워보려 했으나 그순간 조자룡의 화살이 투구끈을 맞히는 바람에 너무 놀라 계곡 속으로 빠지고 말았다. 조자룡이 계곡 속에 빠져 허덕이는 만정을 창끝으로 가리키며 꾸짖는다.

"내가 너의 목숨만은 살려줄 테니 돌아가서 곽회에게 속히 오라고 전하라."

간신히 죽음에서 벗어난 만정은 뒤도 돌아보지 않고 달아났다.

이렇게 하여 조자룡은 수레와 인마를 호송해 한중으로 향하는 도중에 잃은 것 하나 없었다. 조진과 곽회는 천수·남안·안정 세 고을을 되찾은 것을 자신들의 공로로 삼았다.

한편 사마의는 군사를 나누어 다시 싸우러 나섰다. 이때는 촉군이 모두 한중으로 돌아가고 난 뒤였다. 사마의는 한무리의 군사들을 거느리고 다시 서성으로 가서 그곳에 남아 있던 백성들과 산속에 숨어 사는 은자들을 불러 그간의 사정을 물었다. 그들은 입을 모아 말한다.

"당시 성안에는 촉군들이 불과 2천5백명밖에 없었습니다. 공명의 수하에 무장이란 한 사람도 없었고, 문관 몇명이 있었을 뿐입니다. 복병도 전혀 없었습니다."

또 무공산에 사는 백성들도 말한다.

"관흥과 장포는 그저 3천 군사를 거느리고 이 산 저 산 옮겨다니며 함성을 지르고 북소리를 요란하게 울렸을 뿐 따로 군사가 없었습니다. 그래서 감히 위군을 추격하지 못했다 합니다."

사마의는 하늘을 우러르며 탄식한다.

"내 정녕 공명보다 못하구나!"

사마의는 여러 곳의 관원과 백성들을 위무하고 나서 군사를 거느리고 장안으로 돌아가 위왕을 알현했다. 위왕 조예가 사마의의 공로를 치하한다.

"오늘날 농서의 여러 고을을 되찾은 것은 모두 경의 공이로다!"

사마의가 아뢴다.

"촉군이 한중에 있어 모두 섬멸하지 못했으니, 바라옵건대 신에게 대군을 주시면 양천(兩川, 동천과 서천)을 거두어 폐하께 보답하겠사옵니다."

조예가 크게 기뻐하며 사마의에게 대군을 주려 하는데, 반열에서 한 사람이 불쑥 나서며 아뢴다.

"신에게 한 계책이 있사옵니다. 촉을 평정하고 오의 항복을 받아낼 수 있는 계책이옵니다!"

서촉의 군사들이 바야흐로 돌아가자 　　　　　蜀中將相方歸國
위나라 임금과 신하 다시 계교 꾸미누나 　　　　魏地君臣又逞謀

계책이 있다고 나선 사람은 과연 누구일까?

읍참마속

공명은 눈물을 흘리며 마속의 목을 베고
주방은 머리털을 잘라 조휴를 속이다

조예에게 계책이 있다고 한 사람은 바로 상서(尙書) 손자(孫資)였
다. 조예가 묻는다.

"경에게 무슨 묘계가 있는가?"

손자가 아뢴다.

"지난날 태조 무황제께서 장로(張魯)를 거두실 때 위태로움을 겪으
신 뒤에 평정할 수 있었으니, 그때 여러 신하들에게 말씀하시기를 '남
정땅은 하늘의 감옥과 같은 곳(南鄭之地 眞爲天獄)'이라 하셨습니다.
야곡에 이르는 5백리 길은 바위에 뚫린 동굴과 같아서 군사를 쓸 만

한 곳이 못 됩니다. 이제 우리가 천하의 군사를 전부 일으켜 촉을 친다면 동오가 그 틈을 타고 침입해올 것이니, 우선은 지금 있는 군사들을 몇몇 장수들에게 나누어주어 요충지를 지키게 하고, 안으로는 더욱 힘을 기르고 사기를 북돋워야 합니다. 그러면 몇년 안에 우리 중원은 강성해질 것이고, 그동안 동오와 촉 두 나라는 서로 싸우느라 지칠 터이니, 이때를 틈타 도모한다면 반드시 승산이 있습니다. 바라건대 폐하께서는 이를 헤아려주시옵소서."

조예가 사마의를 돌아보며 묻는다.

"경의 생각은 어떠하오?"

사마의가 아뢴다.

"손상서의 말이 지극히 온당합니다."

조예는 마침내 손자의 의견에 따라 사마의에게 명하여 여러 장수들을 요충지로 보내 굳게 지키게 하고, 곽회와 장합은 장안을 지키게 하였다. 그리고 삼군에 큰 상을 내린 뒤, 어가를 타고 낙양으로 돌아갔다.

한편 공명은 한중으로 돌아와 군사들을 점고했다. 그런데 조자룡과 등지가 보이지 않았다. 몹시 걱정스러워진 공명은 즉시 관흥과 장포에게 군사를 거느리고 나아가 돕도록 했다. 두 장수가 막 떠나려고 하는데 조자룡과 등지가 당도했다는 보고가 들어왔다. 군사 한명 말 한필 다치지 않고 병기와 군량미도 전혀 잃은 것 없이 돌아왔다는 것이었다. 공명이 크게 기뻐하며 친히 여러 장수들을 거느리고 나와 맞이하자 조자룡이 황급히 말에서 내리더니 땅에 엎드려 아뢴다.

"패한 장수가 어찌 승상의 영접을 받겠소이까?"

공명이 조자룡의 손을 붙잡아 일으키며 말한다.

"이번 일은 내가 현명함과 우매함을 모르고 사람을 쓴 탓이오. 각처의 군사가 모두 패하여 손실을 보았거늘 오직 자룡만이 사람 한명, 말 한마리도 잃지 않았으니 어찌 된 일이오?"

등지가 아뢴다.

"제가 군사를 거느리고 먼저 떠나오고, 조장군께서 혼자 남아 뒤를 끊으며 적장을 베고 공을 세웠습니다. 적군들이 놀라고 두려운 나머지 감히 맞서지 못하여 저희들은 군량미 한 톨 무기 하나도 잃지 않았습니다."

공명이 감탄한다.

"진실로 장군이로다!"

공명은 곧 상으로 황금 50근을 조자룡에게 내리고, 수하군사들 몫으로 비단 1만필을 하사했다. 조자룡은 사양한다.

"삼군이 이번 싸움에서 공을 세운 것이 없고 오히려 죄를 지었거늘, 이렇게 상을 받는다면 이는 승상께서 상벌이 분명치 않으신 것이 됩니다. 청컨대 창고에 넣어두었다가 올 겨울에 군사들에게 나눠주어도 늦지 않을 것입니다."

공명이 거듭 탄복한다.

"선제께서 살아 계실 때 항상 자룡의 덕을 칭찬하시더니, 괜한 말씀이 아니었구려!"

이로부터 공명은 조자룡을 더욱 공경했다.

이때 마속·왕평·위연·고상 등이 도착했다는 보고가 들어왔다. 공명은 먼저 왕평을 장막 안으로 불러들여 꾸짖는다.

"내가 네게 마속과 더불어 가정을 지키라 했거늘, 어찌하여 간하지 않고 일이 이지경에 이르도록 했단 말이냐!"

왕평이 고개를 숙이고 답한다.

"중요한 길목에 토성을 쌓고 영채를 세워 지키자고 여러 번 권했으나 참군이 도무지 화만 내며 듣지 않았습니다. 그래서 끝내 저 혼자서 5천 군사를 거느리고 산에서 10리 떨어진 곳에 영채를 세웠더니, 위군이 쳐들어와 사방에서 산을 포위했습니다. 군사를 몰아 10여 차례나 쳐들어갔으나 포위를 뚫을 길이 없었고, 이튿날엔 산위 군사들이 토붕와해(土崩瓦解, 땅이 무너지고 기와가 깨지듯 걷잡을 수 없이 무너짐)되어 투항하는 자가 부지기수였습니다. 홀로 버티기 어려워 위문장(魏文長, 문장은 위연의 자)에게 구원을 청했는데, 산골짜기에서 또다시 위군에게 포위당하고 말았습니다. 사력을 다해 포위를 뚫고 겨우 본채로 돌아가보니 이미 위군에게 점령당한 뒤였습니다. 다시 열류성을 향해 달리다가 도중에 고상을 만나 위문장·고상과 함께 군사를 셋으로 나누어 위군의 영채를 급습하고 가정을 탈환하기 위해 갔습니다. 하오나 가정에 가보니, 한 사람의 복병도 보이지 않아 의심스러운 생각이 들어 높은 곳에 올라가 살펴보니 위문장과 고상이 위군에게 포위당해 위급한 상황에 처해 있기에 곧장 포위를 뚫고 두 장수를 구출한 후 참군의 군사와 다시 합류했습니다. 그러고는 양평관을 잃게 될까 두려워 급히 달려가 지켰습니다. 가정을 잃은 것은 제가 간하지 않아서가 아니니, 승상께서 믿지 못하시겠거든 각 부의 장교를 불러 물어보십시오."

공명은 왕평을 꾸짖어 물리치고, 마속을 장막으로 불러들였다. 마속은 이미 스스로 굵은 밧줄로 온몸을 결박하고 들어와 무릎을 꿇고 앉았다. 공명은 얼굴빛이 변하여 꾸짖는다.

"너는 어려서부터 병서를 많이 읽어 전법에 밝은 사람이 아니더냐? 내가 여러 차례 네게 이르기를 가정은 우리의 가장 근본이 되는 곳이라고 주의를 주었더니, 너는 집안 가속의 목숨을 걸고 중임을 맡지 않았느냐. 네가 만일 왕평의 말을 들었다면 이런 화는 입지 않았을 터, 이번에 군사들이 패하고 장수가 꺾이고 땅을 빼앗기고 성이 함락된 것은 모두 너의 잘못이다. 내 지금 군율을 제대로 밝히지 않는다면 어찌 여러 군사들을 복종시킬 수 있겠는가? 네가 법을 어겼으니 나를 원망하지 말라. 네가 죽은 뒤에는 내가 너의 가속을 거두어 다달이 녹미를 줄 것이니, 너는 조금도 근심하지 말라."

공명은 말을 마치기 무섭게 좌우에게 큰소리로 호령한다.

"당장 끌어내 목을 베어라!"

마속이 울면서 말한다.

"승상께서는 저를 자식처럼 대하셨고 저 또한 승상을 아비처럼 섬겼습니다. 저의 죄 실로 죽음을 면키 어렵습니다만, 바라옵건대 승상께서는 순임금이 곤(鯀)을 죽이고 우(禹, 곤의 아들)를 쓴 의를 헤아리시어 제 자식들을 대해주신다면 저는 비록 죽어 구천에 가더라도 여한이 없겠습니다."

공명 또한 눈물을 닦으며 말한다.

"내 지금껏 너와 더불어 형제 같은 의리로 지냈으니, 네 아들은 곧 내 아들이나 다름없다. 그러니 남은 가족들에 대해서는 더이상 말하지 말라."

좌우에서 마속을 끌고 원문 밖으로 나가 막 목을 베려 할 때였다. 성도로부터 참군 장완(蔣琬)이 당도해 그 광경을 보고 크게 놀라 외친다.

"잠시 멈추어라!"

장완은 황망히 달려가 공명에게 간한다.

"옛날 초나라에서 충신 득신(得臣, 초의 장수로 진晉과의 전투에서 패해 돌아와 핍박받아 죽음)을 죽였을 때 진문공(晉文公)이 기뻐했던 것처럼 아직 천하가 평정되기도 전에 지모가 뛰어난 신하를 죽인다면 이 어찌 아까운 일이 아닙니까?"

공명이 눈물을 흘리며 말한다.

"옛날에 손무(孫武, 손자)가 능히 천하를 손에 넣은 것은 법을 밝게 썼기 때문이오. 바야흐로 사방이 나뉘어 서로 다투며 전쟁이 시작되었는데, 만일 법을 폐한다면 어찌 역도들을 토벌할 수 있겠소. 마속은 처형해야 마땅하오!"

얼마 후 군사들이 마속의 머리를 섬돌 아래 바치니 공명은 목놓아 울며 그칠 줄을 몰랐다. 장완이 묻는다.

"이제 유상(幼常, 마속의 자)이 죄를 지어 이미 군법으로 바로잡았거늘 어찌하여 그리 우십니까?"

공명이 말한다.

"내가 우는 것은 마속 때문이 아니오. 지난날 선제께서 백제성에서 숨을 거두실 때 내게 말씀하시기를 '마속은 말이 실제를 넘어서니 크게 쓰지 말라'고 당부하신 일이 생각나서요. 오늘에야 선제의 영명하신 선견지명을 깨닫고 나의 어리석음이 원망스러워서 이렇듯 애통해하는 것이오."

공명의 말에 모든 장수들은 하나같이 눈물을 흘렸다. 이때 마속의 나이 39세였고, 때는 건흥 6년(228) 5월이었다.

후세 사람들이 이 일을 시를 지어 읊었다.

공명은 울면서 마속의 목을 베다

가정을 잃은 죄 결코 가볍지 않으니   失守街亭罪不輕

한심타 마속은 가벼이 병법 논하였네   堪嗟馬謖枉談兵

원문에서 머리 베어 군법을 엄하게 하고   轅門斬首嚴軍法

눈물 뿌려 다시금 선제의 밝음 생각하네   拭淚猶思先帝明

공명은 마속의 머리를 각 영채로 돌려 군사들에게 널리 보였다. 그
러고는 다시 시신에 봉합하여 장사를 지내는데 친히 제문(祭文)을 써
서 제를 올렸다. 마속의 가족에게는 충심으로 위로하고 다달이 녹미
를 주어 편안히 살게 했다. 이어서 공명은 표문을 지어 장완에게 주어
후주께 올렸다. 스스로 승상의 자리를 사직하는 내용이었다. 성도에
도착한 장완은 후주께 공명의 표문을 올렸다.

신은 용렬한 재주로 외람되이 병권을 잡고 삼군을 통솔해왔으나
군사들을 제대로 가르치지 못하고 군법을 바로 세우지 못했으며,
일에 임해서는 세심하지 못하여 마침내 가정에서 명령을 어기는 잘
못을 범하게 하고 기곡에서는 경계를 소홀히하는 실수를 하게 하였
나이다. 이는 모두 신이 몽매하여 사람을 제대로 알아보지 못하고
일을 분별함에 너무도 어두운 탓이니, 춘추(春秋)의 법에 비추어볼
때 신이 지은 죄를 어찌 벗어날 수 있사오리까. 바라옵건대 신이 스
스로 벼슬을 세 등급 내려서 허물을 책하고자 하오니, 이로써 신의
허물을 꾸짖어주소서. 부끄러움을 이기지 못하여 엎드려 명을 기다
리나이다.

후주가 공명의 표문을 읽고 나서 말한다.

"이기고 지는 것은 병가지상사인데 승상이 어찌하여 이런 말을 하시는가?"

시중 비의가 아뢴다.

"신이 듣건대, 나라를 다스리는 자는 반드시 법을 중히 받들어야 한다 하였습니다. 법이 제대로 행해지지 않는다면 무엇으로 사람을 복종시키겠습니까? 승상이 싸움에 패하여 스스로 벼슬을 깎는 것은 마땅한 일인 줄로 아뢰옵니다."

후주는 그 말에 따라 공명의 벼슬을 내려 우장군을 삼되, 승상의 일을 그대로 맡아보며 전과 같이 군마를 총독하라는 내용의 조서를 써서 한중으로 보냈다. 비의는 조서를 가지고 가서 공명에게 전하며 혹시 공명이 벼슬 강등된 것을 부끄러워할까 염려하여 몇마디 치하의 말을 보탠다.

"촉의 백성들이 승상께서 처음에 네 고을 빼앗은 것을 알고 매우 기뻐했습니다."

공명이 안색이 변하며 말한다.

"대체 그게 무슨 말이오? 얻었다가 다시 잃은 것은 얻지 못함과 진배없거늘, 공이 이것으로 나를 치하하니 참으로 부끄러워 얼굴을 들지 못하겠소."

비의가 다시 말한다.

"황제께서는 승상이 강유를 얻었다는 소식을 듣고 매우 기뻐하셨습니다."

이 말에 공명은 오히려 화를 낸다.

"군사가 패하여 돌아오고 한치의 땅도 빼앗지 못한 것은 나의 대죄이오. 우리가 강유 한 장수를 얻었다고 한들 그것이 위나라에 무슨 손실이 되겠소?"

비의가 묻는다.

"승상께서는 지금 용맹한 군사 10만을 통솔하고 계시니, 다시 위를 치실 수도 있지 않겠습니까?"

공명이 말한다.

"지난날 대군이 기산과 기곡에 주둔했을 때 우리 군사가 적보다 많았건만 능히 적을 물리치지 못하고 오히려 패하였소. 승패란 군사의 많고 적음에 있지 않고 오로지 대장에게 달린 것이오. 이제 나는 군사와 장수를 줄이고, 징벌을 밝히고 과오를 되짚어 생각하여 앞으로는 어떤 상황에도 대처할 수 있는 길을 찾아내려 하오. 그렇게 하지 않는다면 아무리 군사가 많은들 무슨 소용이 있겠소. 이제부터는 누구든 진실로 나라의 장래를 염려한다면 나의 잘못을 지적하고, 나의 부족함을 꾸짖어주길 바라오. 그렇게 해야만 일이 바로잡히고 적을 멸할 수 있으며, 공을 이루게 될 날을 족히 기다릴 수 있을 것이오."

비의를 비롯한 모든 장수들은 깊이 감복했다. 비의가 다시 성도로 돌아간 이래 공명은 한중에 머물면서 백성을 사랑하고 군사를 아끼며 무예를 가르치고 군사 조련에 힘썼다. 또한 성을 공략하는 데 필요한 무기며 강을 건널 기구를 만들고, 군량미와 마초를 비축하면서 앞으로 수행할 정벌을 위해 만반의 준비를 갖추어나갔다. 위의 정탐꾼은 이러한 촉의 정황을 탐지하여 낙양에 전했다.

위주 조예는 이를 보고받은 즉시 사마의를 불러 촉을 격파할 계책을 상의했다. 사마의가 말한다.

"아직은 촉을 공격할 때가 아닙니다. 요즈음 날씨가 몹시 더우니 촉군도 출군하지 않을 것입니다. 우리 쪽에서 적진 깊숙이 진격해들어간다 해도 저들이 요충지를 굳게 지킨다면 우리로선 쉽게 깨뜨릴 수 없습니다."

조예가 묻는다.

"만일 촉군이 다시 쳐들어오면 어찌할 테요?"

사마의가 대답한다.

"신은 이미 계책을 세워두었습니다. 이번에 제갈량은 한신(韓信)이 몰래 진창(陳倉)을 건너던 계교(한의 장군 한신이 항우를 칠 때 잔도棧道를 수리하는 체하며 속여서 진창을 지난 고사)를 쓸 것입니다. 신이 한 사람을 천거하려 하니 그로 하여금 진창에 이르는 입구에 성을 쌓고 지키게 한다면 절대 실수가 없을 것입니다. 이 사람은 키가 9척이요 원숭이처럼 긴 팔로 활을 잘 쏘고 지모가 깊으니 만일 제갈량이 쳐들어온다 해도 넉넉히 당해낼 수 있습니다."

조예가 크게 기뻐하며 묻는다.

"그 사람이 누구인가?"

사마의가 아뢴다.

"태원(太原) 출신의 학소(郝昭)라는 사람으로, 자는 백도(伯道)이며, 지금 잡호장군(雜號將軍)으로 하서지방을 지키고 있습니다."

조예는 사마의의 천거를 받아들여 학소를 진서장군(鎭西將軍)으로 봉하고 진창 어귀를 지키라는 명을 내렸다. 사자는 조칙을 받들고 곧장 학소에게 달려갔다. 이때 갑자기 양주 사마(司馬) 대도독(大都督) 조휴(曹休)로부터 표문이 올라왔다. 내용인즉 동오의 파양(鄱陽) 태수 주방(周魴)이 은밀히 사람을 보내 자기 고을을 바치고 투항할 뜻을 밝혀왔는데, 일곱 가지 계책을 말하면서 가히 동오를 격파할 수 있다고 하니, 속히 군사를 일으켜 동오를 치자는 것이었다. 조예가 조휴의 표문을 사마의에게 주어 읽게 하니 사마의가 보고 나서 말한다.

"이 말은 참으로 일리가 있습니다. 동오를 능히 격파할 만하오니, 신이 군사를 거느리고 가서 조휴를 돕겠습니다."

이때 누군가가 나서며 아뢴다.

"동오 사람들은 워낙 말이 한결같지 않으니 그대로 믿어서는 안됩니다. 더구나 주방은 지혜가 많고 모략에 능하여 쉽게 항복할 인물이 아닙니다. 아무래도 우리 군사를 유인하려는 계책인 듯합니다."

모두 쳐다보니 그는 건위장군(建威將軍) 가규(賈逵)였다. 사마의가 말한다.

"그 말도 일리는 있지만, 이런 기회 또한 놓칠 수 없습니다."

드디어 위주 조예가 결단을 내린다.

"중달은 가규와 함께 가서 조휴를 도우시오."

마침내 사마의와 가규 두 사람은 군사를 이끌고 떠났다. 조휴는 군사를 거느리고 환성(皖城)을 치러 가고, 가규는 전장군 만총(滿寵)· 동완(東莞) 태수 호질(胡質)과 함께 양성(陽城)을 취하러 동관(東關)으로 향했다. 사마의는 본부군을 거느리고 강릉(江陵)을 취하기로 했다.

한편 오주 손권은 무창(武昌) 동관에서 문무관원들을 모아놓고 의논중이었다.

"이번에 파양 태수 주방이 은밀히 표문을 올려 알리기를 위의 양주 도독 조휴에게 침범하려는 뜻이 있어, 주방이 속임수로 일곱 계책을 말해주어 위군을 우리 땅 깊숙이 유인한 뒤에 복병을 매복해두었다가 사로잡으려 한다는 것이오. 이미 위군이 세 길로 나뉘어 쳐들어오고 있다니, 경들에게 좋은 의견이 있는가?"

고옹이 나와서 아뢴다.

"이렇게 큰 일은 육백언(陸伯言, 육손)이 아니면 능히 감당할 수 없습니다."

손권은 크게 기뻐하며 당장 육손을 불러 보국대장군(輔國大將軍) 평북도원수(平北都元帥)로 봉하고, 어림대군을 통솔하여 왕의 일을 대신 행하도록 했다. 또한 백모(白旄, 대장 깃발)와 황월(黃鉞, 황금도끼)을 내려 문무백관으로 하여금 모두 그의 명령에 따르도록 하고, 친히 육손의 손에 채찍을 쥐여주었다. 육손은 명을 받고 사례했다. 그러고는 두 사람을 천거해 좌우 도독으로 삼고 군사를 세 길로 나누어 나아갈 뜻을 밝혔다. 손권이 묻는다.

"그대는 좌우 도독으로 누구를 생각하고 있는가?"

육손이 답한다.

"분위장군(奮威將軍) 주환(朱桓)과 수남장군(綏南將軍) 전종(全琮) 두 사람이 적임자인 줄로 아룁니다."

손권은 육손의 말에 따라 즉시 주환을 좌도독에, 전종을 우도독에 봉했다. 마침내 육손은 강남 81주와 형호(荊湖)의 군사 70여만명을 이끌고, 주환에게는 좌군을 맡기고, 전종에게는 우군을, 그리고 육손 자신은 중군을 맡아 세 길로 나뉘어 진군했다. 주환이 계책을 말한다.

"위장 조휴는 왕실친족으로 중임을 맡았을 뿐 지혜와 용맹이 부족한 평범한 장수입니다. 그러한 그가 주방의 꾐에 빠져 위험한 곳까지 깊숙이 들어왔으니, 원수께서 군사를 내어 치시면 반드시 패할 것입니다. 패한 뒤에는 반드시 두 길로 나뉘어 달아날 터인데, 왼쪽은 협석(夾石)으로 통하고, 오른쪽은 괘거(挂車)로 통하는 길인즉, 둘 다 좁고 험준한 산길입니다. 제가 전자황(子璜, 전종)과 함께 각각 군사를 거느리고 산골짜기 험한 곳에 매복해 있다가 먼저 나무와 큰돌로 길을 끊는다면 조휴를 가히 사로잡을 수 있습니다. 조휴만 사로잡으면 여세를 몰아 진격하여 손쉽게 수춘(壽春)을 얻을 수 있고 허도와 낙양도 엿볼 수 있으니, 이는 만년에 한번 있을까 말까 한 기회입니다."

육손이 대답한다.

"그다지 좋은 계책이라 하기는 어렵소. 내게 묘책이 있으니 그대는 과히 염려하지 마시오."

주환은 육손이 자신의 계책을 받아들이지 않자 불만을 품고 물러갔다. 육손은 제갈근 등에게 강릉땅을 지켜 사마의를 대적하게 했다. 그리고 각처 군마를 징발해 출전채비를 갖추었다.

한편 조휴의 군사가 환성에 당도하자 주방이 마중하러 조휴의 장막으로 왔다. 조휴가 묻는다.

"지난번 그대가 보내온 밀서를 보니 일곱 계책이 가히 이치에 맞는지라 황제께 아뢰고 대군을 세 길로 나누어 이렇듯 진군해왔소. 만일 내가 강동땅을 얻게 된다면 그대의 공이 실로 크다 할 것이오. 다른 사람들은 그대가 꾀 많은 사람이라 그 말을 믿기 어렵다고 염려했으나, 나는 결코 그대가 나를 속이지 않으리라 믿고 있소."

주방은 갑자기 목놓아 통곡하며 데리고 온 종자가 차고 있던 칼을 뽑아들더니 제 목을 찌르려 했다. 조휴가 깜짝 놀라 급히 말리니 주방이 칼을 짚고 말한다.

"내 비록 일곱 계책은 말씀드렸으나 속마음까지 드러낼 수 없어 한스럽소이다. 그러한 의심을 산 것은 필시 동오 사람들이 반간계를 썼기 때문이오. 장군께서 그 말을 믿으신다면 나는 죽은 목숨이나 다름없소이다. 내 충심은 오직 하늘만이 아실 것이오."

애절하게 호소하더니 다시 칼을 들어 자결하려 했다. 조휴가 황급히 붙들며 말한다.

"내가 농담을 해본 것뿐인데 어쩌자고 자꾸 이러시오?"

주방은 들고 있던 칼로 자신의 머리털을 싹둑 잘라 땅에 내던지며 말한다.

"나는 충심으로 귀공을 대했거늘 공은 어찌하여 나를 희롱하시는 겁니까? 내 이렇듯 부모에게 받은 머리털을 잘라서라도 진심을 보이고 싶소이다."

이로써 조휴는 주방을 확실히 믿게 되었고, 곧 잔치를 베풀어 주방을 대접했다. 술자리가 파하여 주방이 하직하고 물러간 후, 건위장군 가규가 불쑥 찾아왔다. 조휴가 가규를 장중으로 불러들여 묻는다.

"그대는 무슨 일로 왔는가?"

가규가 말한다.

"제 생각에는 동오의 군사들이 모두 이곳 환성에 주둔하고 있는 것 같습니다. 도독께서는 함부로 군사를 움직이지 마시고 제가 군사를 나누어 협공하기를 기다렸다가 공격하시면 가히 적군을 격파할 수 있을 것입니다."

순간 조휴가 버럭 화를 낸다.

"네가 나의 공을 빼앗을 작정이로구나!"

가규가 굽히지 않고 간한다.

"주방이 머리털을 잘라 맹세했다는 말을 들었습니다만, 이 역시 속임수에 지나지 않습니다. 옛날에 요리(要離)가 제 팔뚝을 잘라 보임으로써 경기(慶忌)를 믿게 해놓고 결국 그를 찔러죽인 일(오나라 사람 요리가 공자 광光의 명에 따라 오왕의 아들 경기를 죽이러 가서 경기의 신임을 얻으려 제 손으로 제 팔을 자르고 마침내 경기를 찔러죽인 고사)에 비추어보아도, 원래 그런 행동은 깊이 믿을 바가 못됩니다."

조휴의 노여움은 더욱 커졌다.

"내가 곧 군사를 일으키려는 마당에 너는 어찌하여 그따위 말로 군심을 어지럽히려 드느냐?"

조휴가 좌우에게 호통쳐 당장 가규를 끌어내 참하라고 명했다. 여러 장수들이 나서며 만류하여 말한다.

"아직 진군도 하기 전에 대장을 처형하는 것은 군사에 이롭지 못합니다. 부디 도독께서는 다시 생각하소서!"

조휴는 주위 사람들의 간청에 따라 가규와 그의 군사들을 영채에 남겨두었다. 그러고는 몸소 군사를 거느리고 동관을 취하러 떠났다. 그때 주방은 가규가 병권을 박탈당했다는 소식을 듣고 내심 기뻐하며 말한다.

"조휴가 만일 가규의 말을 따랐더라면 우리 동오는 패하고 말았을 터인데, 이는 하늘이 나를 도우심이로다!"

주방은 곧 비밀리에 사람을 보내 이 사실을 환성에 있는 육손에게 알렸다. 육손은 즉시 여러 장수들을 불러모아 영을 내린다.

"앞에 있는 석정(石亭)은 비록 산길이지만 매복할 만하다. 먼저 석정의 넓은 곳을 점령해 진을 치고 위군이 오기를 기다려라!"

그러고는 서성(徐盛)을 선봉으로 삼아 군사를 몰고 진군했다.

한편 조휴는 주방을 선봉장으로 삼아 군사를 재촉해 진군하고 있었다. 문득 조휴•가 묻는다.

"저 앞은 어디인가?"

주방이 답한다.

"석정이라 하는데, 군사를 주둔하기에 적당한 곳입니다."

조휴는 주방의 말에 따라 대군을 거느리고 석정에 주둔하고, 수레와 병장기도 모두 옮겼다. 다음날 정탐꾼이 와서 보고한다.

"저 앞 산어귀에 오군이 진을 치고 있는데 그 수가 얼마나 되는지는 모르겠습니다."

조휴가 크게 놀라 소리친다.

"주방의 말로는 군사가 없다더니, 이게 대체 어찌 된 일이냐?"

조휴는 즉시 좌우에게 명해 주방을 찾아오게 했다. 잠시 후 군사가 와서 고한다.

"주방이 수십명을 거느리고 어디로 갔는지 보이지 않습니다."

조휴가 크게 후회한다.

"아, 내가 적의 계책에 빠졌구나! 그러나 그렇다 해도 두려울 건 없다."

그리고는 마침내 대장 장보(張普)를 선봉으로 삼아 군사 수천명을 거느리고 나아갔다. 위군과 동오군은 둥글게 진을 벌이고 대치했다. 장보가 말을 달려나가 적의 진영을 향해 큰소리로 꾸짖는다.

"적장은 어서 항복하라!"

동오 진영에서는 서성이 말을 몰고 나와 장보와 맞섰다. 그러나 싸운 지 몇합 만에 장보는 서성을 당해내지 못하고 군사를 거두어 영채로 돌아왔다. 장보가 조휴에게 고한다.

"저로서는 도저히 서성의 용맹을 당해낼 재간이 없습니다."

조휴가 말한다.

"내가 기습병을 써서 적을 물리치리라."

조휴는 장보에게 군사 2만명을 거느리고 석정 남쪽에 매복하게 하고, 설교(薛喬)에게는 군사 2만명을 거느리고 석정 북쪽에 매복하게 하고 나서 말을 이었다.

"내일 내가 몸소 1천명의 군사들을 이끌고 나가 싸움을 걸다가 거짓 패한 체하며 적을 북쪽 산으로 유인할 것이오. 그 다음에 포를 쏘아 신호를 보낼 테니, 기다렸다가 세 방면에서 공격하면 반드시 대승을 거둘 수 있소."

장보와 설교는 조휴의 계책에 따라 날이 어두워지기를 기다렸다가 각각 2만군을 거느리고 나가 매복했다.

한편 육손은 주환과 전종을 불러 분부한다.

"그대들 두 사람은 각기 군사 3만을 거느리고 석정 산길을 따라 가서 조휴의 영채 뒤쪽에서 불을 질러 신호하라. 내 친히 대군을 이끌고 진격하겠다. 그러면 틀림없이 조휴를 사로잡을 수 있을 것이다."

그날 저물녘에 주환과 전종 두 장수는 육손의 명에 따라 각기 군사를 거느리고 나아갔다. 2경 무렵, 주환은 군사를 거느리고 위군의 영채 뒤에 이르러 장보의 복병들과 마주쳤다. 장보는 그들이 오군인 줄도 모르고 어디서 왔느냐고 묻다가 번개처럼 내려친 주환의 칼을 맞고 말 아래로 떨어져 죽고 말았다. 위군들은 싸울 생각도 못하고 사방으로 흩어져 달아나버렸다. 주환은 즉시 후군을 시켜 불을 지르게 했다.

한편 전종 역시 한무리의 군사들을 거느리고 위군의 영채 뒤에 이르니, 그곳은 곧 위장 설교의 진지였다. 전종이 군사들을 휘몰아 한바탕 기습공격을 감행하니 위장 설교는 전종에게 크게 패하여 본채를 향해 달아나기 시작했다. 주환과 전종의 군사들이 위군의 뒤를 계속 쫓으며 공격하니, 조휴의 진지는 일순간에 혼란에 빠져 저희들끼리 서로 밟고 밟히며 죽어갔다. 조휴는 황망히 말에 올라 협석을 향해 달아났다. 그때 서성이 한 부대의 군사를 거느리고 큰길에서 쳐들어와 닥치는 대로 주살하니 그 바람에 죽은 위군의 수는 헤아릴 수 없었고, 그나마 살아 남은 자들은 모조리 갑옷과 병기를 버린 채 달아나기에 바빴다. 크게 놀란 조휴는 협석을 향해 죽을 힘을 다해 말을 달렸다. 그때 다시 한떼의 군사들이 소로에서 뛰쳐나오며 앞을 막아섰다. 앞장선 장수는 바로 가규였다. 조휴가 비로소 놀란 가슴을 진정하며 부끄러운 생각이 들어 말한다.

"내가 그대의 말을 듣지 않았다가 이렇게 참패를 당하고 말았구려."

가규가 말한다.

"도독께서는 어서 이 길을 빠져나가십시오. 동오군이 나무와 돌을 이용해 길을 끊으면 우리 모두 위태로워집니다."

이리하여 조휴는 급히 말을 몰아 도망가고, 가규가 뒤를 끊으면서 조휴를 따랐다. 가규는 달아나면서 수풀이 무성한 곳과 험준한 샛길에 무수한 정기를 꽂아 많은 군사들이 매복한 것처럼 꾸몄다. 그런 줄도 모르고 조휴를 추격하던 서성은 산기슭마다 깃발이 나부끼는 것을 보고 복병이라도 있을까 염려하여 더이상 쫓지 못하고 군사를 거두어 돌아갔다. 이렇게 해서 조휴는 겨우 목숨을 구할 수 있었다. 사마의는 조휴가 패했다는 소식을 듣고 중도에 군사를 거두어 돌아갔다.

한편 육손은 싸움에 이겼다는 보고를 기다리고 있었는데, 얼마 지나지 않아 서성·주환·전종 등 모두들 돌아왔다. 그들은 모두 헤아릴 수 없이 많은 수레와 소와 말과 나귀와 군수품, 병장기 등을 노획해왔고, 항복한 위군도 수만명이나 되었다. 육손은 크게 기뻐하며, 태수 주방과 여러 장수들과 함께 군사를 거두어 동오로 돌아갔다. 오주 손권은 몸소 문무관료를 거느리고 무창성(武昌城) 밖까지 마중나와 육손을 어가에 태워 성으로 돌아와서는 장수들마다 벼슬을 높여주고 후한 상을 내렸다. 손권이 주방의 잘린 머리를 보고 위로한다.

"경이 머리칼을 자르면서까지 이번 대사를 이루었으니 그 공명(功名)은 마땅히 죽백(竹帛, 역사를 기록한 책)에 남으리라."

그러고는 즉시 주방을 관내후에 봉하고, 크게 잔치를 베풀어 군사들을 위로했다. 육손이 손권에게 아뢴다.

"이번에 조휴가 크게 패하여 위의 간담이 서늘해졌을 터이니, 곧 국서(國書)를 써서 사자를 서천으로 보내 제갈량으로 하여금 군사를 일으켜 위를 치게 하십시오."

손권은 육손의 말대로 국서를 써서 서천으로 보냈다.

동오의 육손이 계책을 잘 쓰더니 　　　　　　祇因東國能施計
서천으로 하여금 또 군사를 움직이게 하네 　　致令西川又動兵

공명이 다시 위를 치러 가서 승부는 어떻게 날 것인가.

삼국지 8

초판 1쇄 발행/2003년 7월 10일
초판 38쇄 발행/2019년 2월 27일

지은이/나관중
옮긴이/황석영
펴낸이/강일우
편집/문학출판부
미술·제작/신채용 박상영 신혜원 이선희 정효진
펴낸곳/(주)창비
등록/1986년 8월 5일 제85호
주소/10881 경기도 파주시 회동길 184
전화/031-955-3333
팩시밀리/영업 031-955-3399 · 편집 031-955-3400
홈페이지/www.changbi.com
전자우편/lit@changbi.com

ⓒ 황석영 2003
ISBN 978-89-364-3051-1 03820
ISBN 978-89-364-3293-5 (전10권)